U0907504

春蕾终将绽放

写在人生旅途上

张志凯 ◆ 著

上海人民出版社

张志凯

1947 年生，河南济源人，毕业于北京外国语大学法语语言文化学院，曾任原驻日内瓦总领事舘官员，《人民日报》国际部副主任，《人民日报》高级记者，原总参谋部某部副部长，少将，第十届全国政协委员。著有《国际城市日内瓦》，与人合译《世界文化与自然遗产》。

目 录

自序

孩子，看着你一天天长大，那么活泼可爱，我千百遍地在心中为你祝福，希望你有一个灿烂的未来。孩提时代的你，无忧无虑，在亲人的呵护下茁壮成长。但过不了几年，你就要走出家门，独自踏上人生的旅途。作为过来人的祖父，在你负笈远行的时候，自然会有一些唠叨与叮咛，这就是我写这本书的初衷。

人生是一个竞技场，每个人都要上场表演，其中的竞争是激烈而残酷的。没有经过这样的竞争，很难品味出个中滋味。等你真正登上舞台的时候，所有的亲人都只不过是场边的教练，一切都要靠你临场发挥。我所能给予你的，也不过是一些场外指导与忠告罢了。

你是幸运的，诞生在中国经济高速发展的年代，物质的丰富让你衣食无忧，经济与科技的发展，让你享受到前辈们不曾享受的现代文明，但一些不良世风，也容易使涉世不深的有志青年感到困惑与迷茫，还会让一些缺乏理想的青年浸染其间，从而随波逐流。要走好人生之路，重要的是要把握好人生方向问题。

少年的无知与冲动，青年的激愤与轻狂，或许都是人生难以避免的。对长辈教诲的顶撞与敷衍，对金玉良言的不屑和轻蔑，对他人惨痛教训的熟视无睹，对自己不良行为的宽宥与迁就，使一茬又一茬的年轻人不知蹉跎了多少宝贵岁月。生活中似乎存在着这样一种怪现象:少年的错误到青年似乎才明白,青年的错误到成年才有所清醒,成年人的错误到老年才终于领悟。心智成熟的滞后,或者心智虽已成熟但不能自省自律,不知耽误了多少本可有为的青年!更可忧虑的是,人们对这一现象的无意识和不清醒,自我解嘲地寄希望于孩子自会长大成熟,更降低了人们的能动性与紧迫感。不可否认,过来人的教训与感悟,并不能自动变成年轻人的经验与财富。但认识上的不清醒,心智上的不成熟,行动上的不自律,依然是青少年成长错误中最可忧虑而又最无奈的部分。

人生没有回头路,世上也没有后悔药。许多经历了人世沧桑的前辈,在回首往事的时候,总希望把人生的道理告诉晚辈,以便他们少走弯路。这些人生道理,是从无数前人的经验和教训中沉淀出来的智慧,是一盏盏能够照亮人生之路的明灯。接受别人的忠告,其实是在享受他人的思想果实,提高自己的认知水平。路遥在《平凡的世界》一书中说:"每个人都有一个觉醒期,但觉醒的早晚决定个人的命运。"我希望通过这本书,你能明白人生的道理,不犯或少犯成长的错误,在认知和心智上更加清醒与成熟,对人生理解得更深刻,能做到自警、自省与自励,这样,你就能比别人走得更快也更远。举例来说,不在游戏和电视里耗费宝贵的青春年华,不在不良诱惑面前误入歧途,不把舒适与安逸当作人生的偏好与追求,不在情窦初开时因头脑发昏而荒废学业。质言之,少一点浑浑噩噩的我行我素,多一点规划未来的思考与清醒;少一点自以为是的固执与盲目,多一点志存高远的雄心与豪情;少一点优哉游哉的闲适与惰怠,多一点只争朝夕的拼搏与勤奋。早一点理解生活、理解人生,尽快成熟起来。

孩子,我不想也无法欺骗你,婴幼期的孩子,个个聪明伶俐,活泼可爱。谁家生了孩子,亲友们都会表示祝贺,问话无一例外都是"男孩儿还是女孩儿”，而绝不会是“部长还是农民”。这或许能从一个侧面说明，刚来到这个世界的人都是一样的，但长大以后，他们之间却会出现巨大的差异，职业、职务、权力、财富、人品、能力、地位、影响、贡献以及人们所承认的社会角色之间，不仅有高下之分，而且差别十分悬殊，甚至还有善恶的巨大分野。造成这种差别的原因，除了天赋与环境影响之外，还有个人因素。孩子之间的差距是最小的，但在成长的过程中，习惯与习惯的不同、认知与认知的差别却因人而异。一个人的理想信念、努力程度、道德修养、思维方式、认知水平以及为人处世的能力，是造就人与人之间千差万别的根本原因。

这个社会的竞争实在激烈，这个世界太过纷繁与复杂，没有清醒的头脑实在难以应对。这种激烈与复杂，要求你必须尽快成熟起来。你不要以为成熟是一个年龄概念，从而抱着慢慢来的态度。成熟，更多的是自律、理性与进取，是思想的觉醒和心灵的沉淀，是对人生与社会的正确理解，是对自己心态和行为的及时校正，是奋勇争先的顽强拼搏与筚路蓝缕的开拓精神。换句话说，成熟是独立思考、不断战胜自我的积极进取；是积极向上、乐观豁达的人生态度；是坦然大度、从容淡定的心态；是思维开阔、头脑敏锐的智慧；是不怕困难、百折不挠的坚强与毅力。成熟可以超越一般年龄段的思想局限，你只要勤于学习、善于思考、积极进取，就能较快地成为一个通达成熟的人，从而为自己的成功赢得更多的机会，也就更能在这个复杂的社会里游刃有余，把自己的航船驶向胜利的彼岸！

随着一天天长大，你会发现生活并不如你想象的那样简单。你会有欢笑，也会有眼泪；会有春风得意，也会有艰难困苦；会有鲜花与掌声，也会有失落与困惑。在你的人生中，既要面对成功与喜悦，也要面对挫折与失败。既要面对荣誉和尊重，也要面对轻蔑与冷漠。既要面对朋友，也要面对敌人……所有这些“面对”，都是你自己的事，谁都无法替代。

一个时代会赋予一代人独特的风貌。现在的年轻人，生长在中国最富裕的时期，受到了更多的关爱，思维活跃，自尊与自立意识强烈，并在全球化和互联网时代获得了更开阔的视野。但这一代人受不得委屈，吃不了苦，缺少坚韧意志和奋斗精神，缺少靠自己创造未来的勇气，有的人甚至期望不经过奋斗就能享受好的生活。随着经济的发展和人民生活的改善，年轻人对自己在物质和精神层面的期许也在提高，但社会的激烈竞争并不能让每个人的愿望都变成现实。学校的莘莘学子或者涉世未深的年轻人，在尚未面对社会现实问题之前，更多的是憧憬与幻想，是高谈阔论，豪情万丈。但当他们面临就业、买房、结婚、生子等巨大经济压力时，便感到迷茫与无奈。高期望值下有限的支撑能力，美好的人生梦想与艰辛现实之间的巨大反差，动摇甚至颠覆了他们的美好憧憬，使他们彻底陷入了困顿与迷茫的状态。

由于现实的压力和人们的攀比心理，使得一些刚踏入社会的年轻人，希望能马上拥有父辈大半辈子才挣来的物质条件，希望一下子就能跨入白领的行列，拥有宽敞的住宅和宝马香车。心理上的虚荣和有限的经济能力，使他们转而向父母索取，而且理直气壮。而当这种要求无法得到完全满足的时候，便对“高富帅”们产生“羡慕嫉妒恨”的复杂心理，或者错误地将怨恨发泄到含辛茹苦的父母身上。

人来到世上，都想追求社会地位的优越和生活的美好，这本无可厚非，关键是要靠自己去奋斗、去创造，并在奋斗中体现出你不同凡响的价值。幸福生活的真谛，是人的迫切而合理的需要通过正当途径得以实现或部分实现的心理体验，幸福既是满足，更是体验。人生的快乐不是财富，而是追求路上实现自我价值的满足与欣慰，过程之所以重要，是因为在过程中，你有追求，有体验，有超越，有创造，本身就极具价值与意义。如果坐享其成，缺少了实践和体验，更谈不上创造，人生难免无聊与苍白，既无法领略人生的丰富与充实，更无法感受生命的意义与精彩。

生命是一个过程，这个过程并不天然地具有意义。这个过程的意义，全在于它所表现出来的价值。生命的意义在于创造和贡献，通过艰苦努力和不懈奋斗，是实现人生价值的唯一途径。只有通过辛勤的耕耘与创造，你才能在奉献社会的同时成就自己，在有益他人的同时完善自己，在创造价值的同时升华自己。也正是在这种上下求索的过程中，你才能真正领悟生命的意义，找到精神的家园，描绘出绚丽多彩的人生画卷。正如原苏联作家奥斯特洛夫斯基在《钢铁是怎样炼成的》一书中所说："人最宝贵的东西是生命，这生命对于人只有一次。人的一生应该这样度过：当他回首往事的时候，他不因虚度年华而悔恨，也不因碌碌无为而羞愧。这样，在临死的时候，他就可以说，我的整个生命和全部力量，都已献给了世界上最壮丽的事业——为人类的解放而奋斗。"

毋庸讳言，在物欲横流的世风之下，有的人已经没有了信仰，也忘记了生命的价值与意义。面对这样的风气，不甘平庸的你，一定要有崇高的理想和追求，一定要有不流于精神苍白的清醒，一定要有不游戏人生的自觉，一定要有自异于流行陋俗的坚定，一定要有把握人生航船的智慧和能力！

与我们这一代人相比，你们的视野更加开阔，所掌握的知识更为丰富，更多地拥有了独立、平等和开放的意识，这是社会进步的结果，不过，这种"果"可能带有某种苦涩的味道。由于社会的变迁和时代的特点，年轻人的自尊意识太过强烈，心智与意识没有经过必要的训练和滋养，基本上是单向度地指向外部世界，缺乏内窥与自省。因而当自己的内心世界与外部环境接触与碰撞时，问题与痛苦便会产生，如不及时纠正，会严重影响自己的心绪、人际关系乃至事业的成败。因此，磨炼意志，涵养德性，洞明世事，体悟人生，便成了你的终身必修课。修好了这门课，不仅能使你拥有良好的心态和人际关系，从而有助于事业的成功，还能保证你拥有一个快乐的人生。

你所生活的时代和我们经过的时代有很大不同。如今的社会，需要务实的态度，更需要远大的志向。需要慎重的选择，更需要顽强的意志。需要处世的圆通，更需要人格的坚守。需要广博的知识，更需要做人的智慧。无论你将来做什么，都要先学会做人，做一个正直、善良、有理想、有爱心的人，做一个勇敢坚强、积极进取和严格自律的人。

人生是美好的，但也有艰难与险恶的一面。你将来也会遇到困难和挫折，也会面对一些险恶之人与险恶之事，如何去应对，只能靠你自己，办法无非是让自己足够强大，能够战胜困难，巧妙化解与避开风险，或者不战而屈人。无论用什么方式，都离不开人品、学识、能力和智慧的力量。

你和其他人一样，都是在无知中诞生，在求知中成长，在思索与奋斗中成功。当你能够读懂这些文字的时候，你已从一个青涩懵懂的少年成长为意气风发的青年，正是涵养志气、锤炼意志、放飞理想的时候，对未来怀有如诗如画般的憧憬。歌德曾说："谁若游戏人生，他就一事无成；谁不能主宰自己，便永远是一个奴隶。"青春，不能缺少精神脊梁的支撑，否则便十分苍白，也预示着人生的平庸和失败。青春的内涵不只是欢声笑语，更应多一点刻苦勤奋，闻鸡起舞。不应只有风花雪月，更应多一点大河奔腾，金戈铁马。不应只有快乐潇洒，更应多一点顽强拼搏与舍我其谁的气概！

人在成长的过程中，既需要别人真诚的鼓励与赞美，更需要及时的提醒和指点，以保持足够的清醒。当你开始思考与规划人生之路的时候，认真读一读我历时数载为你写下的这些文字，或许对你有所帮助与裨益。

是为序。

“劝君惜取少年时”

《增广贤文》中说：“一寸光阴一寸金，寸金难买寸光阴。”这是你一年级的课文中就读过的。

古人写过不少劝学诗，在民间流传很广。如：“少小不努力，老大徒伤悲。”还有大书法家颜真卿的《劝学》诗：“三更灯火五更鸡，正是男儿读书时。黑发不知勤学早，白首方悔读书迟。”这样的诗，直白明了又深刻。

除了劝学诗，还有惜时诗，比较有名的是《昨日歌》《今日歌》和《明日歌》。这三首诗出现在不同时代，但如出一辙，都是用大白话，深刻地阐释了珍惜时间的道理：

《昨日歌》：“昨日兮昨日，昨日何其好！昨日过去了，今日徒烦恼。世人但知悔昨日，不觉今日又过了。水去汩汩流，花落日日少。万事立业在今日，莫待明朝悔今朝。”

《今日歌》：“今日复今日，今日何其少！今日又不为，此事何时了？人生百年几今日，今日不为真可惜！若言姑待明朝至，明朝又有明朝事。为君聊赋今日诗，努力请从今日始。”

《明日歌》：“明日复明日，明日何其多。我生待明日，万事成蹉跎。世人若被明日累，春去秋来老将至。朝看东流水，暮看日西坠。百年明日能几何？请君听我明日歌。”这三首诗，生动晓畅，言浅旨远，发人深省。

大千世界中，最公正、最无私的就是时间，生活中最平凡又最宝贵的还是时间。“花有重开日，人无再少年”，时间就是这样，永不停息，稍纵即逝。世间万物，唯有时间的价值最难估量。因此，古圣先贤都把时间看得特别重要，视时间为生命。

庄子说：“人生天地之间，若白驹过隙，忽然而已。”高尔基在《论时光》中更是感叹：“夜阑人静，独自一人谛听着钟摆在冷漠地、不停地摆动，不禁毛骨悚然，这单调而精确的声音总是一成不变地表明一点：生命在不息地运动，黑夜与睡梦笼罩着大地，万籁俱寂，只有时钟在冷冷地、响亮地计量着那逝去的分分秒秒……嘀嘀嗒嗒地响着，每响一声，生命就缩短一秒……而逝去的这一秒就不再回到我们手中。”

千百年来，人们关于人生的思考和探问，归根结底是对宝贵生命的珍惜。古谚诗云：“人生七十古来少，前除幼来后除老。中间剩下不多时，又有严霜与烦恼。”除了婴幼期、求学期和衰老期，可以用来拼搏奋斗的时间真的没有几年。人生苦短，青春更是转瞬即逝的韶华，容不得彷徨，更容不得无端浪费。认识时间的宝贵，充分加以利用，学会管理时间，实际上是更好地享受有限的人生。

人在少年时，不太懂人生，“少年不知愁滋味”，总觉得长大是那么遥远，以为时光取之不尽，因而任由时间在玩耍中流逝。等到中年梦醒，却发现青春不再，这是大多数人到晚年最懊悔的事。2002 年，比利时《老人》杂志曾在全国范围内，对 60 岁以上的老人开展了一次“你最后悔什么”的专题调查，结果显示排在第一位的是：72%的老人后悔年轻时努力不够，导致一事无成。别的国家也有过类似调查，结果也是一样的。法国最著名的牧师纳德·兰塞姆，享有很高的威望，他一生中曾一万多次在临终者面前聆听他们的忏悔。在他晚年的时候，他把记录着人们临终忏悔的60多本日记汇编成书，却因里昂大地震而毁于一旦。纳德·兰塞姆去世后，安葬在圣保罗大教堂，墓碑上刻着他的手迹："假如时光可以倒流，世界上将有一半的人可以成为伟人。"这句话的意思是说，如果人们能将临终反思提前几十年，年轻时多努力，那么世界上会有一半的人可以成为伟人。

鲁迅说过："生命是以时间为单位的，浪费别人的时间等于谋财害命，浪费自己的时间，等于慢性自杀。"生命从一开始就是倒计时，不要让无谓的琐事耗费你宝贵的时间，要学会抵制无所事事的轻松舒适，抵制游戏娱乐的浮华诱惑，也不要让自己的时间遭到别人的侵占与窃取，要学会对付那些"时间大盗"。还有，不要让自己的宝贵时间被浪费和扭曲。《傅雷家书》中也说："可怕的敌人不一定是面目狰狞的，和颜悦色、一腔热血的友情，有时也会耽误你许多宝贵的光阴。"扭曲时间的因素，主要来自人的情绪。有的人心志不坚、眼界不高，情绪容易为一些小事所波动，或悲或喜，或恨或怨，很长时间都沉浸其中不能自拔，空自浪费了许多时光。所以，不空耗和扭曲自己的宝贵时间，也是珍惜时间的重要方面。

时间是一个常数。一天24小时，一年365天，公平地对待每一个人。既不能预支也不能储存，更不能用金钱或权势去交换。时间的长短虽然对每个人都是公正的，但对勤奋者和懒汉来说，效用与结果却有天壤之别。人们利用时间的含金量不同，决定了不同的生命质量。

我们每个人都拥有公平的时间，人一生的时间也差不多大致相等。那么，为什么有的人一生硕果累累，甚至对社会和国家做出杰出贡献，而有的人却一生碌碌无为？这种巨大的差异主要是对时间的认识不同、更是对时间的利用程度不同造成的。人生短暂，珍惜时间就是珍惜生命，只有在短暂的人生中多做一些有意义的事，才能更好体现生命的价值。对时间的有效利用，是说在时间流逝时，你能高效地做了有意义、有价值的事。如果任由时间流逝却什么也不做，或者做一些毫无意义的事，便是浪费时间。所以，珍惜时间对于实现人生价值的意义非同一般，更是对生命的极大尊重。珍惜时间，无非是科学规划、合理安排，提高单位时间的效率，并节制过度的娱乐，把有限的时间尽可能用到正事上。鲁迅说："哪有什么天才，我不过是把别人喝咖啡的时间都用在写作上了。"勤奋的人总觉得时间不够用，从而珍惜点滴时间。懒惰的人总觉得时间有的是，凡事都不着急，懒懒散散，做事效率不高，结果时间就悄悄地从他的酣梦或玩耍中溜走了，当他暮年回首往事的时候，留在记忆中的将是一片苍白。

《人生宝鉴》公布了一个非常有意思的调查：如果说一个人活 72 岁，那么，他一生的时间是这样度过的：睡觉 20 年，吃饭 6 年，生病 2 年，文体活动 8 年，工作 14 年，闲暇时间 22 年。当然，这只是个大概的平均数，但这个平均数足以令人震撼。即使按 72 岁计算，人一辈子的业余时间竟长达 22 年。从这些数字中我们不难看出，业余时间是一个巨大的时间资源，如何认识和利用这个资源，对一个人的人生价值与成就有着极为重要的关系。

爱因斯坦曾说："闲暇时间生产着人才，也生产着懒汉、酒鬼，乃至流氓、罪犯。"有的人总说忙，没有时间读书学习。上班忙，下班更忙。其实，有多忙并不重要，重要的是你在忙什么。有些人确实忙得不可开交，下班之后要应酬，还有没完没了的活动和各种娱乐，影视、打牌、唱歌、聚会……如今的社会，各种娱乐填满了人们的业余生活，你想打发时间或者寻开心，实在太容易了。于是，有的人开始迷茫起来，奔波于各种场合，迷恋于各种娱乐，放弃了曾经的梦想，在娱乐中麻醉自己。人的精神追求，需要健康的生活方式予以涵养和支撑，没有健康的生沽方式，高尚的精神追求就是一句空话。所谓生活方式，其实就是对业余时间的利用方式，健康的方式如读书学习、锻炼身体、琴棋书画等，而不健康的方式则是声色犬马、追求感官刺激、浪费时间与生命。所以，如何对待业余时间，将决定你的层次与成就，切不可等闲视之。

你只要稍加留意就会发现，我们的身边不乏因为充分利用业余时间而出类拔萃的人。那些一事无成又牢骚满腹的人，恰恰不懂得利用业余时间，他们在周末或者工作之余，表现出一种懒散、懈怠、无聊、空虚的情绪，不读书不看报，要么睡懒觉，要么沉湎于玩手机或人际应酬。把时间浪费在毫无意义的事情上，不能不说是对生命的辜负。如果你发现自己在学习和事业上并不如意，我劝你认真审视一下自己的生活方式和内容，盘点一下时间都到哪里去了，可以从边际价值最低的事情开始：有没有长时间沉浸在娱乐之中？是不是睡到日上三竿？或者没完没了地收发微信？等等。如果回答是肯定的，那你就必须问自己：这种生活能给你带来什么？你愿意用这种生活方式换取碌碌无为的一生吗？

《蒿庵闲话》里说："学者知纵酒、嫖娼、赌博之当戒，不知说闲话、看闲书、管闲事之尤当戒。前三事，故下流之归，稍知自爱皆能决去不为。后三事，初若无害，其废业、败德、生祸，究竟不异。然其毒伏藏甚深，人多不觉。及其既觉，已难追悔。阅此颇多，各宜知警。"意思是说，读书人都知道纵酒、嫖娼、赌博是不好的事情，应当戒除，却不知道说闲话、看闲书、管闲事才尤其应当戒除。前面说的三件事，固然下流，但稍知自爱的人都不会去做。后面的三件事，开始似乎没什么害处，但实际上，它们在荒废学业、败坏道德、惹祸生事方面的作用，一点也不比前三件事小。它们的危害隐伏甚深，只是一般人看不到罢了。

等人们发觉这样做的危害时，已追悔莫及。一生中见到这种事太多了，你们应当各自警惕啊！

人要有自我价值感，你的时间是有价值的，不应当轻易浪费，要懂得珍惜。人生就那么短短的几十年，要想过得精彩而有意义，就不能懈怠，不能彷徨，因为你没有那么多时间。只有奋力向前、顽强拼搏，才能绽放出生命的绚丽色彩。时间是最公正的判官，如果你虚度了年华、荒废了光阴，时间最终会把你打入卑微者的行列。所以，为了对得起将来的自己，现在的你就不能贪图安逸、活得轻飘飘的。要想以后活得精彩，就必须懂得舍弃过度的娱乐和无聊的事，舍弃一些不值得或没必要交往的人，因为生命最沉重的负担，不是学习和工作，而是无聊。

要学会管理时间，你不妨进行时间消耗记录，对休息、发呆、发微信、看电视等时间进行统计和分析，看看有多少时间是没有效益的空耗，这种方法对警醒自己、提高时间利用率很有帮助。为了充分利用时间，要特别注意养成“及时处理”的习惯。所谓“及时处理”，是说凡是该做的事和决定要做的事，立刻动手做，决不磨蹭与拖延。请注意：“立刻”很重要，这是在单位时间里多做事的最佳方法，最能充分利用时间。过去已经过去，将来还没到来，唯有现在最真实，别的都靠不住。许多人都患有拖延症，把现在该做的事放到以后，把今天能做的事推到明天，拖来拖去，既要忍受事情未了的心理煎熬，还很容易误事，你可千万不要染上这种毛病。另外，就是“一次性完成”，做任何事，都要一次性做好，确保质量。做作业是这样，对待工作也是这样。毛毛糙糙，不注重质量，总想快点完成，结果是不得不重新返工，这是对时间最无辜的浪费，也是对自己最无奈的折磨。

明朝的郑晓在《诫子语》中告诫儿子：“大志非才不就，大才非学不成。”现在的一些年轻人，想要好的成绩却不刻苦学习，想出人头地却不努力拼搏，想得到异性的青睐却哪方面都不优秀。就像现在的大学，自由很多，挥霍自由的人也很多，等到跨入社会的那一刻，那些过早挥霍自由的人，才发现生活是如此残酷，不优秀连工作都找不到。他们只会羡慕或嫉妒别人的功成名就，但别人吃的苦、流的汗他们全然不知道，更没有思量过自己是否曾去挑灯夜读。他们在闲散、在彷徨、在抱怨、在悲叹社会的不公，却从来没有想过如何改变自己。俗话说：“吃得苦中苦，方为人上人”，不妨问问这些年轻人：你知道“苦”的滋味是什么？你又吃过多少苦？如果没有，那就别做“人上人”的白日梦了！

百姓家的孩子要苦读书，皇室子弟也不例外。明朝嘉靖皇帝朱厚熜，幼时贪玩，不好好读书。他的父亲兴献王非常担忧，便把他关在书房里，罚抄一副家教对联：“读书好练武好学好更好，创业难当权难知难不难”，并且严令每天抄一百遍，否则就要受鞭笞。朱厚熜抄了整整一百天后，顿悟父亲的苦心，痛哭下跪于父亲面前请罪。从此以后，他把这副对联挂在书房里，时时警惕自己，刻苦攻读。

作家王小波说：“人的一切痛苦，本质上都是对自己无能的愤怒。”这个社会就是这样，既残酷又公平，你的能力和价值越低，被淘汰的可能性就越大。要想避免痛苦，避免人生的平庸，那就得有本事，就必须从小刻苦读书，使自己成长为一个有知识、有能力的人。努力真的不是给谁看的，而是为自己的幸福和成功奠基，为自己想要的生活做准备。少年和青年时期是人生宝贵的学习阶段，生命力旺盛，思维活跃，接受能力强。要珍惜这大好时光，尽可能把时间用到学习上，用到提升能力上，尽可能增加自己的内在价值。逝水年华细斟酌，不要以为你有大把时间可以挥霍，青春其实很短，转瞬即逝。不要在该奋斗的年龄选择偷懒，在最该学习的时期选择安逸。只要你坚持不懈，每天都在突破自己，就一定会迎来丰收的季节。只有经历过连自己都会被感动的拼搏岁月，才能成为最好的自己。成功真的不遥远，也不需要太多时间，只要用上你玩耍、发呆和聊天的时间就足够了。

顺带还要说一点，中学阶段，年轻人情窦初开，异性之间可能会产生某些好感，有的人因此荒唐沉迷，无心学习。不少人为此荒废学业甚至丢掉了上大学的机会，从而也就改变了人生的轨迹。我曾目睹过许多这样的例子，因此特别提醒你，别相信这个年龄段的所谓爱情，因为它太不靠谱，也太容易变质了。喜欢一个人和爱一个人，是两个不同的概念，是两种完全不同的心理状态，不要把青春期自然萌动的对异性的好感与爱混为一谈。喜欢是不排他的，而爱则一定是排他的。喜欢不需要负责任，而爱，则一定要负责任。青少年要走的人生之路还很漫长，未知因素实在太多，根本不具备谈情说爱的条件。校园爱情看起来很纯洁，没有功利色彩，却没有现实基础，在生活、就业、房子、前程等生存压力面前，这种爱情脆弱得不堪一击。别的不说，光是能不能跨进大学门槛这一条，就足以颠覆他们当初对爱情的肤浅理解。所以，对异性的好感根本不是爱，只不过是心动的一种感觉而已。这种感觉虽属正常，却不能太当真，淡然处理，任它一过了之。谁若不慎堕入其中不能自拔，这个人就完了。除了浪费掉宝贵的青春时光，是什么也得不到的。中学时期是人生一个非常重要的阶段，后面紧接着的是大学门槛，能不能进入心仪的大学，对人生具有决定性的意义。假如因为盲目早恋，使一个原本可以大有作为的青年，不能在最佳的时间段全力以赴做好该做的事，从而人为降低了应有的人生高度，一定会后悔终生。人生的失败，往往就是迷失在重要的岔路口上，千万要警惕。

青春是人生的春天，是生命中最美好的时光，也是积累知识、锤炼能力、准备未来的宝贵阶段。青春是人生最美的歌，你要好好谱写，以便无怨无悔地唱好将来的每一天。

青春正当时，不予负流年。珍惜青春吧！错过了，便是一生。

也说“志当存高远”

一个人在青少年时期的志向和愿望，会决定他的一生。你出生在怎样的家庭，在成长的过程中拥有怎样的环境和条件，这些都不重要。重要的是你内心里有没有远大的志向，以及为实现这个目标的强烈愿望和坚强决心，并以此来支撑你走好人生之路。

志向，是对美好而崇高目标的追求，历来被人视为处世立身、建功立业的根本，历史上凡是成就了一番事业的人，都具有远大的志向。志向与目标，反映了人们对美好未来的向往，以及对实现自我价值的渴望，既能为我们的人生奋斗指明方向，也能为我们提供不竭的精神动力。王阳明说：“志不立，天下无可成之事。”无论做什么事，都要有一个明确的目标。要想干一番事业，必须先确立志向，因为人的行动总是被意志和理想所支配。范仲淹小时候家境贫寒，却有“不为良相，便为良医”的远大志向，既展示了他进则报效国家、退则造福乡梓的伟大情怀，也是他焚膏继晷、刻苦攻读的不竭动力。

相对于历史长河和茫茫宇宙，人生是很短暂的。要想以清醒的思考和坚定的步伐走好人生之路，唯有给自己确立一个远大的目标，并为此顽强拼搏，人生才会充实而精彩。否则，在有限的生命里无目的地流浪，活得就太无聊、太没有意思了。所谓理想，是能引发你愿意为之奋斗的一种理念，是你愿意通过努力去取得更大成就的追求。一个人最大的幸运，莫过于在青少年时期，发现并确立了自己此生的目标与使命。青少年时期贵在立志，要不甘人下，决心将来有所作为。只有树立崇高而坚定的理想目标，才能激发刻苦学习、奋发向上的意志，由此也才能不断拓展眼界与胸襟。罗曼·罗兰说："每个人的生命中都有属于他自己的一份精华，我们要先了解自己，选定方向，认真去追求，那就叫立志。"人不立下远大的志向，就无以成就伟大的事业。平庸与卓越的区别，在于心中有没有对未来的期许。很多时候，成功所缺少的并不是能力，而是远大的抱负和恢弘的志气，是成就一番伟业的强烈愿望。

在人生的路上，一个人能走多远，不取决于智商，而是取决于自我成就的动机，是内心深处的强烈欲望。世界上最伟大的力量就是追求的力量，这种力量来自自我驱动力，是成长与成功的真正动因。志存高远，方能不畏艰险，一往无前地去追逐梦想。志向与目标，是对未来美好生活的向往，是对实现自我价值的渴望，具有强大的激励与鼓舞作用。当你确立了远大的志向，就为你的人生指明了方向，同时也就为你提供了强大的精神动力。

人一旦为自己设定了远大的目标，并矢志不渝去追求，生活就变得充实而有意义。一个志存高远的人，必定是一个有追求的人，内心沉稳旷达，意气风发，锐意进取，并在不断进步中收获快乐。当他取得一定成绩时，他不会骄傲自满，更不会故步自封，因为他知道离目标还很远。当他遇到困难和挫折时，也不会消沉，因为他知道那不过是一种磨炼。成功的经验与失败的教训，他都能转化成财富与智慧，从而不断修正自己，以更正确的方法去接近目标，去收获美好的人生。

当你确立了远大的志向之后，就能站在高处去思考生命的意义，就会更加清醒与自觉，不允许自己懈怠和轻易失误，就能踏实地走好人生的每一步，从而活出不同于芸芸众生的自我来。目标牵引成长，过程充盈人生。比如面对每一次考试，你都会集中精力，认真对待，巩固所学的知识，取得优异的成绩，也使自己的人生之路充实而精彩。短期目标是这样，长远目标也是这样。人有了远大的理想，就有了强烈的目标感和积极的期待，就能调动起全部的激情和聪明才智，对个人的价值而言，这就是志存高远的作用与意义。

远大的志向，或者叫雄心，就是对未来规划的一张蓝图，是横亘在心头挥之不去的想法。这种雄心，能使人顽强地保持亢奋状态，从内心深处为你提供不竭的动力，这是成就大事的关键因素。及早规划出你的未来，然后朝着目标顽强拼搏，坚守心中的远方，不为各种诱惑所动，你就一定能走向卓越。王阳明说："立志而圣，则圣矣；立志而贤，则贤矣"，他首先说明了立志的重要性，"有志者，事竟成"，有了坚定的志向，就有了明确的方向和奋斗的动力，然后才能有所成就。但光有志向还不够，志向还要远大，不仅要成就自己，还要为天下苍生而立志。毛主席读小学的时候，就给自己取了"子任"的笔名，表达了"天下兴亡，匹夫有责"的担当精神和挽救民族危亡的崇高理想。他在湖南第一师范上学的时候，就与同学约定了"三不谈"：不谈金钱，不谈男女之事，不谈家庭琐事。那么谈什么呢？后来毛主席与国际友人谈到，当时他和朋友们只谈大事———人类社会，中国，世界，宇宙。这里的谈与不谈，突出地展现了毛主席胸怀天下的鸿鹄之志。

"志当存高远"，一个人追求的目标越高，越容易激发追求上进的毅力与奋发图强的热情，因而取得的成就就越大。志向具有强大的召唤力量，这种召唤力足以唤起你的豪情，使你胸襟开阔，力量倍增，能理智地保持自我约束，把主要精力都聚焦在目标上，不为无聊的琐屑小事浪费精力和时间，不为无聊的娱乐所吸引。"举大事者，不忌小怨”，有大志者无小是非，多是非者没大出息。如果一个人对人生目标定位太低，目光如豆，势必斤斤计较于鸡毛蒜皮，甚至怨天尤人，庸人自扰。曾国藩在给后生欧阳勋的一封信中说：“凡人材高下，视其志趣。卑者安流俗庸陋之规，而日趋污下；高者慕往哲盛隆之轨，而日即高明。贤否智愚，所由区矣。”意思是说，人才的高下与他的志趣密切相关。低劣的人安于现状，受世俗陋规的束缚，因而越来越卑污；高等的人才，仰慕先贤的功德并按照圣贤所说的改变自己，因而越来越高明。一个人是贤能还是不贤能，是聪明还是愚蠢，区别就在这里。

志趣有雅俗，志向有高低。千差万别的志向，造就了千差万别的人生。千差万别的人生，呈现出千差万别的色彩。有的绚丽斑斓，有的黯淡无光。所罗门说过一句震撼人心的话：“人的心里想什么，他就是什么。”目标产生动力，不过，这个目标必须是你反复思考后确定无论如何都要达到的目标，才会成为你真正的驱动力，而不是一时冲动的大话，也不是好高骛远的妄想。人有了明确的目标后，就会把自己的行动与目标不断进行对照，行动的动机就会得到维持与加强，就能矢志不渝地努力，从而成就伟大的壮举。

不可否认，人们的生活水平现在虽已大为提高，但一些人活得很茫然，常常在吃喝玩乐样样满足之后心生空虚，干什么都觉得无聊，对于生命的价值和人生的真谛，处于一种无意识状态。还有一些本可有为的年轻人，没有追求和理想，一部智能手机，一份能维持生活的收入，他们就心安理得，过着低要求、低目标的低配置生活。对自己没有更高的要求，对未来也没有多少期许，更没有建功立业的冲动，没有活出自己，更不可能给生命留下任何印记。原因就在于他们失去了人生最重要的东西——理想。因为理想是一个人寻找自我、实现自我、走向美好的巨大力量，正是这种力量，才能使人迸发出巨大的潜能，引领人走向卓越与辉煌。

爱因斯坦说:“我从来不把安逸与享乐看作生活——这种理论,我叫它猪栏式理想。”人的快乐与充实,绝不仅仅取决于物质条件,还应该在理想与追求的更高层次上去体现。人,总应该追求精神的充实与丰盈,追求生命的高贵与尊严,总应该为自己、为他人、为社会留下点什么。人的终极幸福,是感受到被爱和感觉到自己的重要性,是对他人的贡献。正是对这种幸福的追求,许多仁人志士才不懈奋斗,为社会的发展和人类的进步做出重大贡献。

据报载,1979 年,心理学家对哈佛大学的毕业生进行了一次关于人生目标的调查,结果是:27%的人没有人生目标,60%的人目标模糊,10%的人有短期的清晰目标,3%的人有清晰而长远的目标。25 年后,再次对这批毕业生进行跟踪调查,结果是:3%的人 25 年来朝着一个方向不懈努力,都成为社会各界的成功人士;10%的人,他们的短期目标不断实现,成为各个领域的专业人士,大都生活在社会的中上层;60%的人,他们有安稳的生活与工作,但都没有什么成就,几乎都生活在社会的中下层;剩下 27%的人,他们的生活没有目标,过得很不如意,并且常常抱怨社会和他人。这项调查说明,他们之间成功与否的差别仅仅在于:25 年前,一些人有明确的人生目标,而另一些人则不明确或不很明确。可见,理想与目标对人生多么重要!正如网上有一句话说得好:有目标的人在奔跑,没目标的人在流浪,因为他不知道到哪里去。

成功来自渴望成功的强烈愿望。一个人能否成功,取决于他在多大程度上把自己从自我限制中解放出来。有的人总觉得不可能成功,既不敢想,更不敢做,自己把自己打入平庸者的行列。实际上,除了意志不坚者的浅尝辄止和懦弱者的故步自封,世界上没有什么不可能。

重要的是你不要把目标定得太低，不要先给自己设下壁垒，把自己限制和囚禁起来。人生只此一次，如果想都不敢想，更不敢去做，未免活得太窝囊、太没有意义了。要敢于破除担心做不到的犹豫和怯懦，胸怀大志，坚定信心，勇往直前，那么你就会释放出巨大的潜能，让你的生命绽放出绚丽的光彩。

《围炉夜话》中说："志不可不高，志不高，则同流合污，无足有为矣。"意思是说，一个人的志向不可不高，如果志向不高，就容易受不良环境的影响，就不可能有大作为。《曾国藩的正面与侧面》一书的作者张宏杰说："曾国藩一生成功的第一要诀，就是立志高远。这一志向，驱动他一生不在小诱惑、小目标面前止步。"许多事实证明，一个人志存高远，意志坚定，即使他处在一个不好的环境里，也能洁身自好，不坠青云之志。一个人如果志向不高，处在一个好环境里，或许不至于一事无成。但如果处在一个不好的环境里，最终很可能是一个不肖之徒。人如果没有高远的视野，就很容易受环境的影响，就会纠结于点滴得失和细琐小事，表现出短浅的目光和狭小的格局，抱怨世道不公，慨叹生不逢时。本就平凡的人如果走向了平庸，人生就太过苍白，充其量不过是演示了一次生老病死的人生轮回而已。

说到底，志向与胸怀，责任与使命，决定了一个人的格局和未来。有了高远的志向和理想，就会有开阔的胸怀，就会有宽阔的视野和坚韧的毅力，从而以坚定的步伐，一步一步朝着理想迈进。古人说："志欲高而无妄"，是说要想实现高远的志向，就要脚踏实地，刻苦勤奋，努力增长才干，而不能好高骛远，不切实际。一个人志存高远，会从志趣爱好上体现出来，他不会稀里糊涂过日子，心中始终有目标，对自己始终有要求，爱读书学习，能经常反省总结自己。相反，"立志不高，则溺于流俗"，如果一天到晚无所用心，或者只对马路新闻感兴趣，只关注娱乐和吃喝等琐事，说明这个人胸无大志，对自己和未来的期望值很低，注定是个无所作为的平庸之辈。一个人的成就绝不会超过他的理想与志向，琐碎的心境和琐碎的小事，已经彻底扼杀了心中的志向与豪情。所以，夜深人静的时候，问问自己将来打算干什么，该怎么办，不能稀里糊涂地过日子。

《后汉书·虞诩传》中有这样一句话："志不求易，事不避难。"意思是说确立志向时不要追求容易实现的小目标，做事不要回避艰难的事情。这句话告诫我们，不要把容易实现的小目标当作志向，因为它不够高远，充其量只是一个阶段性目标，不能从整体上体现一个人的价值。就像一次考试，因为准备充分而得了满分，但并不能说明一个人的总体水平，反倒可能滋生自满情绪，误导一个人对远大理想的确立与行动上的落实。

人如果没有理想和为之奋斗的拼搏过程，生命就只剩下了空架子。这个世界上之所以有那么多一事无成的人，就在于他们缺乏理想，太容易满足于现状，选择安逸而拒绝拼搏。要么就是自我设限，定一个容易实现的目标就算最高理想了。就像当下的一些人，一份稳定的工作和够用的工资，一个可以安居的房子和一辆代步的汽车，他们便心满意足。以理性的名义瞻前顾后，以比下有余的心态自我宽慰，进取的意志便消磨殆尽。心灵一旦被消沉所锈蚀，便注定了平庸与无为。等到有了孩子，家务的繁忙更为自己的不思进取提供了理由，心灵由此得到慰藉和解脱。还有的人，当初虽也有远大的理想，内心深处却对实现理想表示怀疑，因而信心不坚定，行动不持久。拥有这种思维的人，瞻前顾后，随时准备更换目标，看似精明，实则是为自己的怯懦寻找借口。

没有志向或志向不高的人很少，但取得成就的人并不多。其中的原因，无非是有志向无行动，或者缺乏坚定的意志，不能持之以恒。朋友一招呼去玩，理想就被丢到垃圾桶里了。要么是太容易满足，取得一点成绩便停滞不前；要么是遇到挫折便心灰意冷，把原本美好的蓝图束之高阁。归根结底，是缺乏坚定的意志和顽强的精神，不能日复一日、年复一年地持之以恒，导致败下阵来。意志的形成，要靠一个你极度渴望的远大目标。人生路上有各种困难，意志稍不坚定，便会产生动摇。生活中又有太多的诱惑，因此就有太多的欲望。左宗棠说："志患不立，尤患不坚。偶尔听一段好话，听一件好事，亦知歆动羡慕，当时亦说我要与他一样。不过几日几时，此念就不知如何消歇去了。此是尔志不坚，还由不能立志之故。如果一心向上，有何事业不能做成?"所以，能够长时期地专注学习或研究问题，自觉克服内在的惰性和抵制诱惑，矢志不渝地拼搏向前，才是志存高远的具体体现。

人要有远大的志向，但这个志向不能太模糊，而是一个比较清晰的目标，如果目标过于笼统，就难以参照执行。这个目标既是内心的追求，也是通过努力能够实现的。也就是说，你必须知道你到底想要什么，必须知道你的人生之路通往何方。而且，这种愿望必须强烈到使你坚定不移与梦寐以求，才能够实现。古往今来的成功人士，做事都有很强的目的性，他们非常清楚自己的目标是什么，为此埋头苦干，矢志不渝，凡是无益于实现目标的事，少做或坚决不做。成就一番事业，非一朝一夕之功，需要一个相对漫长的连续奋斗过程，其间会有想象不到的困难和挫折，唯有坚定的信念和蔑视困难的宏大气魄，才能取得成功。

志存高远，并不是好高骛远。实现理想的路，并没有你想象的那么遥远，只是在路上不能东张西望，不能停顿。所以，志向要远，目标要近。要给自己设立一个个近期能够实现的具体目标，你追求的目标越高、越具体，你的进步就越快。人比较容易专注于小目标或短期目标，这是因为小目标具体清晰，完成周期短。如一个星期、一个月的计划，并随时检查完成情况，这样，你就会有一种控制感，知道自己在争取什么，目的性很强。当你把自己的行动与目标不断加以对照时，你对自己的执行能力和潜力会有全新的认识。阶段性目标的完成与超越，能给人莫大鼓舞，从而进一步增强信心，调动潜能。

实现小目标比较容易，只要付出努力，短期目标都是能够实现的，你也一步一步朝着理想迈进，所以不要低估你的能力。但也不要高估你的毅力，能否长年如斯地去设定一个个有意义的小目标并圆满完成，是对毅力与恒心的考验。事业的成功不可能一蹴而就，需要付出坚持不懈的努力，需要在艰难困苦中顽强拼搏。志向的高低，决定了青春的色彩与分量。只有咬定青山不放松，顽强拼搏不懈怠，才能用勤奋的汗水谱写出壮美的青春之歌。曾国藩是个有大志向的人，而且意志坚定，矢志不渝，他给自己写下的座右铭是："不为圣贤，便为禽兽；不问收获，但问耕耘。"渴望成功的强烈愿望与付诸行动的持续努力，才是实现理想与抱负的根本保证。

确立理想是对自己人生的规划，与他人无关。《教父》中说："不要轻易说出你的理想，不给别人嘲笑你的机会。"当你立下远大志向并为实现这一理想而勤奋学习时，由于社会的原因和人生观的不同，难免会受到一些人的冷嘲热讽，或者并非恶意的干扰与打搅。作家马德说："这个世界，什么时候都会有说三道四的人。这跟你的对与错没有关系，跟是与非也没有关系，它只跟人性的刻薄和尖酸有关系……他们是世俗世界的一帮闲人，而你忙得很。为他们而逗留，已是一个错误，若再因他们而生气，说明这帮闲人，已成功把你变成了一个俗人。"不愿拼搏的人不愿看到有人鹤立鸡群，平庸的人希望大家都平庸。世俗的力量有时很强大，你要警惕。要知道，诋毁本身就是一种仰望，不要在意别人怎么评说，当你变得足够强大时，就没有诋毁只有仰望了。何况，那些比你强大的人，才懒得去说你，他们压根儿没有心思和时间。

“猛志逸四海，骞翮思远翥。”每个人心中都有一团滚动的炽热火花，你也一样，确立远大志向，带着理想起航，勇敢地朝着目标奋进，她就会绽放出璀璨的光芒！

对自己的人生负责

谁都知道，生命是最宝贵的。人生要有价值，前提是必须珍爱生命。就生命的有限性而言，能健康地活着，就是莫大的幸福。

生命是宝贵的，但她并非只属于你，也属于你的亲人，还属于你生长和生活的国度。因此，我们无权随意挥霍自己的生命。孟子说："君子不立危墙之下，"说的就是要爱惜生命，对自己的行为和生命负责，就是对亲人和社会最有价值的贡献。

每个人都拥有生命，但并非每个人都懂得生命并珍爱生命。人们拥有生命早已习以为常，而一切习惯了的东西都容易被人忘记。人们在道理上都懂得生命的宝贵，实际上却常常做一些浪费生命、损害生命的事。珍爱生命，首先要保护好自己，无论是体育锻炼，还是交通出行、跋山涉水等，都要把安全放在第一位。世界上最大的儿戏，莫过于拿生命开玩笑。此外，还要尽可能地过有规律的健康生活，让身体不受伤害。不要因为自己年轻，就可以不负责任地对待它。道理很简单，珍爱生命，保持健康的体魄，才可以去实现你的理想，创造辉煌的未来。

对自己负责，对自己的行为负责，这个道理并不深奥，关键是如何负责。小学四年级的一次家长会上，校长做了题为"对己负责，为一生幸福奠基"的演讲，令人印象深刻。她从四年级学生的日常行为、责任担当等方面，论述了应培养什么样的品质，要求你们要牢记自己的责任，管理好时间，以协商与感恩的态度学会求助。校长提出了一个重要命题：对自己负责是一生幸福的基础。她还特别强调了“边界意识”，告诫你们务必要知道行为的边界在哪里。一些青少年，特别是男孩子，容易受到一些不良引诱，诸如抽烟、酗酒、赌博、玩游戏、吸毒、偷吃禁果，以及其他冒险活动，他们之所以沾染这些恶习，归根结底是缺少“边界意识”。有的是因为好奇，有的是心存侥幸，有的则是怕朋友讥笑而逞英雄，殊不知一旦沾上了便不能自拔。还有的是标榜江湖义气，为了朋友而与人打架斗殴，或跟着坏人去做坏事，等等。这种意志薄弱、是非不辨、不能自律的人，必定走向危险的深渊。

十五六岁的年纪，还未成年，懵懵懂懂，却以为自己什么都懂，不服管束，心生叛逆，向家长索要自由，甚至我行我素，是非常危险的。从来都没有绝对的自由，只有相对的约束。对未成年人来说，自由不必也不能来得太早。成长中更需要对生命的敬畏，能平安又健康地走到成年，比什么都重要。自由，是成年以后的事。

托尔斯泰讲过一个故事：穿新鞋的人，会小心翼翼地绕开泥泞，但只要一失足弄脏了鞋，就不再顾及泥泞，结果是鞋越来越脏。这个故事含义深刻，当人没有沾上恶习的时候，会对恶习保持警惕，避而远之。一旦沾上了边，就会越陷越深，难以自拔。所以，守住心中的防线，不越雷池一步，坚决杜绝第一次，慎始慎微，是关键的关键。

爱自己，就应当听从长辈和老师的教诲，善纳忠言。爱自己，就必须有明确的是非观念，知道行为的界限。爱自己，凡事就不能弄险，在危险面前决不心存侥幸。爱自己，就必须远离黄、赌、毒，坚守道德底线与高尚情操。

俗话说：“平安是福。”可真正理解这句话含义的人并不多，许多人都是失去平安之后才知道平安的重要。平安，就是无病无灾。可有的年轻人，喜欢冒险，逞英雄，结果受到伤害甚至丢了性命。俗话说：“居安思危危自小，有备无患患可除。”人生路漫漫，还是谨慎小心为上。还有些人，为了追求事业的成功，忙东忙西，陪吃陪喝，超负荷运转，把自己搞得疲惫不堪，身体严重透支。他们在追求所谓成功的同时，恰恰忘记了健康，忘记了幸福的源泉和追求的终极目标，未免本末倒置。所以，无论你平日里多么繁忙，也无论你多么热爱自己的事业，都必须为自己保留一分清醒，保留一个开阔的心理空间、一分内在的从容与闲适。合理饮食，劳逸结合，心态良好，情操高尚，使自己的身心保持一个良好的状态。这才是对自己负责，也是对亲人以及所热爱的事业负责。

还有一点非常重要，就是永远不要和不同层次的人争辩，那对你将是无益的消损。我指的是流氓和蛮不讲理的人，人们把他们称作“垃圾人”。这些人身上充满了嫉妒、抱怨、仇恨与烦躁等各种垃圾情绪，脾气暴躁，人性扭曲，通过寻衅滋事或伤害别人以求发泄。假如遇到这样的人，绝不要用正常的思维去应对，不要同他们争长论短，你用嘴巴讲理，他用拳头说话。最好的办法是躲避，以止损为上，安全比什么都重要。对于那些“三季人”，也无须争辩，庄子说得好：“夏虫不可以语冰”，不必理会就是了。台湾已故学者曾仕强曾说，懂得这个道理，起码能增寿十年。

除了要对自己的健康和生命负责外，人活在世上，还要承担起对自己、对亲人和对国家的责任，这些责任既是我们的义务，也是成长的动力。美国前总统卡特说过：“成功源于责任，一个人肩负的责任有多大，战胜困难的决心就会有多大。”责任感能纠正人的狭隘、懒惰和自私，很多人的勤奋与拼搏背后，首先是源于对自己和对家庭的那份责任感和使命感。有了这种责任感和使命感,人就能清醒地把握行为的边界,严格要求自己。就会扬鞭奋蹄,以只争朝夕的精神顽强拼搏,努力使自己成为一个有作为的人,否则便会感到愧疚与不安。

人只有活一次的机会,任何人都不例外。珍爱生命进而不虚度人生,才是对生命最大的负责。责任,是人与生俱来的使命,是责无旁贷的义务,更是整个人生都需要奉行的理念。爱默生说过:“责任具有至高无上的价值,它是一种伟大的品格,在所有价值中它处于最高的位置。”责任首先是一种严格自律,是人基于良知、信念和觉悟而自觉自愿履行的义务。小到个人和家庭,大到社会和国家,都离不开责任的推动。

所谓责任心,就是一个人对自己和对他人所负有的责任的认识,以及与之相应的承担责任、履行义务的自觉态度。责任是责无旁贷的义务,从本质上说是一种使命,是必须承担和无法逃避的,它使人生变得有意义和有价值。优秀的人之所以优秀,并非生而不凡,而是他们愿意并能够对自己负责。责任能够产生勇气和力量,让你去直面压力与困难,从而让你变得更加勇敢和坚强。看一个人是否成熟,不是看他的年龄,而是看他能承担起多大的责任。越是优秀的人,承担的责任就越大。如果一个人不知道自己对人生负有什么责任,他可能连活在世上的意义也弄不明白,自然就更不明白对他人的义务与责任。遗憾的是,有些人对自己的人生责任是不清醒的,或者说是被动的。他们之所以还能做一些自己该做的事情,不是出于自觉,而是迫于舆论和环境的压力,因此也就谈不上尽心尽力。人活在这个世界上,只有认清了自己的责任和目标,才能获得内心的充实与安宁,从而焕发出巨大的激情与能量。

每个人都有自己的人生使命,都有自己要独立实现的生命尊严。

正如托尔斯泰所说:“一个人若是没有热情,他将一事无成,而热情的基点正是责任心。有无责任心,将决定一个人生活、家庭、工作、学习的成败。”人有了责任心,生活才算有了真正的意义。因此,人不但要知道自己的责任,还要不断提高与完善自己,使生命变得足够强大,才能更好地履行使命与责任,并体验人生的美好与壮丽。人的这唯一的一次生命虚度了,没有任何办法可以补救,也没有任何人能给予补偿。对于自己的人生使命,只能由自己来承担,别人一点忙也帮不上。

一个人只有勇于对自己负责,才能取得别人的信任,别人才敢让你对他负责。在以后的日子里,你会慢慢长大,会恋爱结婚,会为人夫为人父,会在你所热爱的事业中拼搏奋进。希望你在成长的过程中,慢慢体味生活的重量,理解生命与学习、工作的意义,进而理解责任。当一个人的责任心在心底萌发时,就是他走向成熟的开始。林肯总统说过:“人一旦受到责任感的驱使,就能创造出奇迹来。”责任虽然是一种社会他律,但主要是一种严格自律。你一定要认清对自己、对家庭、对集体、对国家的责任是什么,并自觉而勇敢地去担当。一个人的作用与分量、威望与地位,通常与他承担的责任成正比。伟大与卑微,往往也是以担当得多少来划分的。

现在的一些年轻人,最缺乏的品质就是责任感和自我约束能力。他们身上或多或少地存在一些坏毛病,如懒散懈怠、没有理想、自私自利、凡事只替自己着想。在这些人身上,高尚的品格、远大的志向、悲悯的情怀、道德的底线,都被极端的功利主义或利己主义所代替。更可悲的是,有的人活得很自私,很随意,俗不可耐。日子在他们手里,不过是本能驱使下的吃喝玩乐,只知道盲目顺从与满足自己的欲望,始终停留在人生最低的生物境界,是典型的利己主义者,从不思考自己的责任,也从没想过调整自己的人生走向。这些人随随便便地就推脱了应有的担当，放弃了自己的责任，活得很自私，心甘情愿成了社会的弃儿。

一位学贯中西、名满天下的大学教授这样告诫他的学生，人生有三只兔子不可追：少年时代，教室之外的嬉戏玩耍是一只诱人的兔子，你若去追赶它，它就带给你荒芜的一生；青年时代，校园之外的名利富贵是一只诱人的兔子，你若去追赶它，它就带给你虚荣的一生；中年时代，社会上的灯红酒绿是一只诱人的兔子，你若去追赶它，它就带给你堕落的一生。这位教授给人生的三个阶段分别敲响了警钟，可谓振聋发聩，告诫人们要对自己负责以及如何负责。但愿这殷殷教诲，能够唤醒那些傻乎乎想去追赶兔子的人。

通过社会的认可来获得自身价值的实现，原本无可厚非。但在一个浮躁的时代，媒体制造的一夜成名被一些人视为成功的捷径，现实的浮躁纵容了他们的投机和冒险心理，于是便不愿踏踏实实地做事，不认真对待自己的学业和工作，没有理想，一门心思想着挣钱，甚至用歪门邪道去追求所谓成功，把对自己和对家庭的责任丢到了九霄云外。对这种危险的倾向和做法，你要提高辨别力，保持足够的警惕，守住道德和规矩的底线。

你生长在社会的转型期，从小就沐浴在市场经济的氛围中，这就决定了你们这一代人的价值观必然与父辈、祖辈会有差异。你们会更多地从自身需要出发看问题，开放的环境和多元的信息渠道，拓宽了你们的视野，增强了你们的独立性和自主意识。但就生活的压力而言，你们则面临着比我们当年更艰巨的求学、就业、家庭三大课题。在这样一个竞争激烈的时代，缴费上学，自主择业，自费买房，给年轻人造成了巨大的压力。再加上社会的浮躁与盲目的攀比心理，使一些年轻人心理失衡，变得实际又势利，从而以自我为中心，以个人利益作为思想和行动的准则。不可否认，当今社会的价值取向给年轻人带来了很大的负面影响，信仰的缺失，唯利是图的社会环境，动摇乃至颠覆了一些人心目中原本的美好理想。但你要明白，这种现象只是社会价值评价体系扭曲的暂时结果。只要你志存高远，不甘平庸，就会正确对待，不会被不良世风吹得迷失了方向。

对自己负责，是一种崇高而严肃的责任。俄国作家克雷洛夫说过："人生，是每一个人生命旅程中唯一经营的项目，创造幸福是它的附加值和目的。生命的过程，就是经营人生的过程，须细细把握生命中的点点滴滴，慎重接受每一次选择，以理性的态度和健康的心理，潇洒应对始料不及的变故；定准生命的坐标，以'长线经营的心态算好每一笔盈亏账'，不挥霍生命，也绝不吝啬投入。"一个人从具备完全的行为能力开始，就必须担当起这种责任，用强烈的责任感去把握人生，做任何事都要审慎思考，能不能做、该不该做以及怎么做。在自己的生活和事业上，不冒险，不侥幸，不懈怠，不放任，不逾矩，不违法。对年轻人身上的一些毛病，以及社会上的各种流弊与失范行为，要有清醒的认识，向上看而不往下比。"一失足成千古恨，再回头是百年身"，一个人要想拥有平安又成功的人生，一定要慎思慎行。人这一辈子要经历很多事，哪一个环节处置失当，就有可能导致全盘皆输，必须慎之又慎。明代方孝孺说："人之持身立世，常成于慎，而败于纵。"一个人如果没有把握自己的能力，纵然再有才华也难成大事。

对自己的人生负责，最重要的是学会管理自己，学会自律。什么叫自律？简单地说，就是在无人要求和监督的情况下，能约束自己的行为。该做的事情，无论你情愿不情愿，都能主动、自觉、认真地做好；不该做的事，尽管你心里想或你喜欢，也决不去做。人有顽固的惰性，也有巨大的潜能。一个自律的人，就是善于自控，懂得自重和自爱，能够克服自己的惰性，发挥自己的潜能。自律还意味着放弃，放弃懒散，放弃诱惑，放弃得过且过。人这一辈子，靠别人要求和约束，孩童时期有点用，长大了一点用也没有，只能靠自己的觉悟。所以说，自律是解决人生痛苦的根本途径，更是成就自我的根本途径。朱熹曾说："不奋发，则心日颓靡；不检束，则心日恣肆。"一个人如果不奋发向上，心智就会变得颓废。不经常检讨与约束自己，就会毫无顾忌地放纵自己，自然难以有所成就。比如有的人，对学习和工作不努力，却对吃喝玩乐很有兴趣。有的人早上起不来床，晚上下不了网。一个人，如果把岁月挥霍得一片狼藉，便是糟蹋生命。如果将日子过成简单的重复，日复一日毫无长进，便是辜负了人生。

对自己的人生负责，意味着要加强学习，不断提高自己。你必须始终保持强烈的自我完善愿望，特别是具备把这种愿望化为行动的能力。从愿望到能力，说起来简单，实际上是从普通到卓越的分水岭。要对自己的优点保持谦虚，对自己的不足格外清醒，从点滴做起，不断挑战自我，努力矫正自己的缺点和不足。尤其应从别人的成功中得到启迪，向身边的学霸们学习，读一些名人传记，从中品悟人生的成功之道。在这个世界上，实力，永远是竞争取胜的关键，要把增强自身实力和提高自身价值，作为你不变的生活准则。人生难得几回搏，"莫等闲，白了少年头，空悲切"，光阴荏苒，青春易逝。青少年就当激扬青春梦想，在劈波斩浪中砥砺奋进，去谱写自己的人生华章。

对自己负责，还意味着不活在别人的眼光与评论里，不是说要你刚愎自用或固执己见，而是说既要有主见，也要从谏如流，善于接纳别人正确的意见。在你的人生旅途中，难免有人会对你提出各种意见和建议，对别人的评价与意见，要有主见和定力，不因别人的否定而放弃。既要善于听取别人的意见，也要坚守自己的理想与信念，倾听心灵的呼唤，义无反顾地朝着既定目标奋勇前进。

对自己的人生负责，基本的要求就是守住做人的底线，这些底线是：规矩的底线、道德的底线与法律的底线。始终做一个正直、善良、守规矩的人，这是安身立命的根本。更高的要求就是志存高远，顽强拼搏，履行好自己的使命与责任，释放出生命的全部光和热！

歌德说："谁不能主宰自己，便永远是一个奴隶。"忠告，是过来人浓缩的经验总结。你若想让自己的人生精彩，就要认真对待这些忠告，对自己的人生切实负责。

“一勤天下无难事”

古今中外，芸芸众生，有的人一生精彩，有的人一世平庸。其中的原因并不复杂，除了天分的因素外，主要取决于勤奋的程度。

勤奋不是天生的，而是后天养成的。它属于珍惜时间、热爱生命的人，属于志存高远的人。勤奋首先是对时间的珍惜，鲁迅先生说：“哪里有天才，我是把别人喝咖啡的工夫都用在工作上了。”大凡有作为的人，都是勤奋之人。对学业和工作吊儿郎当的人，终将被社会的激烈竞争所淘汰。

勤奋是对时间的高效利用。最宝贵和最需要珍惜的就是当下，眼前该做的事，都应及时而认真地完成。所谓高效，就是努力提升对时间的利用深度，倾情投入，提高效率。人的生命，就是眼前这一点一点时光构成的，把眼前的每一刻都过得有意义，人生才有意义。青年时代的毛泽东认为“此日如金，甚可爱惜”，他在给同学的信中说：“在校颇有奋发踔励之慨，从早到晚，读书不休，要把经史子集 77 种全部读完，取精用宏，才能根深茂盛。”光阴似箭，韶华易逝。珍惜时间，才是对生命的最大尊重。

除了规定的学习和工作时间，人还有一个巨大的时间宝藏，就是业余时间。爱因斯坦说：“人的差异在于业余时间。”他经过计算，人从出生到 60 岁，除了吃饭睡觉之外，实际工作时间大约只有 13 年，而业余时间差不多有17年。充分利用好这17年的业余时间，完全可以做出一番事业。胡适先生也说过：人与人的区别在于八小时之外如何运用。事实的确如此，总觉得时间不够用的人能成就大事，而有大把空闲时间的人不会成功。业余的闲暇时间既可以产生天才，也可以产生懒汉、酒鬼和罪犯。有的人工作之余潜心读书学习，有的人则忙吃忙喝，或者抱着手机不放。对待业余时间的不同方式，必然造就两种截然不同的人生。

我读过一位清华毕业生回母校所做的演讲，题目是《刻苦拼搏，攀登人生理想的巅峰》，文中说：清华学生身上有一种令人敬畏的精神力量。所有学生走路几乎都是小跑，骑自行车都是飞车，都想早到教室多看一会儿书、多做一道题。所有人想的都是利用别人休息的时间来充实自己，使自己在以后的竞争中占据优势地位。他们可以为了自己的目标而放弃任何诱惑，即使是大年三十，自习教室里也人满为患。一位美国教授感叹说："清华学子，没有周六周日，没有假期！"。原本的学生情侣，到大三、大四差不多都分手了，因为许多男生觉得与其费心劳神找个女朋友，还不如安心学习，于是清华就有了"本科僧""研究僧"的说法。他们知道，在学生时代多学一点安身立命的本事，远比寻求一时的甜蜜要重要得多，正是这种精神造就了清华的神话！

再来看看哈佛大学，在《哈佛凌晨四点半》这本书里，作者这样描述："凌晨四点半的哈佛大学图书馆里，灯光明亮，座无虚席……哈佛的学生食堂，很难听到说话的声音，每个学生端着比萨、可乐坐下后，往往是边吃边看书或做笔记。很少见到哪个学生光吃不读，也很少见到哪个学生边吃边聊天。"正是这样的学习氛围和拼搏精神，才造就了7位美国总统、33位诺贝尔奖获得者和30位普利策奖得主。事实一再证明，无论在什么地方，那些取得卓越成就的人，无一不是刻苦勤奋之人。

刻苦勤奋，努力学习，不是做给别人看的，而是为了成为最好的自己，这是一个人生命的最高需求。人都渴望自由，自由的含义是拥有知识，能自主地选择生活，用自己喜欢的方式度过一生。人到中年遭遇的种种难题，都是年轻时不努力的报应。没有人可以和生活讨价还价，要想将来多一些选择，现在就必须勤奋读书。龙应台在给儿子的一封信中写道："我要求你读书用功，不是因为我要你跟别人比成绩，而是因为，我希望你将来拥有更多选择的权利，选择有意义、有时间的工作，而不是被迫谋生。当你的工作在你心中有意义，你就有成就感。当你的工作给你时间，不剥夺你的生活，你就有尊严。成就感和尊严，给你快乐。"生活是很残酷的，一个不好好读书的人，缺少竞争的技能和实力，只能被迫从事收入微薄的工作。其实，被迫谋生还只是物质层面，更可怕的是不会正确看待世界，无法对抗生命的虚无。知识不仅能转化为能力，还能塑造丰富的精神世界，让人从世俗的渴望与满足中解脱出来。如果缺少知识，就不能体会知识所带来的满足，也无法感受生活的美好，更无法提高自己的认知水平。一个没有知识的人，他的一切认知，都来自身边人的八卦，都是由别人决定的。

21世纪的今天，社会竞争越来越激烈，工作的要求越来越高。大学文凭的价值大不如前，许多大学生都在拼命读研究生，努力提高知识水平。否则，找份养家糊口的工作都困难，更谈不上成就辉煌人生。当代作家马德说："日常生活中，有一个人想把你踩在脚下，不要以为生活错待了你。或许，还有十个人想把你踩在脚下，只是你的强大，让他们没有机会伸出脚来。不要抱怨这个世界弱肉强食，你会逐渐发现，它看起来很残酷，却十分公正。柔弱，有时候能被怜悯和疼惜，只是因为人类还有着道德和善良。你可以仰望道德和善良，但不能仰仗它。这个世界,除了自己强大,什么都靠不住。所以,回击刁难的最好方法,不是把踩来的脚踹回去。等你强大了,你会发现,所有的脚都失去了锐气,没了杀机,它们只会向强者献媚和投降。”不要嫉妒学霸受人喜欢,这个世界上,所有的仰望和尊崇都属于强者。正如歌德所深刻指出的:“勋章和头衔能使人在倾轧中免遭挨打。”所以,要想不挨打,要想受人尊崇,你就得拥有勋章和头衔。

勤奋是日常的修炼,更是水滴石穿的坚韧与执着。成功需要积累,勤奋不仅意味着苦干和实干,还必须持之以恒。勤奋而有恒,才有意义,才能造就不平凡。有的人为了应付考试,临阵磨枪,真的勤奋了一阵子,但事过之后便故态复萌,这样的勤奋没有多大意义。古人说:“苟有恒,何必五更起三更眠;最无益,只怕一日曝十日寒。”就像无志之人常立志一样,三天打鱼两天晒网的人,同样不会有大出息。“业精于勤,荒于嬉”,古往今来,不能坚持而功败垂成的教训不胜枚举,而坚持不懈终成大器的也大有人在。许多原本天资一般的人,却能取得骄人的成就,原因就是勤奋和坚持不懈。司马光说:“用力多者收功远”,很好地诠释了其中的道理。他幼年非常好学,自感记忆力差,所以格外用功。老师讲完课后,同学们都出去玩了,他则一个人在教室里反复诵读,直至领会与掌握为止。后来做了官,尽管公务繁忙,仍利用点滴时间读书,久而久之,终成大家。他笔下 294 卷的《资治通鉴》,是公认的编年体通史的典范,划时代的史学丰碑。

无论多么显赫的成就,都是点点滴滴的努力和孜孜不倦的勤奋换来的。俗话说:“天道酬勤。”是说天意不会亏待那些勤奋的人,只要你付出了辛勤的努力,就一定会有收获。观古今成败之理,大凡事业有成者,无一不是事业上执着的追求者。任何奇迹的背后,都是超乎人们想象的努力。就像同学当中的学霸,骄人成绩的背后,无一不是大把的汗水。每个优秀的人，都有一段默默拼搏的时光，那段时光就是付出很多努力，忍受寂寞和孤独，但日后会发现，当初每一个奋斗的夜晚都如此温馨、如此令人欣慰。所以说，勤奋比聪明更重要，缺少勤奋与实干的精神，即使天分再高也难以有所作为。

“不经一番寒彻骨，哪得梅花扑鼻香”，青春最厚重的底色是奋斗，最可贵的精神是勤奋。人生的每个阶段都有不同的使命，什么年龄做什么事。刻苦学习知识，为以后的成功奠定基础，是青少年时期最重要的使命。如果自恃年少却挥霍青春，在最该刻苦学习的时候选择了安逸，在最适合学习的阶段去谈情说爱，错过了宝贵的青春时光，终将后悔终生。有的人可能觉得读书学习很辛苦，其实这只是一种心理感觉，辛苦的感觉来自“被迫而为”，感觉愉悦是“主动想做”。就像打一场篮球，累得要死，可并不觉得辛苦，反而很开心。可见，关键是对学习的认识和态度，只有认识到学习知识的重要性，认识到学与不学关乎人生的成败，才会以苦为乐。何况，辛苦与否也是相对的。如果在窗明几净的教室里学习都觉得苦，那在烈日下挥汗如雨的工人呢？如果晚上完成作业都觉得累，那起早贪黑、面朝黄土背朝天的农民呢？如果把吃苦的底线设定得如此轻浅，就不要奢望成功与幸福。因为成功都是由大把的汗水浇灌出来的，都是五更起三更眠的勤奋换来的。何况，读书的苦只是阶段性的，而生活的苦却无穷无尽。当你心生怠惰的时候，多思考一下人生的意义，多想想那些睡得比你晚、起得比你早、天赋还比你高的人吧。既然你想成就别人无法企及的自我，那就必须付出别人无法企及的努力。诚如是，等你将来真正懂得人生的时候，一定会感激当年勤奋的自己。人，如果没有一段想起来就热泪盈眶的奋斗史，这一生就太无聊、太遗憾了。

俗话说“一分耕耘，一分收获”，这是鼓励人们努力的劝世之言。

实际上，耕耘与收获之间尽管有必然关系，却不一定是等量关系，付出与回报不如人意是常有的事。《论语》中说："取乎其上，得乎其中；取乎其中，得乎其下；取乎其下，则无所得矣。"不是每一次努力都必定有收获，而是每一次收获都必须付出努力。因此，在学习的态度和要求上，必须坚持高标准、严要求，绝不能有差不多的思想，即使这样，也未必能尽如人意。如果再不高标准要求，行动上就会差很多。差不多的背后，是严谨精神的缺失，是自我要求的松懈。"失之毫厘，谬以千里"，没有认真而严谨的态度，不可能取得好成绩。每个人都在奋不顾身地往前冲，得过且过只会拉大与别人的差距。至于有人不刻苦学习而喊出的"60 分万岁"，更是游戏人生的混账话！

努力这两个字，很难界定它的程度，具体到每个人都不一样。一个真正勤奋的人，会觉得本来就应该这样，无怨无悔，甘之如饴；而一个懒散的人，偶尔勤奋一下，就觉得"我已经很努力了"，这其实是连他也不知道的可怕借口。有的人学习和工作没搞好，会委屈地说他已经尽力了，心理学上有一个名词叫"合理化归因"，是说人会给自己找借口，以免受到内心过度的谴责。一个人努力的程度虽不太好衡量，但付出努力与竭尽全力是两个概念，只有竭尽全力才是真努力，才能使效率最大化。命运有它自己的逻辑，努力是每一天都很辛苦，但自己越来越优秀。不努力虽然每天都很自在，日子却一天比一天糟。

勤奋必须讲究效率，低效率的勤奋比懒惰更可怕。学习上缺乏钻研精神，只做表面文章，虽也长时间坐在书桌前，就是不用心，手不勤，口不勤，眼不勤，脑不勤，对知识没有理解和掌握，更没有融会贯通，这是以牺牲有效性为代价的低质量勤奋。勤奋是以成果来衡量的，没有效率的勤奋，是伪装起来的懒惰，纯属浪费时间。"读书破万卷"这句话，关键是"破"字，而不是"万卷"，就是务必要吃透弄懂，掌握精髓，才是高质量的学习。

学习是一个发现的过程，需要思索、理解和联想。对每一堂课，都应当带着好奇心，怀着期待的心情，用探寻宝藏的心态去倾听，兴致勃勃地投入进去，如饥似渴地去探索，自会大有收获。兴趣是学习的根本，对各门功课如能有自发的、不可阻止的学习兴趣，有探索的热情和冲动，将来必定会成为一个优秀的人。青少年时期，应该是充满活力，朝气蓬勃，渴求知识，勇于探索，使生命有一种酣畅淋漓、激情四射的状态，那才叫青春！

应当承认，惰性是人的劣根性之一。有的人总说没时间学习，但玩耍起来总嫌时间少，刷起微信能刷到后半夜。所以，不是时间问题，而是兴趣和态度。你的兴趣在哪里，哪里就有时间。还有的人，由于惧怕辛苦，打消了勤奋的尝试，于是也就毁灭了希望。如果不在春季里播种，不在夏季里耕耘，那么，人生的秋天必定一片荒芜。人之所以为人，是因为有意志，能够摆脱劣根性的羁绊。人生，奋斗了才会精彩。奇迹，拼搏了才能创造。在求学的路上，确实需要逼一逼自己，要有一点破釜沉舟的气概，把勇气和意志逼出来，把收获和成绩逼出来。不逼自己一把，就永远不知道自己可以多么优秀。

勤奋固然很重要，但不能用错了地方。不要把时间和精力花在无用的“知识”上。生活中有人对一些无用的东西感兴趣，如对一些演员的星座和绯闻津津乐道，对英超、NBA 的球员了如指掌……他们知道得太多了！可惜都是一些无用又无聊的垃圾知识，用这些琐碎又无聊的知识，把自己的人生切割成一堆碎片，实在可惜。荀子曾提出如何对知识进行鉴别，他说有些知识是无聊的、无用的、无趣的，对这样的知识“不知，无害为君子；知之，无损为小人”。既然这些东西对你的前程毫无益处，何必花时间关注它呢？德国著名哲学家尼采写过一篇文章叫《我为什么这么聪明》，他的结论就一句话："我之所以这么聪明，是因为我从来不在不必要的事情上浪费精力。"你不妨好好琢磨一下这句话。

"勤奋是通往成功的必经之路！"这是古罗马皇帝的临终遗言。古罗马人有两座圣殿，一座是勤奋的圣殿，一座是荣誉的圣殿。他们在安排座位时有一个顺序，必须经过前者的座位才能到达后者，勤奋是通往荣誉圣殿的必经之路。人生也是这样，要想到达理想的圣殿，享受丰收的喜悦和成功的琼林宴，就必须刻苦勤奋，经受煎熬淬炼，除此之外别无他途。

马丁·科尔在《最伟大的力量》一书中指出："每个人都拥有一种伟大而令人惊叹的力量……一旦你意识到了这种力量的存在并且开始运用它，你就会改变自己整个的人生走向，使你成为耀眼的人物。"孩子，我们不是天才，没有超人的禀赋，唯有一个"勤"字，方能造就你的不平凡。"一勤天下无难事"，你正值花样年华，意气风发，正是攫取知识的大好时光，以勤奋和拼搏来兑换一段酣畅淋漓、老无遗憾的岁月，才是青春的全部意义！

莫把愚蠢当聪明

这个题目有点怪,但比较能表达我的意思。

聪明的字面意思是“耳聪目明”,专业解释是智力优秀。智力包含了三个方面的内容:一是感知和记忆能力,特别是观察力,这是智力的基本形式;二是抽象概括能力,也包括想象力,这是智力的核心内容;三是创造能力,这是智力的最高表现。愚蠢,就是智力低下,正好与聪明相反。

其实,只要是一个智力正常的人,应该说都挺聪明的,上述三个方面的内容都具备。当然,有一些人天分更高,出类拔萃,属于比一般人更聪明的人。按理说,聪明人应该不会干傻事,但在现实生活中,正是一些聪明的或比较聪明的人,常常会犯“愚蠢”的错误,取得的成就也比较低。就他们的天赋条件而言,人生并不算成功。究其原因,是因为他们的聪明敌不过他们的缺陷。

一个人如果真聪明,就应该知道哪些行为对自己的成长和发展有利,哪些行为对自己有害,从而能做出正确的选择,走好人生之路。但现实的情况是,聪明人往往会做出对自己不利的选择,为自己的成功设置障碍,但他们丝毫也没觉察,并且还自以为得计。

聪明人的愚蠢表现太多了,可以说不胜枚举:

学生时代,对老师讲解的知识,他们一听就懂,便不耐烦继续往下听，尤其不喜欢做老师布置的作业，对重复做的事情容易厌倦。但他们理解能力强，记忆力好，凭借自己的小聪明，考试时也能取得好成绩，为此更加坚信自己聪明，排斥下笨功夫，甚至嘲笑其他同学大量刷题。但他们不知道，一个人的努力，有看得见的结果，比如好分数，也有看不见的结果，那就是思维，就是习惯与熟练，而这些才是最重要的。培养起良好的思维方式和严谨的论证方法，养成踏实的习惯，对自己的学业和未来的事业是非常重要的。

聪明人的另一种表现，是把心思花在偷懒上。上学的时候，作业能少做就少做，能糊弄就糊弄，把许多心思都用在了玩耍上。为了掩盖懒惰不惜撒谎，并且还屡屡得逞，由此更加相信自己聪明。参加工作后，投机取巧，时常摆出自鸣得意的姿态，喜欢做表面文章，总想着少干活、少出力。或者用取巧的办法去完成任务，只注重结果，忽略了对事物发展过程的探索。他们把聪明用在了如何偷懒、如何躲避规则、如何作弊、如何让自己过得轻松上，这种聪明不过是小聪明，到头来“聪明反被聪明误”，及至醒悟之时，一切都悔之晚矣。

聪明人过早展现的天赋，赢得了周围人过多的赞誉，而过多的赞誉使他们喜欢走捷径，以维护自己聪明的形象，不愿意付出和其他人一样的努力，喜欢省心省力，美国心理学家克里斯汀把这一类人称为“高潜质低成就”的自我限制性人群。这些人从小习惯于有一点成绩就受到夸奖，他们很享受这种感觉，由此使得他们不愿做那种耗费时间长、不能马上得到夸赞的事情。不愿意挑战困难，担心做不好会有损自己聪明的形象，太在乎自尊。不愿付出艰苦的努力，总想轻巧取胜，因而难以养成踏实和严谨的作风，所取得的成就也就十分有限。

聪明人学习东西快，有理想有抱负，但行动力差，定力不够，缺乏执着与坚定。他们的想法太多，难以不懈坚持。他们比一般人更能发现机会，但在不同的机会面前摇摆不定，反复盘算利弊得失，这山望着那山高，总是东张西望，或者朝秦暮楚，所以走到最后还是停留在原点。别人信奉一分耕耘一分收获，他们是看到一分收获才肯有一分耕耘。不能马上看到利益的时候，态度容易消极，工作缺乏动力。马云说："聪明人在阿里创业的时候早就离开了阿里，现在留下的都不是什么聪明人。"这话深刻地诠释了某些聪明人不成功的原因。任何事情起步的时候都是艰难的，在这个过程中，缺少的不是能力和技巧，不是小聪明，而是踏实的态度和恒久的坚持。聪明人缺乏苦干和实干精神，急于求成，这个时候，他们的聪明便成了弱点。

聪明人思路灵活，理解事物快，因而常常很有创意，觉得什么都很容易，因而自觉不自觉地表现出清高傲慢，甚至锋芒毕露，不懂得低调隐忍，是令人讨厌的百事通，对周围的人是一种无形的威胁和压制，容易招人嫉恨。每个人都有自己的价值，都想展现自己的价值，谁都不想被聪明人所掩盖。所以，聪明人不受欢迎，很难搞好人际关系，无形中削弱了他们的群众基础，导致他们在诸如考核、测评、推荐等群众口碑面前败下阵来。

还有的人不仅聪明，而且很精明，擅长趋利避害，很有心机，对什么事都先做功利性计算，凡事都要把利益最大化，总想沾光也总能沾光，沾别人的光，沾规则漏洞的光。谁都不傻，只是不说而已。看起来，他们确实得到了暂时的好处，却不知道丢掉了人品与机会。由于不懂得合理取舍，缺少合作共赢的理念，甚至心术不正，最容易失去人心，因而很难得到信任和重用，能有小成就，难成大格局。凡是急于在小处获利的人，多半成就不了大的事业。为人处世当中，不吃亏是聪明人，肯吃亏才是智者。总想占便宜，不懂得分享，为人不厚道，是很难成功的。

聪明人一般比较敏感，他们善于发现问题。到了一个新单位，什么情况都不了解，却抱怨这也不好，那也不行，单位的管理有问题，领导的思路不科学，等等。自恃聪明，指手画脚，不肯老老实实向别人学习、做好自己的事，却喜欢对别人的事评头论足，既缺乏对规则的理解和敬意，也不懂得成就别人才能成就自己。

聪明人思维敏捷，知识丰富，分析问题头头是道，口若悬河，但面对实际工作，总是往后退缩，能躲就躲，躲不过去就应付差事。他们所有的聪明都用来逃避干活，说得多，做得少，缺乏责任感，喜欢在别人后面摇旗呐喊，却不肯扑下身子踏实工作，遇事更不会挺身而出，这种滑头的聪明，在哪里都不受待见。工作是做出来的，不是说出来的，任何单位需要的都是实干家，而不是演说家。

聪明人理解问题快，记忆力比较好，他们对新事物、新问题的领悟力超出常人，但正因为如此，对工作缺少一种专注精神，对问题往往浅尝辄止，难以保持长久的激情，缺少坚韧的毅力和执着精神。在枯燥无味的事情上，他们没有激情，而且常是拖延的人。他们脑子快，应急反应好，比较擅长逻辑推理，但务实精神差，缺乏行动力和吃苦精神。正如马云所说："在一个聪明人满街乱窜的年代，稀缺的恰恰不是聪明，而是一心一意，孤注一掷，一条心，一根筋。"对于需要踏踏实实、长期不懈坚持的工作，他们的聪明优势便不复存在。

聪明人过于相信自己，自负自傲，放不下架子，不愿意向别人请教，更不愿屈尊求人，不懂得合作，团队精神差，得不到别人的帮助与协助，一定程度上游离于群体。或者内心傲气，摆出一副待价而沽的姿态，等待别人赏识或提拔重用。可人们偏偏不喜欢傲气十足的人，于是，这种人常常与机会无缘，或者有意无意地被大家所排斥，到头来高不成低不就。

如今是一个信息时代，许多人整天忙于刷屏，聪明人更是无所不知，他们知道得太多了，但只是满足于“知道”的廉价快感，根本没有兴趣思考，完全被他人的观点所俘获。他们未必懂得，信息过量和知识碎片化，毁掉的是人的深度思考能力，削弱的是人的认知能力。而能够改变命运的，恰恰不是知道得多少，而是知识的体系和认知的深度。

聪明人觉得什么他都看得透，他们把别人的成功归因于潜规则，归因于机遇和运气，质疑一切成功。于是不再相信拼搏，不再相信踏实，不再相信公平，以出世的潇洒姿态伪装不屑。其实他们看到的，只是内心愿意看到的，不过是片面的现象，甚至是一种臆测，目的是让自己压抑的情绪得以宣泄。相信的背后靠的是见识与格局，而狭隘的底层思维，偏颇的极端认知，让他们看不到美好与正义，更看不到远方的广阔天地，这样的人注定难以成功。

聪明人自以为什么都懂，对别人的忠告不当回事，排斥老一辈的生活常识，无视祖先认知的生活禁忌，甚至把“老人言”斥之为落后与迷信。他们经常喝饮料，叫外卖，睡懒觉，玩手机，熬夜，晨昏颠倒，暴饮暴食，对长辈的提醒置若罔闻，及至后来病痛缠身才后悔莫及。天下所有儿女都享受着一种特殊的权利，这就是“犯错权”，也就是冒失和冲动的权利、无知和愚蠢的权利。长辈一而再、再而三地宽宥我们的过失，那是因为我们还年幼无知。待到我们长大懂事了，如果还要继续享受这种权利，那便是愚蠢了，结果一定不会好。

聪明人的自作聪明，原因是缺乏自知之明。这种表现不是缺少知识，而是缺少自我反省或者根本不具备反省能力。每个人都有自身的弱点和认识上的盲区，成熟的人能够看到自身的盲区并努力去改正，而聪明人恰恰看不到。他们的愚蠢表现，并不是偶然的行为失当，而是内心优越感的自然流露，是一种无意识的行为，浑然不觉，自作聪明地一路愚蠢下去，从而铸就了一生的平庸。

……

聪明人的上述种种表现，你有没有呢？

说聪明人容易犯愚蠢的错误，一定会伤害他们的自尊。特别是年轻人，学历高，思维敏捷，不喜欢别人说他们不成熟，更不要说愚蠢了。其实愚蠢不过是缺少智慧，知识的反面是愚昧，而不是愚蠢，愚昧可以通过学习加以消除。但知识不等于智慧，一个有知识的人不一定有智慧，甚至一辈子都很愚蠢。愚蠢的人和人的愚蠢，就在于不断重复前人的错误而不自知，却每天揣着那点小聪明轻飘飘地过日子，实在是可叹又可惜！

科技在发展，社会也在快速变化，但支撑我们生活的一些基本规则和道理，人与人之间相处的一些基本规矩，几千年来道德范畴中一些基本的内涵，才是传统文化的坚硬内核，并不会随着现代生活的快速变化而改变，不理解这一点，无视做人做事的道理与原则，却以自己那点小聪明去亵玩或对抗，无疑是要碰壁的。

聪明是上天赐给你的一笔财富，但聪明不能耍，因为这是一把双刃剑，既可以帮助你成功，也可能给你带来灾祸，关键看你如何把握和使用。真正的聪明人，大智若愚地把聪明藏起来，不惹人家眼红，不让别人难堪，不到时候不轻易展示。凡是“耍”的聪明，都是小聪明。在小事情上耍心眼，贪图一点小便宜，不仅不会让人佩服，还令人生厌，弄不好还自找倒霉。

聪明还不能露。吕坤在《呻吟语》中说：“露才是士君子大病痛，尤莫甚于饰才。露者，不藏其所有也；饰者，虚剽其所无也。”显露才华是君子最大的毛病，比假装聪明更糟糕。人不能处处显示自己的聪明，不妨朴拙一点，有时候要巧装糊涂，把聪明写在脸上，不一定是好事。

聪明的人，对别人的故弄玄虚和阴谋诡计，都能看得透，但如果把它说出来，那别人一定会把他当作危险人物，打击他，甚至置之死地而后快。就像《三国演义》里的杨修，屡屡点破曹操的心事，结果送了性命。

有人问过亚里士多德："聪明人和笨蛋的区别究竟在哪里？"亚里士多德想了想，回答说："聪明人从来不把自己当成聪明人看待，更不会让别人将自己当成聪明人看待，而笨蛋巴不得让所有人都知道自己是个聪明人。"

迪特里希·朋霍费尔在《狱中书简》中说："要恰当地对待愚蠢，认识它的本来面目是必不可少的。十分肯定的是，愚蠢是一种道德上的缺陷，而不是理智上的缺陷。我们惊讶地发现，由于某种特定的环境，产生这种情况，即有些人智力超群，但却是蠢人；还有些人智力低下，但并非愚人。我们得到的印象是：愚蠢是后天形成的，而不是天生的；愚蠢是在某些环境中形成的，在这种环境中，人们把自己发展成蠢人，或者允许别人把自己发展成蠢人。"

"难得糊涂"是清代名士郑板桥的名言，与他同时代的思想家钱泳在《履园丛话》中说得更明白："郑板桥尝书四字于座右曰'难得糊涂'，此极聪明人语矣。余谓糊涂人难聪明，聪明人又难得糊涂，须要于聪明中带一点糊涂，方为处世守身之道。若一味聪明，便生荆棘，必招怨尤，反不如糊涂之为妙用也。"这里所说的糊涂，当然不是真糊涂，是既能把事情看透彻，又把精明藏在内心深处，不使人难堪，不令人嫉恨。看透不说透，不去惹事，对那些与己无关、后果于己不利或者无力改变的事，视而不见，集中心思做好自己的事，才是真聪明。

为人处世，有时候要懂得大智若愚。不能处处展示自己的聪明，那势必讨人嫌，遭人嫉。要懂得低调为人，力求做到大事聪明，小事糊涂，把聪明与智慧藏匿于无碍大局的糊涂之中，在小糊涂和假糊涂中见智慧。《呻吟语》中说:“精明也要十分,只须藏在浑厚里作用,古今得祸,精明人十居其九,未有浑厚而得祸者。今之人唯恐精明不至,乃所以为愚也。”意思是说,精明还是非常需要的,但要在“浑厚”里悄悄地运用。古往今来,得祸的绝大多数人都是精明人,没有因浑厚而得祸的。现在的人唯恐不能精明到极点,这就是愚蠢的原因啊!

聪明人分两种,一种是真聪明,一种是假聪明,也就是小聪明。前者懂得韬光养晦,大智若愚,谦虚谨慎,为人厚道,做事能审时度势。懂得在成就自己的同时也给别人施展的机会,并帮助别人成功。懂得给别人足够的空间,自己才能获得更宽阔的舞台。懂得“吃亏是福”,遇事不会斤斤计较,不会因小失大。懂得“天外有天”,不会卖弄聪明、自以为是。小聪明看上去很聪明,但用更深刻、更长远的眼光来分析,其实算不上聪明。因为他们只懂得围绕一己私利去思考和做事,甚至还会为了自己的利益去损害别人的利益,胸怀不大,格局不够,最终使自己的发展空间越来越小。这样的人张扬而不谦虚,不懂得适度收敛,喜欢炫耀,计较眼前利益,为人不够厚道。正如《菜根谭》中所说:“聪明人宜敛藏,而反炫耀,是聪明而愚懵其病矣!如何不败?”一个才智出众的人,应该是聪明不露,才华不逞,深藏若虚。若自以为了不起,过分炫耀自己,表面上看起来是聪明,其实有点近乎无知,这样的人又如何不失败呢?

人生当中的许多事,当我们年轻的时候,我们无法懂得。当我们懂得以后,已经不再年轻。这个世界上,时光不会倒流,有些东西可以弥补,而有些东西则永远无法弥补,就像年轻时荒废了的学业和伤害了的身体,还有蹉跎了的岁月。所以,千万不要自作聪明,要老实厚道,踏实勤奋,谦虚低调,大智若愚,这才是正确的为人处世之道。

别让情绪左右你

情绪是对现实的一种反应，面对不同的事物，人往往会表现出喜怒哀乐的情绪状态。人在受到一些人和事困扰的时候，情绪会出现起伏，有的人因为不能控制情绪，结果把事情搞得一团糟，甚至丢了身家性命。有的人则善于管理自己的情绪，营造了良好的人际关系，生活与事业都一帆风顺。所以，千万不要以为情绪不是什么大事，事实上，它既关乎生活质量，又关乎事业成败，切不可等闲视之。

随着年龄的增长，你会更多地生活在一个群体里，或者是同学，或者是同事，而与家庭亲人相处的时间会更少。因此，学会与人相处，学会控制自己的情绪，不因情绪的波动而影响自己的生活与健康，这对你的发展极为重要。

如今你正在读中学，中学生朝气蓬勃，风华正茂，富有理想，这是一个从幼稚走向成熟的时期，是一个独立性与依赖性并存的时期，是思想简单但又容易固执己见的时期，同时也是如何应对行为方式情绪化、好走极端等问题的关键时期，学会管理和调控自己的情绪，是你走向成熟、迈向成功的重要基础。

与人相处，特别是那么多同学在一起，难免磕磕碰碰，也难免会有误会，甚至蒙受不白之冤。即使将来工作了，这样的事情也还会有，如何处理好这些问题，对你的生活质量和人际关系影响甚大。一个人受到外界的不良刺激时，难免情绪会出现波动，这是本能的生理和心理反应。如果任由不良情绪放纵而不加管控，可能会使人丧失理智，造成严重后果。心有所怒则必失分寸，因此，必须对情绪加以控制，不能让愤怒冲昏头脑，否则，不仅于事无补，而且受伤的还是自己。

自我控制，包括对愤怒、苦闷、失望等消极情绪的控制，是对自己进行有效管理的重要方面，是素质高的一种体现。我们说一个人有涵养、大度、儒雅，多半指的是脾气，是对情绪的控制。我们不是圣人，难免有情绪起伏的时候。对不符合自己心意的事不要发脾气，什么事都称心如意，连国王也做不到，要学会理解与接受。与人相处，总有意见不合的时候。日常生活中，也难免有被人误解、冤枉和欺负的时候，这时候人的情绪容易激动，甚至义愤填膺。但正是在这种节骨眼儿上，恰恰需要克制，避免情绪失控。即使是别人理亏，也不能谩骂和侮辱别人，因为那只能使问题复杂化。愤怒很容易使人失去理智，往往不顾及他人的尊严，出言无状，行为失控，而伤害他人自尊的后果会很严重。可见，愤怒会使人付出高昂的代价，必须学会制怒。制怒的前提，是要知道发脾气不能解决任何问题，而是坏情绪向自己发起攻击的愚蠢之举，不仅伤及自己，还可能带来更糟糕的后果。

控制情绪，学会包容，并不是软弱，乃是大度与教养。对别人无心的冒犯，要能够原谅，即使是有意挑衅，也应保持克制，冷静地用道理去制止，切忌逞匹夫之勇。面对难堪的非议或羞辱时，不要激动，头脑要冷静和清醒，保持沉默。人家故意找碴儿，就是想激怒你，不要上当。保持沉默，在弱者是一种智慧，而对一个强者来说，则是一种风度和胸襟。常言道，君子忍人之所不能忍，容人之所不能容。愤怒，其实是对事情无能为力的不满发泄，解决不了任何问题。容易被激怒、受坏情绪的摆布的人，往往是生活中的弱者。“善为士者，不武；善战者，不怒。”层次高的人，总能以大局为重，情绪管理能力强，懂得退一步安闲自在，因而能够无视别人的挑衅，从不把时间浪费在无聊的争执上。

二年级的时候，学校针对你们比较任性和不会自控的特点，明确提出了“学习自主，生活自理，情绪自控，行为自制”的“四自”要求，要求你们懂得情绪控制的基本程序，在遇到不顺心的事时，要恰当、准确地表达诉求，不要发火，用协商和求助的方式寻求帮助。随着你逐渐长大，更要懂得发脾气不解决任何问题，反而会破坏人际交往的基础，对自己的身心健康也不利。其实，对生活中一些琐碎的纠葛与麻烦，不要太在意、太敏感，没什么大不了的。明智的做法是钝感一些，别把它想得那么严重，心平气和去面对。面对别人的指责和冒犯，不轻易动怒，体现的既是做人的修养，也是高明的处世智慧。成长的标志就是学会克制自己，不让情绪牵着鼻子走，控制好自己的情绪，才能驾驭好你的人生。英国作家塞缪尔·约翰逊说过：“人最重要的价值，在于克制自己的本能的冲动。”为了自己的长远利益和将来的成功，没必要在一些小事上生气动怒，为人一定要宽厚，要有一定的承受能力，懂得忍让，高明处世，这也是一个人胸怀和志向的体现。昔日，文王能忍丧子之痛，孙膑能忍膑足之羞，勾践能忍尝粪之耻，韩信能忍胯下之辱，正是他们懂得“小不忍则乱大谋”的道理，血滴在心里，牙咬碎咽下，不仅能忍一时之气，还能忍一时之辱，后来才能成就一番事业。

不受控制的冲动，具有极大的破坏力。人在愤怒的时候，智商为零，理解力和判断力都会下降，容易做出无法挽回的错误决定。《孙子兵法》中说：“主不可以怒而兴师，将不可以愠而致战。”告诫人们在愤怒等不稳定的情绪状态下，不适宜做决定或采取行动，最好是不说话也不做事，等到情绪平稳后再说。人有情绪很正常，古人把人的情绪分为喜、怒、哀、乐、爱、恶、惧七种基本形式，人人都有，但不管是哪种情绪，过度反应都会适得其反，俗话说“乐极生悲”，即使是高兴的事，如果过了头，也会造成不好的后果。我们虽然无法遏制情绪的产生，但只要对坏情绪的危害能有深刻的认知，就应该也能够加以控制。一个人的成熟，很大程度上正是从学会控制情绪开始的。控制自己的情绪，为了长远的目标选择暂时的忍让，能让人理智地面对纠纷与挫折，坚定地朝着自己的人生目标迈进。当一个人能自如地控制情绪的时候，这个人就是难以战胜的。因此可以说，成功的秘诀就在于懂得控制自己的情绪和行为，让自己成为一个更理性、更智慧的人。

生活中难免会发生一些尴尬或者滑稽可笑的事，如果发生在别人身上，尽管会引人发笑，但绝不可大笑不止，令当事人颜面扫地。因为一个有教养的人顶多只在内心里觉得好笑，但绝不会让人难堪。如果发生在自己身上，要学会用自嘲、调侃、幽默等方式加以化解，既不失风度，又展现了你的智慧。朋友和同事之间，有时难免开开玩笑以活跃气氛。但你一定要注意，玩笑不是对谁都能开的。有的人不懂幽默，多疑或者心胸狭窄，就会把玩笑当成讽刺与嘲弄，从而引起争吵，甚至记恨在心。历史上因一句玩笑而遭陷害甚至送命的例子不少，当引以为戒。

在与人意见相左的情况下，人们为了证明自己正确会不断为自己辩护，当每个人都要证明自己正确的时候，争吵就不可避免。无论谁把谁驳得哑口无言，都是口服心不服，到头来不欢而散，争吵带来的只有隔阂和矛盾。精神层次越低的人，越是得理不让人，把眼界与格局压缩得无限狭小。英国诗人兰德写过一首诗《生与死》，开头两句就是：“我和谁都不争，和谁争我都不屑。”话说得多么大气！脾气能泄露一个人的修养，而沉默则能说明品位。所以，永远不要和别人做无谓的争论，尤其不与不同层次的人争辩，那对你是一种无益的损耗。很多时候，对那些没必要争论的小事，完全可以视而不见，甚至抱着一种不屑于理会的态度也可以。如果图一时痛快，非要争个你长我短，则既失朋友，又失人品。很多时候，由于层次不对等，或者双方不在一个语境下，会偏离争论的主题，变成抬杠或人身攻击，闹得不欢而散，甚至激化矛盾。

富兰克林说过："如果你一味地去争强，去争辩，即使你占了上风，这种胜利也是得不偿失的，因为你永远无法取得对方的认可。"人在不伤及自尊的情况下，才愿意改过向善。如果被人当众指责，是不会认错的，这是自尊心使然。明白了这一点，你就知道争论毫无意义。此外，争论中假如你能保持克制与礼让，所有的同情都会站到你这边，反之亦然。因为很多人都是根据表象而不是实质来判断是非，而能够看清本质的人并不多。

有的人因为控制不住情绪，一次又一次得罪人。因为控制不住情绪，一次又一次做出错误决定。因为控制不住情绪，一次又一次错失良机。"患生于忿怒，祸起于纤微"，人并不缺少成功的机会和能力，而往往缺乏冷静的头脑和自控能力。坏情绪就是心魔，你不控制它，它就吞噬你。年轻人气血方刚，遇事不够冷静，容易做出过激的举动，要特别注意控制情绪，不要因一时情绪失控而犯下大错。

科学研究表明，自控能力的强弱与人生成功与否有密切的关系。情商的要素之一就是自控能力，从某种意义上说，情商所体现的，就是通过控制情绪来提高生活质量的能力，就是如何克制情绪冲动、为自己营造良好的环境，如何始终对未来充满信心与希望。懂得控制情绪的人，内心一定是坚定而强大的。一个人如果自我中心意识太强，稍不如意便气冲牛斗、戾气十足，人际关系肯定好不了。无故而怨天，天必不许；无故而怨人，人必不服。一个不友善的人，很难成为一个受欢迎的人，人生路上注定是无人帮助的孤家寡人。

自控能力是一种非凡的美德，既折射一个人的判断能力，又反映这个人的胸襟，更是意志力的体现。自控能力强的人，处理问题不受情绪影响，理智从容，妥帖得体，容易服众。情绪稳定的背后是格局，任何时候，你都不应受制于自己的情绪，要学会有效化解意想不到的纷扰和纠葛，才能以宽阔的胸怀团结绝大多数人，朝着自己的目标奋进。陀思妥耶夫斯基曾深刻地指出："如若你想征服全世界，你就得先征服自己。"理智地管理自己的情绪，为自己营造良好的心理状态与生活环境，方能以优雅和从容的姿态度过岁月的长河。

克制情绪，还要做到"耐烦"，不良情绪的产生，许多都是因为不耐烦所引发的。耐烦，《现代汉语词典》的解释是：不急躁；不怕麻烦；不厌烦。曾国藩做官，把"居官以耐烦为第一要义"奉为座右铭，并几乎苛刻地加以遵从。耐，就是经得起、受得住，能够忍受，就是内心镇定，不急躁浮泛，能经得住琐碎的人和事。人，每天都会遇到很多人和很多事，每个人的脾气、秉性、立场都不一样，事情也是有易有难，有喜有烦。耐烦的人，能够包容人事物境的纷扰，待人接物有度量，面对不快有雅量，每临大事有静气，不怕繁难，不怕干扰。能够掌控自己的杂念妄想，保持温和平静。如果心浮气躁，遇事不耐烦，则很容易出差错。

管控情绪的关键，是要改变认知，调整理念和思维模式。有的人之所以不幸福，很大程度上是受负面情绪的影响和控制，这样的人往往认死理，看问题很片面，认知狭隘而偏颇，不会调整思维方法。"境随心转，有容乃大"，很多时候，影响你情绪的不是事情本身，而是你对事情的认知。当你对别人的意见与做法难以赞同的时候，试着从对方的角度看问题，理解对方的立场与观点。与人意见不合时，尽管你有道理，别人从另外一个角度看，意见也没有错。世界是复杂多元的，要学会多角度看待问题，不要钻牛角尖，不要掉入思维陷阱。要学会包容，求同存异，如此才能避免许多不必要的纷争与不快。

控制情绪还要掌握技巧，当你要发火时，应意识到情绪要出问题，随即开始控制，不使坏情绪加剧发展。只要你对发怒有所警觉，就不会因愤怒而失控。所谓自制，就是学习掌握一套适合自己的情绪管理方法，当你感觉负面情绪来袭时，设法打散负面情绪的集中点，比如深吸一口气、喝点水，想想别的事情，借以转移注意力。无论是负面情绪还是正面情绪，都会引发人们行动的动机，设法把情绪及时引导到正面方向，无疑是正确的选择。一个心理成熟的人，不是没有消极情绪，而是善于调节和控制。

情绪不要积累，一味压制自己的愤懑、委屈、悲伤等，对健康不利。情绪不可能被完全消灭，但可以进行有效疏导和管理，适度加以控制。要以适当的方式对情绪进行有效管理和疏导，选择适当的时间和场合，对适当的对象恰如其分地表达情绪，合理释放与宣泄，而不要总是处在不良情绪的影响之中。管理情绪不是压制情绪，其本质是在理解和接受自己情绪的前提下，依然能用理性去思考和控制自己的行动，既不折磨自己，也不让情绪影响决策。

生活中常常有这样的现象，你越抱怨，便越不顺；越是不顺，越容易生怨气。有谚云：脾气任性，福不加身。要留住福气，就得管住脾气。何况，生活的乐趣需要平和的心境去体会，情绪不稳定，生活也难以开心。人生在世，坎坷难免。与人相处，总会磕碰。要学会换个角度看问题，学会大度与包容，学会与自己讲和。坏情绪是万病之源，内心安详，情绪就会稳定，就不会轻易动怒，对健康也有利。即使遇到挫折和打击，也懂得用冷静和智慧来化解，做生活的主宰者。平时在一些小事上，你要刻意磨炼自己，控制情绪。久而久之，养成习惯，看问题就不会偏激，慢慢就有了中正平和的气质。

管控情绪，尤应注意不能意气用事。所谓意气用事，是说不能用理智来控制自己的言行，情绪主观偏激，只凭一时的想法和情绪办事。春秋后期，有一个“卑梁之衅，血流吴楚”的典故，是说住在国界附近而分属两国的两个小女孩，因争抢桑叶而引发两国大规模征战，借以讽喻因琐事而引起的争端与杀戮。现实生活中类似的例子也不少，近些年关于一些年轻人激情犯罪甚至杀人的事件屡有发生，说明一些年轻人虽然在生理上已长大成人，但心理上却极不成熟，幼稚、脆弱、易冲动、不理智，没有接受挫折和解决问题的能力。这些人往往自视过高，不能接受对自己不利的情境，应对逆境的能力较弱。一旦遇到对自己不利的情境，容易产生过度的挫败感，控制不住情绪，反应激烈，从而导致极端行为。

意气用事不仅表现在日常生活中，也会反映在一些重大问题的选择上。因为对某个老师、某位领导有意见，在涉及学习态度、政治取向、工作选择等重大问题时，不能冷静地从自己的切身利益和长远发展考虑，而是为情绪所左右，感情用事。为赌一口气，做出不明智的选择，使自己蒙受重大损失，甚至造成终身遗憾。用自己的切身利益乃至锦绣前程，去为一时的坏情绪买单，是极端的愚蠢之举。

冲动是魔鬼。冲动的情绪是最具破坏力的情绪，许多人在冲动时的所作所为都令他们后悔终生，冷静则是避免冲动的良药。古人说：“处事最当熟思缓处。”告诉人们遇事要冷静，不要急躁，事缓则圆，仔细考虑后再做决定，才不至于出错。一个有智慧的人，一个志在有大成就的人，不能意气用事，不能犯这种低级而愚蠢的错误，必须要有很强的自控能力，用智慧把握人生。

情绪稳定，是一个人最好的教养，也是重要的素质和能力。内心稳定，人生路上才能无惧风雨，奋勇向前。管控好情绪，就能管控好你的人生。

让优秀成为习惯

习惯是一种稳定的思维与行为特点，是无需思考即可再现的记忆行为，具有顽固性和延续性，很不容易改变。习惯伴随着人的一生，深刻地影响着人的生活方式和成长道路。

习惯有好有坏。好的习惯，对人的身心健康和成长、发展都有利，能帮助人取得成功，使人终身受益；而坏习惯即使不妨碍他人，也一定会阻碍一个人的成长和进步，甚至扭曲人的品行、断送人的前程乃至生命。

习惯并非与生俱来，无论好坏都是后天慢慢培养而成，又反过来影响着拥有它们的人。亚里士多德说："我们每个人都是由自己一再重复的行为所铸造的。因此，优秀不是一种行为，而是一种习惯。"没有人一出生就道德高尚、品行优良，是个杰出的人物；也没有人在娘肚子里就品质恶劣，天生就是一个坏人。成长成什么样的人，都是后天养成与陶冶出来的，需要一个漫长的过程，说到底还是来自习惯。

行为心理学的研究表明，21 天以上的重复就会形成习惯，90 天的重复则会形成稳定的习惯。也就是说，你若想养成一个好习惯，只需要坚持 90 天就足够了。有调查显示，一个人一天的行为中，大约只有5%是属于非习惯性的，而多达 95%的行为都是习惯性的，由此可见，习惯的力量多么强大。

习惯是一种或多种行为的反复强化,强化的结果则成了一种恒定的品质。人们有时候也会有优秀的行为,但如果只是孤立的或偶然的,仍然不能说是优秀习惯。即使一个坏人,有时候也会偶尔做件好事,但仍然是个坏人;一个平时不好好学习的学生,某次考试前,偶尔心血来潮,抓紧复习了一下,竟也取得了不错的成绩,但仍不能算优秀学生。偶然的优秀说明不了什么,习惯的优秀才是真正的优秀,才是本质上的优秀。因为习惯的优秀,会导致自然而然的优秀行为,与受到外在因素影响而产生的偶然优秀行为截然不同。当优秀成为一种习惯,习惯的自然流露就是优秀,就是品质。也就是说,当你面临选择时,能自然而然地选择正确的价值取向,就是优秀的习惯。

著名教育家叶圣陶说:"凡是好的态度和好的方法,都要使它化成习惯。只有熟练得成了习惯,好的态度才能随时随地表现,好的方法才能随时随地应用,好像出于本能,一辈子受用不尽。"人性在于磨炼,习惯在于养成。良好习惯要靠人的自觉意识来培养,靠意志来锻炼。所有成功的背后,都是良好的习惯。而良好习惯养成的背后,则是意志力。

培根在《论人生》中说:"习惯真是一种顽强而又巨大的力量,它可以主宰人的一生。因此,人自幼就应该通过完美的教育,去建立一种好的习惯。"习惯的力量是无形而又强大的,它左右着你的行为,决定你的成败。人与人之间在能力上并没有多大差别,差别仅在于思考方式与行为方式的不同。好习惯能让人拒绝平庸,站在社会之巅,俯视芸芸众生;坏习惯则必定使人一生平庸,甚至万劫不复。人或多或少都有一些不良的嗜好或习惯,这种嗜好和习惯可能微不足道,看起来无关紧要,它们已经成为你生活的一部分,如不加以改正,久而久之,这些看似微不足道的习惯就变成了固定的行为模式,想改也难。许多天资聪明的人，后来之所以一文不名，正是从起初那些不起眼的小习惯上垮掉的。古人对于“小”有极为清醒而深刻的认识，认为小是大的起源，祸患常由轻微细小处引发，如不及时纠正小的毛病，就会发展成大问题，变得难以改正，从而贻误自己。《明太祖实录》中说：“不虑于微，始贻于大；不防于小，终亏大德。”因此可以说，起初，是我们养成了习惯。后来，则是习惯造就了我们。

习惯一旦被养成，人便被格式化了，就会自觉或不自觉地按照那个格式走，正如著名心理学家威廉·詹姆斯所说：“播下一个行动，你将收获一种习惯；播下一种习惯，你将收获一种性格；播下一种性格，你将收获一种命运。”由此可见，习惯具有非同一般的影响力，你应当高度重视这个问题。很多时候，不是你变得优秀了，才会有好习惯，而是你拥有好习惯，才会变得更优秀。

好习惯的养成，体现的是对自己的要求，展示的是自律精神和自我管理能力，折射的是一个人的追求与抱负。养成一个好习惯不容易，需要反复和长时间坚持。所以，从一开始就要有意识地培养好习惯，而对不好的作风和行为倾向，发现苗头马上纠正，不让它固化成习惯。现实生活中，有的人办事拖沓，懒散，玩手机，睡懒觉，不爱读书，缺少秩序……他们也知道这些习惯不好，但就是不能改正。宁愿忍受那种不好的生活方式，也不愿意承受改变所带来的不适。殊不知，改变所带来的不适与痛苦只是暂时的，而改变后的收益却是长远而巨大的。

无论是培养好习惯，还是克服坏习惯，都应当从少年时期开始，因为这个时期，是形成各种习惯的最初阶段。清朝有个叫刘蓉的人，他是湘军名将，也是著名的文学家，他写的《习惯说》流传至今，人们耳熟能详的“一屋不扫，何以扫天下?”就脱胎于这篇文章。他告诫人们，

“君子之学，贵乎慎始”，一个人学习时，初始阶段的习惯非常重要，对人的影响很大，人们应当慎重对待开始阶段的习惯养成。

人，既然一辈子都要与习惯相伴，既然想拼搏奋斗一番，去实现你的人生价值，就应当有意识地养成良好的习惯，从小做起，从一点一滴做起，即使是站相、坐相、走相、吃相这些看起来不起眼的小事，都要严格要求自己。至于学习和工作作风上的好习惯，关系更大，更要用顽强的意志着力培养，严格要求，绝不放任自己。不要小看一天一天的微小变化，细节虽小，积之必巨。只要每一天都能有所突破和进步，用不了多长时间，足以让你出现显著变化。好习惯一旦养成，就如同获得了一位良师益友，会使你如虎添翼，保证你在激烈的竞争中脱颖而出。

当今的社会，层级化十分严重，什么行当都讲究等级，以此来区别权力、责任和待遇。人人都想出人头地，都害怕沦为底层，害怕“末位淘汰”。在这样的环境里，不优秀就没有出路，不优秀就只能听人吆喝、遭人白眼，不优秀甚至连自己的老婆孩子都瞧不起。由此观之，克服自身的不良习惯，绝不是能不能适应的心理感受，而是关系到饭碗与成败的大问题。在一个人人都往上看的世界里，你必须要让自己站在高处，才能赢得尊重。

叶圣陶说过：“什么是教育？简单一句话，就是要养成良好的习惯。”要说需要培养哪些好习惯，则是一篇大文章，咱们只说说少年时期应重点养成的好习惯，这也是少年时期教育的第一要务。比如：热爱学习、刻苦勤奋、做事认真、办事条理、文明礼貌、诚实守信、尊重别人、责任感强、勤于思考、谦虚谨慎、自信乐观，等等。要培养起这些好习惯，开始可能不太适应，但只要坚持下去，用不了多久就习惯了。人最容易原谅自己，事情没做好，找个理由，让自己心安理得。所以，你要特别注意，不要找借口，不要企图原谅自己，对自己的要求要严格，甚至苛刻一点，强迫自己坚持下去，因为习惯在没有养成之前，只能靠意志力来强制。

志存高远的人，必定把优秀作为一种近乎本能的习惯。你要想不负此生，就得经常反省自己，在日常起居、读书学习、待人接物、个人修养等方面，有哪些好习惯和不好的习惯，梳理要仔细，标准要严格。对于不好的习惯，制定出切实可行的改进措施，并经常对照检查。习惯的改变，不在于多少，而在于持续性，在于坚持。形成习惯的核心要点，不是制定大目标，而是从小目标做起。你只要每天都有所进步，日积月累，用不了多久，就一定会出现明显的变化。

你一定记得四年级的时候咱俩读过的范书恺的故事，他 5 岁上四年级，7 岁上初中，未满 14 岁就进入清华大学。他的父母说他并没有什么特别的地方，主要是学习习惯好，不迷恋电视、手机和电脑。他从小养成了良好的学习和生活习惯，并且认真坚持，从不打折扣。他每天 5:40 起床，周末和节假日也不例外，洗漱后即开始学习。学习上从不拖拉，总是保质保量地按时完成作业，学习和生活上的自律程度，远远超过了同龄人。

且不说范书恺的其他好习惯，单说他小小年纪每天 5:40 起床，节假日也不例外，就足令许多年轻人羞愧与汗颜。当大多数人还沉醉在梦乡的时候，他已经走在为理想拼搏的路上了。现在的一些年轻人，日上三竿也不起床，宁肯不吃饭也要睡懒觉，然后急匆匆地赶到教室或办公室，清晨的酣梦就这样注定了一天的忙乱和一生的平庸。南怀瑾先生说："能控制早晨的人，方可控制人生。一个人如果连早起都做不到，你还指望他这一天能做些什么呢？"古人把孩子是否早起作为衡量一个家庭能否兴旺发达的重要标志，这一点颇为深刻。是否有早起的习惯，体现了一个人是否勤奋，是否具备做事的毅力与恒心。优秀的人无一不是勤勉的，人生的成功，就是伴随着早晨6点钟的铃声开始的。当你拥有了早晨，便拥有了这一天，那么你终将拥有你想要的人生。

还有一点也十分重要：生活中要学会观察，做个有心人，不能干什么事都不走脑子。同学中有的成绩好，有的比较差，并不完全是智商的问题。研究证明，深层次的原因是人们了解世界的方式略有差异。人每时每刻都在模仿学习，一种模仿虽然一时还没有表现出来，却一直存放在记忆深处，必要的时候，这种积累会让人对第一次接触到的类似事物更容易掌握，由此导致有人理解和掌握得快，有人却比较差。其实，这只是他们更早、更多地拥有了经验积累，并且能触类旁通，而我们常常把这种隐性积累导致的高效率，错误地当成了天赋。必须承认，在天赋的差异中，很大一部分是努力不如人、习惯不如人。好奇心和求知欲，是知识和才能的基础，是探求知识的内在动力。所以，养成观察的好习惯，那么在开始之前，你就已经占优势了。真正的学霸，不是胜在聪明，而是胜在习惯。这种习惯让他们一直处于厚积薄发的状态，一旦激活，总能胜人一筹。学习不光是知识的积累，更重要的是优化和提高学习的速度与效率。脑子里储存的东西多，就理解得快、理解得准确而深刻。越学习越适应学习，越学习越善于学习。

我想特别说一下关于"差不多"的思想。有的人对待学习和工作有"差不多"的思想，认为过得去就行了，缺乏追求一流的精神和精益求精的态度。在一切皆有可能的青少年时期，早早地关闭了机会的大门，是对自己极不负责的表现。如果你只要求"差不多"，实际上就会差很多。所有的"差不多"，到后来都会加倍报复你。许多时候，你本可以做得很好，却用"差不多"的借口让自己妥协了。致命的失败，常常取决于微弱的劣势。许多人的平庸，不过是比优秀的人做得差一点点，坚持的时间短一点点，付出的努力少一点点。但就是这一点点，便足以决定一个人的命运。

人这一辈子，只有两样东西靠得住：一是良好的品德，二是努力的态度。要想有一个成功的人生，凡事就必须有追求卓越、争创一流的决心和勇气。最能悄悄毁掉一个人的，就是退而求其次。当退而求其次成了习惯，你就滑向了低端人生，很快便溃不成军。更可怕的是，退而求其次对人的腐蚀是在不知不觉中悄悄进行的。实际上，目标定得高一点，自我要求严一点，费不了多少力气，却能把事情做得完美，人生也终将走得更远。所以你要谨记，“差不多”的思想，会毁掉所有机会，最后毁掉人生，千万要警惕啊！

还要说一下年轻人身上常有的两个坏习惯，以引起你的注意：

日常生活和工作中，你会发现有的人作风拖拉，该办的事项一拖再拖。这种毛病是由懒惰和畏难情绪引起的，是人性中趋乐避苦的劣根性造成的，会对人产生深远的负面影响。人们并不是没有时间，之所以拖着不做，就是因为懒，觉得不做是轻松和享受，实际上恰恰是无聊和消沉。拖延是以推迟的方式试图逃避执行任务，既毫无成果可言，还总惦记着没完成的工作，精神上不可能轻松。既不动手做，又忘不了，就像欠了债没还，滋味并不好受。拖延和等待，最容易压垮一个人的斗志。许多事情，拖着拖着就黄了，小事拖成大事，易事拖成难事，好事拖成坏事。人，尤其是年轻人，特别要注意培养行动力，也就是说干就干、该干即干、干就干好的能力。这样，你随时都有成就感，那种轻松、爽快的感觉，会使你心里踏实，心情愉快。更重要的是，能培养出你强烈的责任感和坚强的毅力，这是人生取得成功的重要保证。行动力是拉开人与人之间优劣差距的关键因素，没有行动力，梦想永远只是梦想。只有行动，才能改变现状，才能使你优秀。千万不要以为来日方长，从而抱着慢慢来的态度。实际情况是，事情往往还来不及做，就已变得毫无意义，或者错过了机会。所谓来日方长，其实根本不是那么回事，等到失去那一刻，才突然发现，来日并不方长。

另一个问题是关于秩序与整洁。有的年轻人，除了注意自己的形象外，其他方面则一塌糊涂。家里的东西杂乱无章，随意乱放，毫无秩序与条理可言。试想，一个如此打理生活的人，他对待工作与人生问题会有章法吗？哈佛商学院经过多年研究，发现一个现象：幸福感强的成功人士，往往居家环境十分干净整洁；而不幸的人们，通常生活于凌乱肮脏的环境之中。研究者们由此得出结论：你的房间正是你自身的折射，你的生命状态其实就像你的房间。所以，养成条理、秩序和整洁的习惯，喻示着你拥有积极向上的人生态度，体现的是一种精神风貌，是你的逻辑性和条理性。所以，你无论做什么事，都要注意条理，区分轻重缓急。做事有条理，就会有秩序。有了秩序，内心就有稳定感和安全感，从而提高学习效率和时间利用率。

你要想优秀，就必须主动努力，而不是被动去做。只要你在学习和工作上主动努力，你就一定能更上一个台阶。你只要比别人好一点，你就是特殊的，就能得到别人得不到的东西。人的价值高低取决于稀缺程度，也就是不可替代性。所以，无论做什么工作，都要把事情做到别人无法替代的程度，这是实现自我价值和保护自我价值的最好办法。每个人的理想与人生定位不同，生活态度自然也不同。一个人能成为什么样的人，都是由他的人生态度和生活方式决定的。平庸的人让被动成为习惯，让懒散成为习惯，让推诿成为习惯，让敷衍成为习惯。成功的人让勤奋成为习惯，让进取成为习惯，让优秀成为习惯。一个人的命运完全掌握在自己手里，你想把自己置于什么层次，过什么样的生活，完全取决于你自己。你身上的毛病与缺点，改与不改，也完全取决于你自己。只是你一定要明白，改还是不改，将导致两种截然不同的命运。

说了这么多，无非是想向你说清要养成好习惯的道理。《楞严经》中说："理可顿悟，事须渐修。"道理是抽象的，人生的很多大道理谁都懂，但平庸的人依然不少。杰出与平庸之间，并不在于懂得的道理多少，比高深道理更重要的是行动，是好的习惯行为。许多人生哲理只能给人以指导，不落实到具体行动便等于零。你须谨记：能保证你人生成功的是行动！是你养成的好习惯！是你自觉的良好习惯行为！

拿破仑·希尔曾说："成功和失败都源于你所养成的习惯。"一个人优秀与否，是日积月累的习惯所造成的。习惯关系到一个人的价值追求与人生成败，听起来似乎有点抽象，其实就在你日常一点一滴的行为之中。如果你以前没有重视这个问题，当你读到这些文字的时候，能认真反省一下，并付诸行动，改掉不好的习惯，培养起更多的好习惯，则是你成功路上意义非凡的重要起点。

“千磨万击还坚韧”

世上的每个人，都希望自己这辈子能顺顺当当，无论是事业还是家庭，都能一帆风顺，万事如意。但现实生活常常事与愿违，理想与现实之间的反差，几乎困扰着每一个人。因此，如何对待苦难与挫折，就成了每个人都必须面对的话题。

俗话说：“自古英雄多磨难，从来纨绔少伟男。”人生之路，有崎岖也有平坦。生活之味，有苦辣也有甘甜。毋庸讳言，苦难的滋味不好受，尽管没有人追求它们，但也没有人能躲得过。苦难本来就是生活的一部分，是任何人都不能幸免的。苦难会使我们伤痛，甚至造成损失，但同时也能磨炼意志。令人刻骨铭心的磨难与挫折，能赶走人的幼稚与幻想，使人更加成熟，更有勇气去直面人生。一个人要获得成功，重要的是要有坚定的意志和战胜一切困难的毅力，而没有经受任何磨难的人，很难培养出这两方面的素质。谁都会遭遇困境，重要的是你面对困境的态度，如果你把苦难当成历练，当成是生活的一种考验，那么在苦难面前就能展示出你的勇气、能力与担当，就能够战胜一切艰难险阻。

有一个美国人，22 岁时做生意失败；23 岁时竞选州议员失败；24 岁时向朋友借钱经商，但很快破产，后来用了 16 年时间才把这笔债还清；26 岁订婚后即将结婚时，未婚妻死了；27 岁时大病一场，卧床 6 个月;29 岁时,努力争取成为州议员的发言人,没有成功;34 岁时,参加国会大选,失败;37 岁再次参加国会大选,成功当选国会议员;39 岁国会议员连任失败;45 岁竞选参议员失败;47 岁时,在共和党的全国代表大会上争取副总统的提名,得票不足 100 张;49 岁再次竞选参议员,再次失败;直到 51 岁才当选美国总统。这个人就是大名鼎鼎的亚伯拉罕·林肯,美国历史上最优秀、最杰出的总统之一,一个令全世界都为之叹服的伟人。

林肯对自己的总结与评价是:家境贫寒,母亲早亡,孤苦奋斗,厄运不断,两次经商两次失败,11 次竞选 8 次失败。他为此痛苦过、心碎过,但他依然坚定与自信。因为他坚信:对付屡战屡败的最好办法,就是屡败屡战,永不放弃。

苦难会在生命的不同阶段用不同的方式来挑战你,对一些人来说,也许是疾病或精神上的创伤,对另一些人,也许是工作上的困难和事业的低谷。回避是没有用的,躲也躲不过。要学会把苦难变成财富,这才叫智慧。对一个强者来说,挫折与失败是最好的训练,能激发你去克服自身的弱点,焕发内心强大的能量,在方法、知识、意志、智慧上不断超越,从而成就不凡的人生。巴尔扎克说过:"世界上的事情永远不是绝对的,结果完全因人而异。苦难对于天才是一块垫脚石,对于能干的人是一笔财富,对于弱者是一个万丈深渊。"任何痛苦和磨难,都是砥砺意志、磨炼性格的机会。在困难和痛苦面前,是积极进取还是消极退缩,是人生的态度问题,关乎一生的成败。有的人愈挫愈勇,从不坠青云之志。正是凭借这种不屈不挠的顽强精神,才成就了人生的高贵与尊严;而有的人只会抱怨世道不公,无所作为,发发牢骚之后,甘愿听从命运的摆布,最终只能一事无成。

不同的人对待困难的不同态度,会产生不同的结果。苦难对于不同的人也会有不同的效果，这就造就了人生的差异。古往今来，但凡有成就的人，几乎没有不经历过苦难的。伟人之所以伟大，成功者之所以成功，是因为他们拥有强者的心态，不怕苦难，备尝艰辛，敢于搏击一切挫折。在苦难面前，他们无所畏惧，从不逃避现实，以坚强的意志和创造性思维去寻找希望。他们也会遭受失败，但跌倒了再爬起来，在苦难中学会了坚强，隐忍着自己的伤痛，乐观而旷达，善于把压力化为动力。他们总结经验，调整思路和对策，以饱满的热情重新投入战斗。正如尼克松所说："逆境能打败弱者而造就强者。"困难和挫折固然会带来伤痛，但正是坎坷中的拼搏与逆境中的抗争，使他们积累了经验，增长了才干，锻炼了意志，成为生活中的强者。所以说，逆境是人生最好的课堂，它能让人从幼稚走向成熟，在不断的搏击中变得坚强，并获得成功。

有的人遇到困难时也会努力一阵子，但意志不坚强，信心不足，抱着试一试的心态，经过一番努力而没有结果后，便选择放弃，永远也体会不到成功的喜悦。要么浅尝辄止、叫苦连天，夸大困难的程度，半途而废，留下的只是沮丧和遗憾。事实上，每个人身上都蕴藏着巨大的潜能，在没有环境逼迫的时候，潜能无法被激发出来。当形势和困难把我们逼上绝路而又孤立无援的时候，人的潜质就会被充分挖掘出来，爆发出巨大的能量，从而战胜困难，摆脱困境，这是置之死地而后生的蜕变，是精神的淬火，让人变得更加强大。遗憾的是，那些遇到困难就投降的人，始终无法理解拼搏的含义，能力得不到锻炼和提升，始终也不知道自己究竟有多强大。

还有的人害怕失败，遇到困难绕着走，或者干脆选择缴械，坐以待毙，懦弱与畏惧让成功与他们擦肩而过。面对生活与工作中的困难，他们总是逃避和抱怨，把不幸和过错推给社会、推给他人，靠指责他人来自我救赎，有意无意地回避那些必须经历的问题。最可怕的是，不是你没有获得成功，而是你还没尝试就已经放弃。对待困难，如果精神上绝望，就会产生主观世界的自我否定与封闭。就像有的孩子与父母拌了几句嘴便离家出走，有的学生被老师批评后就跳楼，有的年轻人面对工作压力时情绪失控，被领导说了两句就愤然辞职，个人情感不顺就自暴自弃，一蹶不振。他们从小一路走来，顺当而舒适，没有吃过苦，从未体会过生活的艰辛，总想一路畅通。他们不会克制自己的欲望，缺少忍耐力和定力，心中一有所想，便要马上满足。遇到困难就垂头丧气，怨天尤人。这些年轻人的问题，是缺少自我管理能力，忽略精神成长，不会控制情绪，不懂得适应环境，缺少坚毅的性格，因而难以应对复杂的社会与生活问题。

近些年来，在心理学的研究中，人们倾向于认为，情商和逆商重于智商。逆商，是说人们面对挫折时摆脱困境和克服困难的能力，是面对逆境时的反应方式和应对能力。逆商的欠缺和不足，容易使人在遇到困难时一筹莫展，甚至采取不理智的极端行为。如果一个人只能在顺境中生存，遇到挫折就束手无策，这是逆商欠缺的表现。所以，要有意识锻炼自己的逆商，遇到困难与挫折的时候，先稳住自己，不要乱了阵脚，更不能让情况恶化，然后开动脑筋想办法，调动一切手段去解决问题，加强与他人的沟通，虚心向别人求教，增强解决问题的能力和应变能力。

真正塑造人格的，并非天资和学历，而是挫折和苦难，每经历一次苦难，都是一次蜕变，都是一次成长。著名儿童文学作家曹文轩说："快乐并非最佳品质，总是快乐会让人滑向轻浮与轻飘，失去应有的庄严与深刻。傻乎乎地乐，不知人生苦难地咧开大嘴来笑，是不可能获得人生质量的。童年苦难在的时候，你是从内心拒绝的，可是在多少年之后，它会转换为财富，你是想象不到的。”有太多的人在舒适与安稳中生活惯了，经不起一丁点儿挫折，没有自我超越的心境，丧失了拼搏的意志，让抱怨和懦弱一次又一次地埋葬希望，最终碌碌无为。真正的志士是愈挫愈勇，在遍地荆棘中踏平坎坷，成就不平凡的人生。所以，当你面对苦难时，不要害怕，不要低头，不要等待和依赖别人的帮助，要用饱满的热情来鼓励自己，用坚强的意志去寻找希望。没有什么比苦难更能淬炼一个人的意志与品格，面对艰难困苦，你一定要学会坚强。坚强是源于内心的强大动力，它能帮你冲破羁绊、克服困难，实现你心中的美好理想。功业都是从苦难中得来，当你身处逆境时，你根本无法感受到痛苦的可贵。但当你回首往事的时候，身处顺境的时光可能早已淡忘，真正让你感到骄傲和自豪的，恰恰是曾给你带来痛苦的苦难经历。拥有数百亿身价的刘永好被人问及成功的秘诀时，他不假思索地说：“其实没什么秘诀，很简单，就两个字：吃苦。从某种意义上来说，这些苦难，给了我信念和力量，同时也赋予我雄视天下、克服困难与坎坷的毅力和勇气。”

我读初中的时候，正值国家三年自然灾害时期，老家的生活非常贫困。为了活命，人们把野菜都挖光了，甚至连树叶、榆树皮、观音土都拿来充饥。初三下半学期，许多同学由于营养不良都得了浮肿病，教学难以为继，学校奉命放了长假。所谓长假，其实就是解散，学生各自回家，连报考高中也是自愿自主进行。

生活的清贫与窘迫，往往能激发人的斗志与拼搏精神。因为贫穷，我们学会了珍惜。“一粥一饭，当思来之不易；半丝半缕，恒念物力维艰”，是我们从小刻骨铭心的感悟。

因为贫穷，我们学会了奋斗，我们已经穷得一无所有，再不奋斗就是死路一条。

因为贫穷，我们学会了承受，我们没有力量更没有尊严，对于别人的欺侮和白眼，只能默默承受，愤怒和泪水只能往肚子里咽。

因为贫穷，我们过早地体会了世态的炎凉，懂得了“穷在大街无人问，富在深山有远亲”的直白与深刻。

因为贫穷，我们学会了坚韧与顽强。虽然我们无钱无势、衣衫褴褛，但在求学的路上不坠青云之志，更不输他人。

因为贫穷，我们懂得了勤奋。别人玩耍的时候，我们不敢玩耍。别人进入梦乡的时候，我们还在昏暗的煤油灯下苦读。因为除了勤奋，我们别无所长。

感谢贫穷，感谢贫穷赐予的磨砺与感悟，感谢贫穷教会了不屈与勤奋。贫穷和苦难不仅仅是饥肠辘辘和遭受白眼，更是一种刻骨铭心的精神淬火，是胸中豪情的迸发与意志的锤炼，激发起了咬紧牙关、破釜沉舟的拼搏精神。

物质上的匮乏对你来说大概不会有了，但人生的另一种苦难却是不能避免的，那就是逆境与挫折。当你确定了人生目标并为之不懈奋斗的时候，你的人生便产生了意义，但同时也避免不了前进路上各种困难所产生的痛苦。对待困难和挫折，关键是要有一个健康的心态。当逆境降临时，重要的一条是承认现实，坦然接受，处变不惊，保持冷静，特别是不要做出不理智的反应。其次是勇于自省，懂得反思，重新认识自己，认识现实，找出问题的症结所在，总结经验教训。虽然不利境况的出现不一定是自己造成的，但也有可能与自己的缺点、失误、思虑不周或处置不当有关。在挫折中检讨自己的失误是痛苦的，但如果不认真检讨，就不会“吃一堑长一智”，认真反省自己的缺点与失误，是继续前进的重要前提。另外，要学会坚守，不因困难和挫折而改变初衷，毫不动摇地坚持自己的理想和目标。无论多大的困难，都不过是一次经历而已，而决不是整个人生，经历了痛苦和失败的磨砺之后，只会让你变得更加成熟与坚强。

快乐的人生不是没有苦难，而是不被苦难所左右。我们需要注意的是，既不要因为通达顺利而飘飘然，也不要因为困厄穷窘而垂头丧气。无论处在什么样的境遇，都不要放弃希望，不能丧失信心，要有阳光般的强者心态，因为那是内心潜在力量的不竭源泉。要敢于和善于与困难抗争，用勇气和智慧去战胜艰难险阻。丘吉尔在他的自传中说："苦难，是财富还是屈辱？当你战胜了苦难时，它就是你的财富；可当苦难战胜了你时，它就是你的屈辱。"人生无坦途，学习、生活和工作上的各种困难，都在所难免。你要以大无畏的气概直面困难，迎接挑战。正是在迎接挑战的过程中，充分调动自己的能力去拼搏，才能培养起坚定的意志和顽强的毅力。也正是在不断进取的过程中，你才会更加成熟与强大，人生才变得丰富多彩。

除了客观的困难之外，还会有一些非自我因素的苦恼，也很让人无奈和恼火。你选择了正直与善良，有人会说你傻瓜。你选择了勤奋，有人说你想往上爬。你坚守道德和纪律底线，有可能成了一些人的对立面。当你自异于陋俗和低级趣味，有人会说你假正经。有的人从嫉妒心理出发，不愿看到别人优秀，以免反衬出自己的平庸。假如出现这种情况，尽管不是你的错，也应当反思，适当藏拙，并努力搞好人际关系，掌握生存的策略，但坚持自己的追求和理想是不能变的，追求卓越是不能变的。

任何单位里都有看得见或看不见的斗争，你可能自觉不自觉地被划入某个圈子，圈子的此消彼长则会影响到你的命运。或者莫名其妙地成了别人的障碍，别人用或明或暗的方法想把你挤走。或者你本来很优秀，但领导偏偏提拔比你差的人，等等。此外，人还可能遭受冤枉、误解和种种不公平的待遇。假如遇到这类情况，你一定很气愤，但切记不能采取不理智的行动。在危机的临界点上，一招不慎则满盘皆输。首先要使自己冷静下来，稳定情绪，临危不乱，客观分析前因后果和来龙去脉，不做无谓的抗争。在这种时候，过激的言辞和不理智的行动是非常有害的。高明的做法是忍耐，冷静观察，不动声色，搞清原因，善谋对策。如能通过良好的沟通或借助其他力量化危机于无形，则是高明的做法。话又说回来，如果你能力强、人品好，人际关系又好，即使有少数人因嫉妒而想排挤你，他们也无能为力。

《课子随笔节钞》中说："如今做人，要从苦中更尝一番，方有受用。故甘自苦来，甘始可久。福由德致，福始可保。凡当大任干大功业底人，俱在贫困中磨炼出来。"漫漫人生路上，困难并不可怕，也无须为挫折忧伤。当你把困难和磨难当作人生的一种历练，把勇敢与坚毅作为人生态度，你自然就会笑对人生，你的内心就会更加坚强，胸怀也更加宽广，就能从容不迫地一往无前！

人生成败说素质

社会上的芸芸众生，每个人都在辛苦打拼，忙忙碌碌一辈子，结局却大不相同。有的人事业辉煌，功成名就；有的人默默无闻，一文不名；更有的人穷困潦倒，处境悲惨。其中的原因，除了机遇和运气等客观因素外，就在于素质上的差异。

简单地说，素质是指人在先天禀赋的基础上，通过后天的教育和环境影响，以及个人努力所形成的比较稳定并且能长期发挥作用的基本品质。这里需要注意，先天禀赋是素质形成的基础，而后天的有明确目的的教育对素质的发展起主导作用。就是说，素质可以通过教育和环境的作用而变化，这些变化通过知识、能力和思想等表现出来。素质分为生理、心理、人格、能力等许多方面，要详细说明这个问题，需要去读专著，我们只要明白素质的大致内涵和特点就足够了。

许多大学生毕业后感叹，从小学到大学，都是分数决定一切，步入社会才知道，素质决定前途。对一个人来说，社会责任意识、职业素质、做人的素养等，都是重要的素质，而这些正是刚毕业的大学生所欠缺的。素质是一个人的思想成熟程度、心理和人格发育健全程度、知识结构合理程度、为人处世的通达程度等诸多方面表现的总和。人的素质决定人的思维方式和行为方式，决定事业的成败，当然也就决定了人生的高度。这里我们不探讨素质的理论问题，只是想让你明白，要想做一个成功人士，应该具备怎样的素质，又该从哪些方面去培养和提高。

人终究是靠内在素质支撑的，一是品德，二是才能。人这一辈子就两件事：做人与做事。做人靠人品，做事靠能力，人品比能力更重要，做事要先学会做人，因为人格决定了做事的空间。做人讲的是品德，一个人要有良好的道德修养，并能按照道德标准去处理各种关系，这是做人之本。做人是做事的前提与基础，做事是做人的意义与价值所在。如果只重做人而不培养做事能力，可能会碌碌无为。如果做事能力强而品行不好，则可能会走入歧途。荀子说："士不信悫，而多有知能，譬之其豺狼也。"说的就是一个不诚实、不讲信用的人，越是能干，就会像豺狼一样危险。

正直善良、诚实厚道、谦虚礼貌、助人为乐等，是一个人受社会欢迎的重要条件。这些条件与家庭背景、容貌和学历无关，却是个受欢迎的好人必备的素质。即使是一位农民，如果具备上述素质，一定有良好的人际关系，一定生活得很幸福。由此观之，在人的诸多素质当中，有一种与知识、能力无关的基本素质，这就是良好的品德，包括善良、正直、厚道、诚实、守信、包容、大气、礼貌等，这样的人无论在什么样的群体里，都讨人喜欢。这是做人的重要素质，也是成为一个好人的标准。

基本素质很重要，它可以帮助你安身立命，可以帮助你拥有良好的人际关系和愉快的生活，但毕竟只是基本的，它不能保证你做出一番事业，不能保证你有一个辉煌的人生。

大凡能够功成名就的人，除了基本素质之外，还具备超于常人的一些优秀素质。这些素质大抵包括：远大的理想，坚毅的性格，博大的胸怀，包容的气度，勤奋的精神，广博的知识，积极的心态，强烈的责任感，坚强自信，顽强拼搏，创新精神，独立思考能力，自我管理能力，卓尔不群的远见和洞察力等。人的素质包括体能的、心理的、智力的、道德的等多个方面，别的不说，单说心理素质，这是影响人生成败的极为重要的品质，我们看看具备哪些特质才算是优秀人士：

北京师范大学陈会昌教授是我国著名的心理学家，从 1995 年起，他主持了一项长达 20 年、对象是 208 个普通孩子的研究，从这些孩子两岁起开始跟踪他们的社会行为与家庭教育方式，研究发现："自我控制力"与"主动性和创造性"决定一个孩子的未来，要取得很高的成就，需要具备如下心理素质：对自己感兴趣的事物具有巨大的内在兴趣和高度热情；自发的、不可阻止的学习行为；强烈的成长动机（超越、巅峰动机）；发现问题和解决问题的能力；独立性、创造性、求新求异性；孜孜不倦的工作态度和克服困难的坚韧精神；强烈的成功动机，失败后重新尝试的意志力。孩子，这项对两百多个人长达 20 年的跟踪研究很有说服力，回答了具备什么样的心理素质才能取得成功，你不妨与自己逐项比对，作为自勉的参照吧。

与人的先天禀赋不同，非智力素质具有很大的可塑性，这些素质无法通过考试来测评，却直接作用和影响我们的人生。上述所列的优秀素质很多，不可能一一探讨，有些在其他章节里也已谈到。结合你的具体情况，只着重说一下你尤应加强的某些方面。

先说坚毅。坚毅的品格对一个人的成长和成功具有巨大的、不可估量的作用和意义。意志力的核心是坚毅，我所说的坚毅，不仅仅是坚强和毅力的简单相加，而是一种素质和能力，是对长期目标持续保持激情的耐久力，是在坚持目标的过程中专注投入和不懈坚持，即使历经挫折也义无反顾的精神。无论是学习还是工作，要取得好的成绩，最根本的就是坚毅的品质。所谓坚毅，就是勇于面对挑战，积极应对困难，决不退缩和放弃，始终对长期目标保持专注和投入。麦当劳的创始人雷·克拉克曾说："世上没有东西可取代坚毅的地位。有才能而失败的人比比皆是；才华横溢却不思进取者众多；受过教育却潦倒终生的人也屡见不鲜。唯有坚毅的人，才是无所不能的。"

坚毅，是成功人士的人格特质，是激情、坚韧、决心和专注的综合，是不屈的意志和顽强的斗志，它比天赋更重要。拥有坚毅品格的人更容易成功，因为他们在困难和挫折面前能始终保持积极乐观的态度，适时自我调整与自我激励，善于转化沮丧与无助等负面情绪，从而战胜不利因素。意志是人的主宰，意志的磨炼能够弥补天分的不足，能使人改掉不良习惯。你要有意识地培养和锻炼自己坚毅的品格，要能很投入地做一件事，并且能做很长时间，不达目的决不罢休。如果只有爆发力而没有持久力，轰轰烈烈开始，继而又草草收场，或者三天打鱼两天晒网，是做不成任何事的。品格的塑造，需要在自我反省、自律和自我控制等方面经过持续不断的锻炼，挫折与苦难能够锻炼坚毅的品格，强烈的成功愿望同样能成就坚毅的品格。俞敏洪多次说过："我知道我在聪明上比不过我的同学，但是我有一种能力，就是持续不断的努力。"由此可见，对自己的学习和所热爱的事业，无论何时都始终保持激情、耐心、坚持和行动力，就一定能成功。

老子说："天下大事，必作于细。"这句话深刻地阐明了做大事与做小事的关系，告诫人们要"大处着眼，小处着手"，考虑问题要有全局意识，要往远处看；但又不能好高骛远，要踏踏实实，从点滴做起。绝大多数的人都想把事做好，但能把事做好的没几个。不是这些人不想做，而是不会做，因为会做事的前提是正确的思考。越是每个人都能做的小事，越能从中分辨出你做事的态度、能力与独特性。细节，永远能反映出人性的闪光与晦暗。戴尔·卡耐基说："一个不注意小事情的人，永远不会成功大事业。”小事与细节是决定成败的关键，能够做大事的人，做小事也会很认真。如果做小事不认真，马马虎虎，往往也做不成什么大事。法国作家加谬说过一句著名的话：“一刻的松懈，可能会导致一切的崩溃。”所以，无论做什么事都要认真，要有“临事而惧”的恭敬和诚惶诚恐的态度，是一种十分重要的素质。大事情都是由小事情构成的，追求卓越的过程，很大程度上就是不断追求细节的完善直到完美的过程，做好细节才能成就卓越。以干大事的胸襟去做小事，以做小事的精心去干大事，则凡事都能做得好。

现在的一些年轻人，或许是从小在急功近利的氛围中长大，做事缺乏恒心和毅力。自认为能做大事，不屑于做小事也做不好小事，不认真对待手头那一份养家糊口的工作，既不虚心向前辈学习请教，也不尽力做好本职工作。心情好的时候混混日子，心情不好的时候就辞职跳槽。连打工都打不好的他们，却做着当大老板的黄粱美梦。如此混来混去，跳来跳去，结果必然是一事无成。

不少中小学生在学习上都有“马虎”的毛病，这是丢分的主要原因。其实，问题不能简单用“马虎”去解释，本质上是能力问题，是注意力涣散导致不能很好理解题意或不能兼顾几个已知条件。柏拉图说：“懒惰是怯懦的儿子，而疏忽是懒惰的儿子。”很多时候，所谓的“马虎”与“粗心”，其实是基础知识不牢或思想懒惰。曾国藩也说：“古来才人，有成有不成，所争每在‘疏密’二字。”意思是说，自古有才能的人，有成功的有不成功的，根源就在“疏密”二字上。“疏”就是疏忽大意，“密”就是周密严谨，事情的成败往往取决于此。所以，重要的是培养把事情做好、做正确的能力，这就需要周密思考、透彻理解、严谨认真，如果一味图快图省事，则必然做不好。

每一件大事的背后都是细节，因其“小”，往往被人忽略，因其

“细”,常使人感到烦琐。但正是这些小事和细节,是最容易出问题的地方,因为有些细节会改变事物的发展方向,导致完全不同的结果。态度决定一切,细节决定成败。细节差之毫厘,结果谬以千里。你要养成周密细腻的思维习惯,细致观察,寻找和发现细节,学会用心做事,认真对待每一件事,竭尽全力,力求完美,即使是小事情也要做好、做精、做细。密斯·凡·德·罗是20世纪四位最伟大的建筑师之一,在被要求用一句话来概括他成功的原因时,他只说了五个字:“魔鬼在细节。”细节体现素质,是一种人生态度,也决定事业的成败,不可不慎啊!

曾国藩曾向他的恩师、晚清著名理学家倭仁请教做人做事的方法,倭仁教他的方法是“研几”,并认为对于修身、齐家、治国、平天下来说,“研几”功夫最要紧,从此他大彻大悟。纵观曾国藩的一生,可谓把这两个字做到了极致,对人对事具有超强的察言观色和见微知著的能力。“研几”亦作“研机”,出自《周易·系辞上》,是穷究精微之理的意思。通俗地说,就是认真对待瞬间的念头和细微的小事,形容钻研深刻、细致。简言之,就是从细节着眼,把握事情的规律,在事物初生之际就把其中的理弄清楚,心意初动时就把玄机看破,以先见之明防患于未然。

将来你工作后,如何才能从激烈的竞争中脱颖而出?其实非常简单,开始阶段你要做的工作大都是一些小事情,你要把该做的小事都做好,细致严谨。至于别人做不做或做得好不好,与你没有关系。人是通过细节和小事展现自己的,人与人的差异大多体现在一些细节和小事上,所有干大事的能力都是从做小事中生发出来的。不要看不起小事,生活本身就是一件件小事的集合。坚持做好你该做的每一件小事,你就赢了。认真,才能把事情做对;用心,才能把事情做好。如果把该做的每件小事都做到完美，你的态度、能力和素质自然就展示了出来，光明的前途自然也就展现在你面前。

自我控制能力是人的一种重要素质，你有这方面的能力，要想使自己更优秀，还需要进一步强化。自控能力是指人对自身的情感、冲动和欲望施加控制的能力，这是一个人想获得高成就所必备的重要品质，关系到你日后的学业乃至一生的成功与幸福。自控能力的本质是坚强的意志，是人最应该具备的能力，不能自我控制的人，能力再大也无济于事。萧伯纳说："自我控制是最强者的本能。"没有自控能力，就没有好的习惯，必然成为情绪、欲望和感情的奴隶，自然没有好的人生。

心理学家早就发现，一个人的自我控制能力与其人生成就之间存在重要关联。1968 年，斯坦福大学的心理学教授沃尔特·米歇尔在一个幼儿园主持了著名的"棉花糖实验"，把一些四岁的孩子放在一个房间里，给他们每人一颗棉花糖，告诉他们要等 15 分钟后教授回来才能吃。如果能等教授回来再吃，还可以再得到一颗糖。结果是三分之二以上的孩子把糖吃了，有的坚持了两分钟、五分钟……有的甚至坚持了十四分半钟还是忍不住吃了。实验的最初目的只是测试孩子在什么年龄会发展出某种自控能力，但在 18 年、30 年、41 年之后，研究小组获得了一致的发现：那些有自律能力的孩子，更容易走向成功。当年"能够等待更长时间"的孩子，在后来的人生发展和事业成就上，都极大地超越了那些"迫不及待"的孩子，那些很快吃掉棉花糖的孩子，有很大一部分连大学都没考上，这就是自我控制力强大的衍生作用。

一个人的精力和时间都是有限的，要取得事业的成功，必须对自我资源进行严格管理，发挥自我资源的最大效益。这就意味着要有所为有所不为，意味着必须克制自己某些方面的欲望和爱好，按照事业的需要重塑自己，有强大的自我主宰能力。成功人士对自己都有着近乎固执的自我控制能力，很多人羡慕别人的精彩与成功，但了解到别人背后那种严格的自我管理时，却又退避三舍，这就是平凡人占大多数的原因。斯科特·派克写的《少有人走的路》中说："自律是解决人生问题最主要的工具，也是消除人生痛苦最重要的方法。"具有强大的自控能力和自我管理能力，是取得成功的重要素质。要做到自控，首先要保持意念的专注，这一点非常重要。意念一散，乱七八糟的念头就会袭来，人就会被各种欲望牵着走。陈会昌教授说："几十年来，国内外心理学家的大量研究证明，儿童时期形成的良好自控力，对其学习成绩、学校适应以及成年后的事业成功均有重要影响，其影响力甚至超过智力。"所以，千万不要放纵自己，千万不要找借口，对自己严格一点，有意识培养自控能力。时间长了，自律便成了一种习惯，成了一种生活方式，你便能拥有一个成功的人生。

还有一条非常重要，那就是勇气。丘吉尔说过："勇气是人类最重要的品质，因为，如果有了勇气，也就具有了人类所有其他的优秀品质。"在成功者的队伍里，许多人并不见得很聪明，但他们有一样东西比聪明更重要，那就是勇气与意志。在这个世界上，很多人之所以没有成功，并不是缺少智慧，而是面对艰难时做下去的勇气。生活中许多时候都需要勇气，登台讲话需要勇气，挑战困难需要勇气，承认与改正错误也需要勇气。人在生命的旅途中，会遇到许多生理上和心理上的困难：学习上的困难、体育达标的困难、完成任务的困难等。面对这些困难，唯一的出路是战胜它们。勇气是成功的前提，缺什么也不能缺少勇气。真正的强者，不是没有眼泪，而是含着眼泪依然鼓起勇气奔跑的人。只有内心充满一往无前的勇气，才能战胜困难，取得成功。

在素质形成的过程中，自我塑造十分重要。素质的高低，说到底是一个人自我完善的程度。人要取得成功，除了智力因素外，更多的则是非智力因素，如良好的教养、坚毅的品格、勤奋的精神、积极的心态、承受挫折和压力的能力、包容精神、成熟的待人接物方式、独立思考能力等。所有这些，都可以通过后天的修炼得到培养和提高，这正是人为什么要自律、努力和坚持的全部意义。

人活在世上，应该有自己的爱好，才会活得更有滋味。在追求事业之余，你要读一点看似无用的书，培养点看似无用的爱好，以陶冶情操、提升修养、净化心灵。比如音乐、绘画、文学、收藏、书法、摄影等，甚至琴棋书画、花鸟鱼虫、吟风赏月。每一种兴趣和爱好都是一种存在，都是一种生存方式。比如音乐，作为表达情感的艺术，音乐具有很强的感染力，能陶冶情操，启迪智慧，培养人特别是青少年活泼乐观的情绪。此外，音乐还具有培养审美情感和形象思维的功能，通过音乐的熏陶会使人的精神境界趋于完美。兴趣爱好多了，你的存在方式自然就多，转换起来就相对容易，生活就会丰富多彩，生命中则会洋溢着一种充实感。许多事例证明，正是那些看似无用却美好的事物，在滋养着我们的心灵，让我们在面临各种困苦时，依然活得情趣盎然。工作的时候，爱好是生命的调剂和补充；退休后，爱好便是生命的全部。

培养并保持一项业余爱好，做个有情致的人，让爱好在时间的长度和深度中慢慢生长，为自己搭建一个多彩的精神家园，会使生活更加幸福与美好，或许还会有意想不到的收获。无用之学的厚度，往往决定有用之学的高度。实际上，绘画、摄影、音乐等，这些业余爱好，能提升人的形象思维、逻辑思维和审美意识，对以后你在事业上的创新与发展都大有好处。作家梁文道在《悦己》中说："读一些无用的书，做一些无用的事，花一些无用的时间，都是为了在一切已知之外，保留一个超越自己的机会，人生中一些很了不起的变化，就是来自这种时刻。”多一点审美情趣和人文修养，看起来与工作不相干，实际上大有裨益，因为杰出成就的取得都离不开对美的境界的追求。

还是言归正传谈素质吧。作为本篇的结尾，我把曾荣获诺贝尔文学奖的英国作家吉卜林给他12岁儿子的赠诗抄录于下：

“如果在众人六神无主之时，
你能镇定自若而不是人云亦云；
如果被众人猜忌怀疑时，
你能自信如常而不去妄加辩论；
如果你有梦想，
又能不迷失自我，
有神思，
又不至于走火入魔；
如果在成功之时能不喜形于色，
而在灾难之后又勇于咀嚼苦果；
如果辛苦劳作
已是功成名就，
为了新目标
依然冒险一搏；
如果你跟村夫交谈
而不变谦恭之态，
和王侯散步而不露谄媚之颜；
如果他人的意志左右不了你，
与任何人为伍你都能卓然独立；

如果骚扰动摇不了你的信念——

那么，你的修养就会如天地般博大，

而你，就是一个真正的男子汉。”

愿你能以此自勉！

自尊与尊重他人

说到自尊，人们首先想到的是人的自我尊重，这当然没有错。自尊就是尊重自己，是对自己人格的重视与肯定，从身体、仪容、行为和心灵，维护自己作为一个人的尊严，不做有损人格的事，不向别人卑躬屈膝，也不容许别人歧视和侮辱自己。

人对自身的认识，很大程度上体现为对尊严的认识。尊严是人的内在价值和基本权利，也是人与人交往的首要原则，自己要有尊严，也必须考虑别人的尊严。尊重的需要是人的基本需求之一，维护自尊是人们心目中的强烈愿望，所以，满足尊重的需要对任何人来说都十分重要。

屠格涅夫说："自尊自爱，作为一种力求完善的动力，却是一切伟大事业的渊源。"自尊是一种可贵的品质，这种品质能使一个人尊重自己的人格，爱惜自己的名誉，珍爱自己的生命。能激发人奋发进取，自强不息。能让人自重自爱，不做错误的事或卑贱的事。

人都有自尊，也要尊重别人。尊重别人，是自尊的需要，因为自尊是在尊重别人中实现的。不尊重他人的人不可能赢得别人的尊重，也就不可能有真正的自尊。所以说，真正的尊重其实是一种平等，既不仰望也不俯视，不卑不亢。如果你对别人不能表现出尊重，别人就会瞧不起你，从而伤及你的自尊。比如你随意打断别人讲话，是对讲话人的不尊重，其实也是不自尊的表现。自尊需要正确评价自我，摆臭架子、装腔作势、故作清高，都是自尊的过分表达，也是不自信的无意识流露。尊重他人还不能失去自我，那种对人低三下四、靠贩卖廉价恭维博得他人好感、想方设法去讨好别人，是人格上自轻的表现，也就是不自尊。如果一个人不把自己当回事，自然难以获得别人的尊重。你正处在独立人格形成的时期，渴望得到别人的尊重，但须知获得尊重的前提是尊重别人，而尊重他人的基础是自尊。人在成长的过程中，需要时时自警自省，自重自爱，行为得体，礼貌待人，做一个有尊严、有教养的人，这对于完善人格十分重要。

人要有自尊，但要适度。适度的自尊有助于在面对批评时改正自己的错误，过度的自尊，则是建立在不安全感之上的脆弱与虚荣，会使人过于敏感，从而作茧自缚。自尊强调的是自己尊重自己，而不是一味要求别人尊重自己。过分自尊，就不容易接受别人的意见，凡事都要自己说了算，势必影响人际关系。少年的自尊心特别强，稍不如意就发脾气，有的人挨了批评甚至要离家出走，那是因为年纪小，不懂得圆通与隐忍，自己容易有挫败感，还会招人讨厌。长大后涉世渐深，懂的道理多了，要么是在别人那里吃了苦头，要么是有了拖家带口的后顾之忧，要么是对利弊得失的正确权衡，会使自尊变得更加理性，不再过分表达自尊。

自尊是健康人格的基石，卢梭说“每一个正直的人都应该维护自己的尊严”，但在现实生活中，尊严有时也会在利益面前败下阵来。有的人贪图名利地位，为了向上攀爬，不惜出卖尊严、丧失人格、奴颜婢膝，为世人所不齿。还有的女孩子为了嫁入豪门，以牺牲尊严为代价，甘愿委屈自己，甚至连父母都一起委屈了。他们不明白，人若没有了尊严，也就没有了自由。用屈辱换来的升迁与富贵，会在内心深处折磨他们一辈子。

比尔·盖茨曾给年轻人提出过若干条忠告，其中一条就是：世界不会在意你的自尊，人们看到的只是你的成就。在你没有取得成就之前，切勿过分强调你的尊严，因为尊严来自实力，是靠自己的本事挣来的，而不是别人的施舍。当一个人一无所长，却盲目自尊，那自尊就变得毫无意义。如果要靠别人来满足自己物质的和情感的需求，也就没有自尊可言。与之相反的情况是，有一些人一点委屈也受不得，丢什么也不丢自尊。与爱人吵了架就闹离婚，挨了领导批评就愤然辞职，从一个单位跳到另一个单位，换来换去，总是不满意，结果一辈子怀才不遇。还有的人自视过高，端着架子等人求他，自己却不肯认真把事情做好，结果没人买账，只落得孤芳自赏，那就不是自尊而是自大了。

自尊不能过了头，不能为了面子而坚持错误。尊重自己也包括正视自己的错误，这才是高贵而成熟的灵魂。所以，当你遇到不顺时要学会反思与忍耐，不能过分强调自尊。韩信当年遭受“胯下之辱”时，如果不是选择忍耐而是自尊，就不会有后来的齐王。遇到挫折时，不妨把自尊先放一放，因为除了忍耐与努力，别无他法。这时候如果一定要讲究自尊，看似气概豪迈，实则愚蠢可笑。似乎挽回了一点面子，但一辈子也得不到尊重。所以，能够放下自尊去专心做事的人，是目标远大的人。你把自己变强大了，尊重自会到来。如果过分在意别人对自己的态度，把自尊放在第一位，执念于无足轻重的小自尊，其实百无一用。

赢得别人的尊重，固然要靠自己的本事与才华，但更重要的是要有博大的爱心。一个懂得尊重别人的人，往往格局大、有教养、成熟且有充实的内涵。他们不需要通过贬低别人或者卖弄自己来显示高贵，他们更懂得感同身受与换位思考，能设身处地去感受别人的难处，体谅别人的不易，因而懂得尊重别人。任何情况下，替别人着想的善念，都是抵达人心的最佳途径。一个人能否获得别人的尊重，恰恰是从你给别人的感受中体会到的。学会尊重别人，才能在别人的感激里赢得友谊和尊重。

尊重别人，对上容易对下难，对富贵容易对贫贱难。现实生活中，有的人面对那些从事卑微工作的人时，会无端生起莫名的优越和倨傲，根本谈不上平等和尊重。但对于领导或成功人士，又卑躬屈膝和巴结逢迎。即使别人不如你，我们也没有资格用不屑一顾的神情去伤害别人的自尊。即使有领导驾临，我们也不必点头哈腰以表达尊重。如果我们在某一方面不如别人，也没必要用自卑和嫉妒去代替应有的自尊。

仓央嘉措说："我以为别人尊重我，是因为我很优秀。慢慢地我明白了，别人尊重我，是因为别人很优秀。原来优秀的人更懂得尊重别人。对人恭敬，其实是在庄严你自己。"屠格涅夫有一次在街上遇到一个乞丐，可他身上没带一分钱，他惶惑不安，惘然无措，赶紧上前紧紧握住那只肮脏又发抖的手，说："请别见怪，兄弟，我身上一无所有。"那个乞丐听后，竟紧紧握住屠格涅夫的手，动情地说："哪里的话，兄弟，就这也应该谢谢你啦，这也是周济啊！"屠格涅夫的握手，无疑是最高贵的施舍，因为这种施舍叫尊重。诸葛亮说："勿以身贵而贱人。"一个人灵魂的高贵，不在于他的地位高低，也不在于他的财富多寡，而在于他懂得尊重别人。尊重领导和德高望重的人是本分，尊重地位不如自己的人是美德，尊重对手是胸襟，尊重所有人才是真正的教养。

每个人都需要获得尊重，每个人也都应该尊重他人，这是人格上的平等与互动。尊重不是无端夸赞，也不是唯唯诺诺，更不是溜须拍马的曲意逢迎。真正的尊重是发自内心地把对方当回事，是高贵人格的自然流露。人的本性中的自尊心是非常敏感的，即使一点点的轻蔑和侮辱，哪怕是一个眼神，对方都能感受到，并会为之愤恨。有的人可能立即对你发作，有的人尽管不吭气，但内心一定非常气愤。无论哪一种情况，你都已种下了仇恨。所以，不管什么情况下，也不管对方是谁，都要尊重，都不能轻易批评和指责别人，更不能侮辱他人。

卡耐基在《人性的弱点》一书中开篇就说“批评是要不得的”，他通过一些事例得出这样的结论：“批评的成效微乎其微，因为人们习惯地在受到批评时，竭力地为自己辩护，从而给自己建造一层防御壁垒。批评更为危险的是，它让人尊严扫地，从而心生怨恨。”他告诉人们：“那些对他人错误保持沉默的人，当他们自己犯错误时，将会得到更多的宽容。”人们处理人际关系的黄金法则是“己所不欲，勿施于人”，这一法则的核心就是尊重。所以，不要养成随意指责和批评别人的习惯，尤其是在尚未弄清楚原委之前。人在做错事情后，更渴望得到理解和谅解，而不是批评和指责，就像你犯错以后所渴望的一样。

懂得尊重别人，并不等于学会了如何去尊重，从这个意义上说，尊重也是一门学问。尊重他人，就要尊重他人的看法、说法和做法，不妄加评论和指责。孔子说：“君子和而不同。”不把自己的意志强加给别人，是高层次的修养。每个人都有各自独特的成长背景和生活经验，每个人的认知不尽相同，处事的原则和态度也有差异。因此，对同一件事的看法难免会不一样，要学会求同存异。人们的错误就在于习惯用自己的想法和标准去要求别人，并一厢情愿地把自己的理解强加给别人。一个人说什么话，其中不光有抽象价值的支撑，还往往包含着他的人生经验与体悟，如果对方没有类似的经历，很难感同身受，那么，苦口婆心就成了白费口舌。对任何一件事情，从不同的角度切入，就会有不同的看法和认知。其实很多时候，别人也有难处，只是人家不说而已。

自私是人的本性，每个人看问题，不仅首先从自己的利益和角度去审视，而且还会提出并强化对自己有利的观点和证据。其实，不同只是不同，与对错无关。比如：某个同学总是一身名牌，用高档手机，你觉得太过奢华，可对人家来说这是正常的消费水平。认识到这一点，才能接受彼此的差异，才能尊重别人的想法与行为，才不会去做统一别人世界观的蠢事。英国著名作家奥斯卡·王尔德说过："过自己想要过的生活并不是自私，要求别人按自己的意愿生活才是。"一个人最大的恶意，就是把自己的理解强加给别人，并一直认为自己是正确的。用自己的立场去衡量和要求别人，不仅狭隘而偏激，而且也有失公允，是对别人的不尊重。你不了解别人的生活，就不要随意指责，因为你对别人的酸甜苦辣不能感同身受。世界是如此多元，尊重别人的立场和行为，理解别人的生活方式与理念，既是对客观事物的尊重，也是对自己的宽容与释然。站在别人的立场上思考问题，不仅能改善与拉近人与人之间的关系，更主要的是能理解对方的行为，更容易产生宽容的心理。就个人的为人处世而言，应秉承和而不同的原则，摆正自己的位置以及与他人的关系，学会与不同的人相处，这样才能各得其所。

尊重他人，最重要的是要发自内心，而不是停留于表面。有教养的人，举手投足之间，都会把尊重展现得淋漓尽致。地位有高低之分，人格无贵贱之别。无论是威名赫赫的达官显贵，还是籍籍无名的贩夫走卒，在人格上都是平等的，都需要尊重。要学会由衷地欣赏他人，赞美别人的优点和长处。待人要真诚，给人留面子，伤害别人的自尊是严重的失礼行为。人际交往的主要方式是谈话，所以要特别注意学会说话与倾听。认真倾听别人的谈话，保持目光接触，不随意打断别人，不东张西望，也不要抢着去接别人的话头，是有教养的表现。何况，人们也往往把忠实的听众视作可以信赖的知己，有助于增进彼此的关系。单独听对方讲话，身子要微微前倾。适时而恰当地提出问题，配合对方的语气表述自己的意见。不离开对方所谈话题，但可通过巧妙的应答，把对方谈话的内容引向所需的方向。别人对某一话题谈兴正浓时，你不能表现出不耐烦，也不能立即把话题转移到自己感兴趣的方面。自己说话，不要滔滔不绝，不给别人插话的机会。说话要注意对象，不在失意人面前谈论自己的得意事。不打听、不议论、不传播别人的隐私。不取笑、不歧视别人的缺点或缺陷。不随便探听别人的私人生活，不干涉别人的私事。无论关系多么密切，也要给别人留够空间。注意维护别人的面子，对别人的失误和并非故意的小错，可以善意地悄悄提醒一下，但不能大呼小叫。与人谈事情特别是重要事情，应把手机关掉。与人交谈，不要把其他人拿来相互进行比较。不要在有学问、有层次的人中间谈论低级趣味的事。

从礼仪上尊重别人，礼仪的原则是自谦尊人。一个人的行为举止，是社交中的无声语言，是性格、情趣、教养、精神世界和生活习惯的外在表现。与人交往要放低姿态，谦恭待人，诚信守时。当你坐着时，如果有人和你说话，你要站起来，不可怠慢倨傲。注重装束整洁，面容干净，头发整齐，服饰不要过于奢华，以免惹人嫉妒或使人不自在。但如果在重要的场合衣着过于随便，则是对他人的不尊重，也是对自己不尊重。国学大师陈寅恪晚年患有眼疾，视力不好，他在中山大学居住的是一座两层楼房，一楼是他工作及给学生授课的地方。当时选修他课程的学生只有五六人，但陈先生绝不因学生少而影响授课，依然一丝不苟。夏天，他身着便装与助手在一楼工作，每当学生来家里上课时，他总是拄着拐杖缓步上楼，去更换夏布长衫，然后才下楼授课。

每次看见老师摸索着上下楼的身影，学生们都感动不已，先生的高大形象，无论是学问还是做人，在他们心里已是巍然耸立。

我们中国人特别讲面子，面子的背后其实是尊严。许多人宁可失去利益，绝不能失去面子。倘若一个人的人格尊严受到伤害，甚至会以命相搏。所以，一定要给别人留面子，不能拿别人的尊严开玩笑，这是非常重要的生活智慧。特别要注意不能当众羞辱人，更不能进行人身攻击。不要当面揭别人的老底，让别人下不了台。遇到分输赢的场合，比如下棋打球，如果你技艺高，则要手下留情，不要赢得太多，以免别人难堪。另外，在行走、见面、入座、宴饮、拜贺、告别等方面，也都要遵从礼仪。一个懂得尊重别人的人，才是真正高尚的人。

一个人的人生如何，很大程度上取决于他与身边环境相处得如何。一个人如果做不到对身边人尊重，那么他所处的环境就会很险恶。尊重他人是一个人的私德，是从心灵深处体现出来的私德，却常常比公德更重要。尊重是对他人的人格与价值的肯定，体现的是一个人的教养，对维系朋友、亲人、同事之间的关系乃至社会和谐都很重要。要想自己生活得开心，亲人之间和睦，同事关系融洽，朋友之间友谊长存，需要做的最低要求就是尊重别人。

人要有骨气和尊严，这话没有错，但也不能把面子看得太重。如果死要面子，则是一种心灵负担，还会给自己带来损失与麻烦。李嘉诚说过："当你放下面子赚钱的时候，说明你已经懂事了。当你用钱赚回面子的时候，说明你已经成功了。当你用面子可以赚钱的时候，说明你已经是人物了。当你还停留在那里喝酒、吹牛，啥也不懂还装懂，只爱所谓的面子的时候，说明你这辈子也就这样了。"

自尊要有尺度，不能过分，否则，自尊就会成为前进道路上的障碍。人的自尊心太强，就会变得敏感而脆弱，特别在乎别人对自己的看法，别人无心的话也可能给他们带来伤害，而且很容易发展成嫉妒与仇恨。这样的人往往过度守护自尊，生怕别人瞧不起，失去了做人应该呈现的正常状态。过度的自尊就是虚荣，这反映了心灵的脆弱。这种人往往固执己见，即使自己错了，也是心里承认嘴上不承认，死要面子。他们受不得一丁点儿委屈，容易与人争执，很难与人相处。在无所谓的事情上在乎太多，是对自尊的曲解，是一种伪自尊。这种伪自尊以骄傲的模样出现，却掩饰不住华丽外表下的脆弱与自卑。做人的恰当态度是：大事上不含糊，小事上不在乎。前者能够赢得尊重，后者则会被人欣赏。日本作家松浦弥太郎说过："聪明的人，努力的人，可以靠才华和勤奋达到某种程度的成功，但他们往往无法再更上一层楼。此刻，阻挡他们成长的就是'自尊'。这种'自尊'，很可能是我们为了保护自己、向人炫耀、打压对方而存在的铠甲，看似坚不可摧，实则不堪一击。"当你试图以骄傲掩饰自卑，又以拒绝的方式故意显示高傲的时候，你可能就亲手埋葬了难得的成长机会，也歪曲了真正意义上的自尊。

笨功夫才是真功夫

曾国藩是中国近代史上一位重要人物，被称为“晚清第一名臣”。毛主席 1917 年说过：“愚于近人，独服曾文正。”他死后被朝廷称赞为“学问纯粹、器识宏深、秉性忠诚、持躬清正”。他被人推崇的重要原因，因为他向世人证明，一个资质平平的人，能够通过自我完善成为“中兴名臣”。他的传奇人生，给了人们深刻的启迪与教育意义。

曾国藩并不聪明，才情禀赋一般，用梁启超的话说：“文正固非有超群绝伦之天才，在并时诸贤杰中称最钝拙。”左宗棠说他“欠才略”、“才亦太短”。他自己也说：“余性鲁钝，他人目下二三行，余或疾读不能终一行。他人顷刻立办者，余或沉吟数时不能了。”这不是他自谦，而是实话实说。但就是这样一个人，却在很多领域取得了常人无法企及的成就。他非常勤勉，肯下笨功夫，一生以“勤”“恒”二字激励自己。他读书按父亲的要求，不读懂上句，不读下一句。不读完这本书，不摸下一本书。不完成当天的学习任务，绝不睡觉。一天晚上他背书时家里来了小偷的故事，你已很熟悉，还用这个故事做了语文课的“精彩两分钟”演讲，题目叫“天道酬勤”，获得大家的好评。

所谓笨功夫，并不是笨人用的办法，而是一种真诚、认真的态度，是扎实彻底的思维方式，遇到问题只知死钻硬啃，不留死角，没有遗弊，更容易在日复一日的苦心孤诣中，完成人生的升华。《菜根谭》中说："文以拙进，道以拙成。"一拙字有无限意味。读书学习不可取巧，要守着拙朴才能进步。拙不是笨拙，而是按部就班、扎扎实实、不自作聪明，是学习与修身的基本方法。但有的学生却不是这样，他们自以为聪明，对老师课上讲的内容，觉得自己听懂了，便不耐烦做作业，对重复练习产生厌倦，表现为不投入、不细致，敷衍塞责，导致基础不牢固。有的同学读哑巴书，既不张口也不动笔，所有这些，都是学习的大敌。任何知识和技艺，从无到有，从生疏到熟练，都是一个反复练习的过程，必须舍得下笨功夫。你不要觉得有时候自己努力了，却没有得到相应的回报。其实，大可不必着急，要坚信有付出就有回报，可能不会立竿见影，但收获是早晚的事，要么在另一个地方，要么在另一个时间里。

学习是一个积累的过程，大成就都是小成就叠加起来的，学霸们之所以成绩好，是夜幕下挑灯夜战换来的。没有比你更聪明的同学，只有比你更努力、更专注的同学。"读书之乐无窍门，不在聪明只在勤"，当你下笨功夫把每一个知识点都弄得明明白白，并日复一日地坚持下去，取得好成绩就如探囊取物。世界上没有毫无理由的横空出世，都是日积月累的沉淀，才有厚积薄发的释放。有耕耘才会有收获，想取得比别人更好的成绩，就得付出比别人更多的劳动。遗憾的是，一些人总想偷懒，作业能少做就少做，能不做就不做。或者在积累的过程中，忍受不了成功到来之前的煎熬，便放弃了，于是也就放弃了成功。曾国藩教育儿子说："年无分老少，事无分难易，但行之有恒，自如种树畜养，日渐其大而不觉耳！"一个懂得并愿意下笨功夫的人，才是最聪明的人，最终必定是个成功的人。但问耕耘，莫问收获。只要功夫下到了家，只要顽强地坚持下去，自会迎来丰收的金秋。

现代社会，生活节奏快，工作压力大，人们都追求高效率。有的人自以为聪明，便喜欢走捷径。学习上不求甚解，坐不住，心不静，遇到问题总想绕过去，总想着变通处理。工作上眼高手低，不勤奋、不投入，追求表面文章和短期效应，总想图省事。他们不知道，所谓捷径，其实都是陷阱。“欲速则不达，见小利则大事不成”，那些绕过去的地方，问题并没有解决，总有一天会在前面等着你。世界上真的没有捷径，如果有的话，也早已人满为患，拥堵不堪。所以，不要试图走捷径，也不能只仰仗自己聪明，天赋从来不是努力的替代品。人生的成功，不是靠才华和灵感，而是日复一日地下笨功夫。一个把勤奋当习惯的人，是不会觉得用功是辛苦的，反而会从知识的获取中收获喜悦和充实。“巧者不坚，拙者永固”，这是中国的传统哲学思想。笨功夫下够了，胜过所有机巧，就会无往不胜。所以，遇事不要有畏难情绪，不要觉得目标高不可攀，你只要倾注热情，全力以赴，下够功夫，你的能力就会提高到连你自己也吃惊的地步。

至于如何下笨功夫，每个人各有高招，目的无非是熟练掌握，融会贯通。明代文学家、《五人墓碑记》的作者张溥，自幼喜欢读书，勤奋好学，但就是不太记得住。于是他想了一个办法：反复抄写。每读一篇文章，就工工整整地抄写一遍，边抄边读，读后烧掉，再重新抄写。这样反复六七次，直到能熟练背诵为止。他觉得这种办法使自己受益匪浅，就把读书的屋子取名“七录斋”，《明史》中记载有他“七录七焚”的佳话。如此刻苦攻读，张溥终于成为一个大文学家。

正如胡适先生所说：“这个世界上聪明人太多，肯下笨功夫的人太少，所以成功者只是少数人。”单有聪明是不可靠的，聪明只有加上努力才有用。一个人无论天赋多高，没有后天的勤奋，照样是个平凡的人，就像王安石笔下的神童方仲永一样，后来终究只是一个普通人。世上的聪明人不少，但拥有聪明的头脑并不一定能成功。米歇尔·贝索是爱因斯坦的大学同学，也是爱因斯坦的“终身挚友”和“思想共振器”。爱因斯坦 1905 年创建“狭义相对论”时，唯一给予他很大帮助的人就是贝索，因而被誉为“相对论的助产士”，爱因斯坦称他是“在全欧洲都找不到第二个的知音”。贝索思维敏捷、知识渊博，鉴别能力强，但他从未写过一篇重要的物理论文，一辈子都没有自己的建树。说到其中的原因，爱因斯坦做过这样一个比喻：贝索是一只灵活、敏捷、讨人喜爱的蝴蝶，却又像蝴蝶那样少了专注的精神，在某个地方稍作停留便飞走了；而他自己则像一只愚笨的鼹鼠，挖起洞来心无旁骛。爱因斯坦这段话可谓振聋发聩，聪明人尽管天资出众，但如果对问题浅尝辄止，缺少了专注与刻苦精神，不肯下笨功夫，也往往一事无成。

学习的最高原则和最好方法就是重复。德国的心理学家艾宾浩斯进行过多种记忆与遗忘的实验，得出了一个重要的遗忘规律：记忆后的遗忘是先快后慢，先多后少。为了避免遗忘后难以补救，及时复习，重复学习，是最好的记忆方法。熟读成诵，这才是记忆的根本。但要注意，没有热情的重复只意味着单调。必须满怀热情与渴望，专心致志，一次比一次精进，重复就会因沉淀和积累而产生根深蒂固的效果。美国心理学家安德斯·艾利克森在《刻意练习》一书中提出了他最核心的观点：“足够长的练习时间和正确的练习方法，足以把每个人从新手变成大师。”不过要注意，这里说的是“刻意”练习，而不是心不在焉地简单重复。

大脑的记忆是有规律的，据专家说：对所学知识，坚持 12 小时之内复习一遍，坚持 周就能达到中长期的记忆效果。就像你们学生，对一篇课文，如果下功夫背诵几遍，然后时不时加以复习，就一定记得牢。就怕当时会了便不再复习，就怕读书时既不张口，也不动笔，更不用心记忆。读书的过程是慢慢咀嚼、消化与吸收的过程，需要边读边思，通过写笔记、眉批、画各种圈点符号，对书的内容做标注，进行肯定或质疑，这样才能收到最大的效果。如果不把精力聚焦在书上，只是大致浏览，不深入思考，不懂的地方也不查阅字典或资料，敷衍了事，只能是骗自己，一遇考试就露馅。就像钢琴家弹钢琴，一天不练，自己知道；两天不练，同行知道；三天不练，外行知道。没有笨功夫，就没有熟练，就没有融会贯通。如果内心缺少全力以赴的动力，行动缺少全力以赴的坚持，蜻蜓点水，浅尝辄止，就不可能练就扎实的基本功。

笨功夫肯定是需要的，记忆也是有方法的。人的智力中，注意力是最关键的。培养好的记忆习惯，必须把记忆与时间联系起来，追求单位时间的记忆效果，否则就不叫记忆。所以，当你背诵或记忆知识时，脑子里必须有时间概念，譬如 5 分钟能记多少单词？要敢于对自己提出最高要求，因为当单位限定时间明确的时候，记忆力最好。平时你要有意识地把学习任务与时间联系起来，培养自己的专注力和记忆力，从而养成好的学习习惯，提高学习能力。

国学大师钱穆说："古往今来有大成就者，诀窍无他，都是能人肯下笨劲。"北宋的文坛领袖苏轼，元丰三年因"乌台诗案"被贬为黄州团练副使，他在黄州城东一块坡地上建了一个小屋，自号"东坡居士"。一天，他的文友朱载来拜访他，等了一个时辰苏轼才出来。他向客人道歉说，刚才在做功课，未能马上出来，非常失敬。朱载问他做什么功课，苏轼回答"抄《汉书》"，朱载非常吃惊，说：以先生的才华，开卷一阅，就终身难忘，怎么还要抄书呢？苏轼回答说：不是这样的。我抄《汉书》已三遍了，边抄边背。抄第一遍时，每段抄三个字作题目，第二遍抄两个字作题目，现在只抄一个字作题目，只要提起这个字，我就能接着背诵下去。朱载拿起一册抄写的《汉书》，随口念了一个字，苏轼应声背诵题下文章，竟无一字差错。朱载回家后给儿子们一说，感叹道:像苏轼这样天分极高的人,读书还如此勤奋,天资一般的人更应该努力呀!儿子们听后吓得直吐舌头。所以,不要把别人的成就都归因于天资聪明,不要只看到别人身上的光环,多想一想别人下的笨功夫,你就知道自己该怎么做了。

李嘉诚说过一句话:“成功的秘诀就在于比别人努力两倍。”成为天才的决定因素是勤奋,有几分勤奋苦练,天资就能发挥几分。2005年,北京大学对北大500名本科生进行了调查,75%以上的同学考上北大的首要因素是用功和勤奋,再一次说明了勤奋与天赋之间的关系。成功人士肯下笨功夫的例子很多,篮球天才科比每天凌晨四点开始练习投篮;钢琴家郎朗被誉为“世界的郎朗,中国的骄傲”,小时候除了每天上午上文化课外,还要练琴8个小时,成名之后,常年奔波于世界各地演出,但每天仍坚持练琴三个小时。所有这些,无不说明了正是背后的笨功夫,才成就了他们后来的辉煌。

荀子早就告诉我们:“骐骥一跃,不能十步;驽马十驾,功在不舍。”马有良驽之分,但十驾的驽马也有不舍之功。人有聪愚之别,但愚钝的人懂得下笨功夫,反而能有大成就。正如学者张宏杰在《曾国藩的正面和侧面》一书中所说:“曾国藩之于后人的最大意义是:他以自己的实践证明,一个中人,通过陶冶变化,可以成为超人。换句话说,如果一个人真诚地投入自我完善,本领可以增长十倍,见识可以高明十倍,心胸可以扩展十倍,气质可以纯净十倍。”

每一个成功的背后,其实都是以无比寂寞的勤奋为前提的,要么是汗,要么是血。要取得学业的进步,就必须善守读书求学之拙。要想取得事业的成功,也必须善守做事之拙。拙功夫就是踏实,就是专注,不怕费时费力,确保质量与效果。一个人能有多大成就,真的不在于他有多聪明,而在于他的专注程度,在于他肯下多少笨功夫。学习的过程辛苦而漫长，只有尽头才有鲜花与掌声，要耐得住寂寞。曾国藩说：“唯天下之至拙能胜天下之至巧。”成功的方向有许多个，成功的方法却只有一个，那就是刻苦勤奋、肯下笨功夫。只有秉拙诚之心，弃取巧之念，积跬步之路，方可通人生大道。

有些人不愿意承认自己不够聪明，也不愿意承认自己不够努力，却愿意以一副不踏实、不勤奋的态度去对待学业和工作，并用种种借口为自己的失败开脱。聪明不聪明，努力不努力，原本没有一个精确的标准。重要的是，千万别以为自己聪明，千万别以为用不着下笨功夫就能成功，天底下从来没这个道理。一些自以为聪明的孩子，带着他沾沾自喜的那点小聪明，不肯下苦功夫，一路轻浮到底，最终一事无成，这是很多人悲哀的人生写照，千万要警惕啊！

下点笨功夫吧！笨功夫才是真功夫，才能保证你成功。

用反思把握未来

现实生活中，人与人之间难免发生龃龉与争吵，即使同事、朋友与亲人之间也不例外。这种争吵，很伤面子和感情，还会造成不良后果。

这类事情的发生，不排除有是非问题，但大多数情况下，并无原则性的对错。起于指责别人，继而相互指责，是这种争吵的不变模式。抓住别人的失当之处猛烈抨击，而对自己的缺点却讳莫如深。此外，有的人人际关系不好，工作不如意，家庭不和，仕途不顺，也总是怨天尤人，满腔怨恨，却从不反躬自省。有了问题，总是怪罪别人，而不从自身找原因，说明人们普遍缺乏自省精神，从而影响人际关系和问题的妥善解决，更影响了道德的修养与境界的提升。

人多多少少都有一些缺点，要想成长和进步，就要懂得反省和改正。不懂得反省，是一个人最致命的缺点。有的人总觉得自己很了不起，优越感十足，其实并没有什么能耐。不会反省的盲目自负，是导致他们一辈子平庸的根本原因。自以为是，以自我为中心，是许多人的通病。人一遇到问题，总是从自己的角度去看待，甚至用自己的猜想去揣测别人，很少站在别人的角度去思考，更不会理解别人在两难之中的当下选择。所以，缺乏自省能力，就不会发现自身存在的问题，也就难以自救，足以毁掉一个人。缺少自知之明，容不得别人的批评，当然就不可能有否定自己、革新自己的反省能力。元代的许衡说："责人深者必自恕，责己深者必薄责于人，概亦不暇责人也。”意思是说，对别人求全责备的人，对自己一定很宽恕。对自己要求严格的人，一定很少责难别人，大概也没有时间去责怪别人。善于自省是一种美德，而习惯于责怪别人则是不好的品行。明代的湛若水认为，君子的全部内涵，只不过是反省、反己而已。他说：“君子之学，反己而已。反己，则见其不能不愧于天，故不怨；见其不能不怍于人，故不尤。”由此看来，能不能做到自省，是区别“君子”与“小人”的分水岭。

自省是儒家所倡导的重要修身方法，是指人的自我省察。要求人们在道德和学问两方面要经常反省，剖析其中的善恶是非，进行自我批评和自我修正。自省是人最可宝贵的品质之一，是一个人认识自我、完善自我和实现自我价值的最佳方法，目的在于塑造理想的人格。心中怀有高远目标的人，往往能经常审视自己，进而一遍遍地洗涤心灵。在人类的所有优点当中，自省最为明智与高尚。只有追求完善并懂得什么是完善的人，才会常常自省，并能知过改过。所以说，自省是一种修养，更是一种境界。每一个人的内心深处，都有软弱的地方，或多或少都隐藏着一些不易觉察的弱点，不同程度的美丑并存，既有正直、善良、诚实、悲悯的一面，也有贪婪、狂傲、自私、奸诈的成分，还不排除隐藏着猥琐的欲望和不假思索就顺从的行为习惯。对那些弱点没有觉察或者满不在乎，就可能成为它们的奴隶，在合适的条件下就会犯错误。只有用反省和道德的剪刀，随时剪除那些不正当的欲望和不正确的行为，方能不断完善自己，使生命之树常青。

《呻吟语》中说：“吾辈终日不长进处，只是个怨尤二字，全不反己。圣贤学问，只是个自责自尽。”意思是说，我们这些人，终日没有长进，就是因为怨天尤人这个毛病，不懂得反躬自省，看看自己的过失在哪里。而真正的学问，就是自己责问自己、反省自己。人最可怕的是自恋，觉得自己什么都好，错误都是别人的。有了这样的心态，压根儿就不会有提升自己的愿望。辩解诿过，不肯承认自己的问题，必然招人讨厌，产生怨恨。现实生活中，这样的人并不少见，说话只强调一面理，只会指责别人，甚至胡搅蛮缠，从不检讨自己。不懂反思的人，更不懂得感恩，很难与人和谐相处，虽然不是敌人，但也不会有人真心拿他当朋友。这种人永远不知道自己进步的障碍所在，只能原地踏步，注定没有未来。

反省是一个自我解剖的痛苦过程，不要说当众检讨自己的错误是一件很难为情的事，就是在一个人独处时，把内心深处见不得阳光的东西拿出来晾晒一下，许多人也未必做得到。所以，要具备反省的能力，一定要有自我否定的精神，敢于正视自己，在做人、处事、学习、人际关系上有哪些问题，反思那些不恰当的言辞、不光彩的行为、不理智的举动，并有针对性地加以改正，这是走向优秀的必由之路。只不过需要诚实和勇气，需要自觉与主动。自省不是简单地自我否定，也不是一味地妄自菲薄，而是一种懂得为自己负责的人生态度，没有这样的认识，很难做得好。

反省是内心镜鉴的拂拭，不单是检讨，也不光是忏悔，而是站在更高的层次，对自己的所作所为进行审视。人生需要沉淀，既需要在舔舐创伤之后进行思考，也需要在成功的欢乐中保持冷静。反省要涵盖学习、生活、为人处世各方面，尤其要在自己失言、失礼、失误、失德的时候。反省自己，可以祛除心中的杂念，理性地认识自我，能对自己的所作所为有正确而清晰的判断。人如果能经常反省，就会逐渐变得理性、智慧、平和而通达。感他人之恩，责自身之过，恕别人之错，忘施人之惠，是一种道德风范，是我们日常需要时时检点的方面。人获取智慧的方法有两种，一是学习加领悟，二是经历加反思。所以，反省是一种学习能力，是自我教育，在反思中寻找失败的教训和不完美的根源，并认真加以改变，是完善自我的有效途径，更是决定一个人道德高下、成就大小的最重要原因。

反省自己，就是把自己当成别人，当作审视的对象，跳出自身的局限，站在客观的高度来评判自己的所作所为。人都是不完美的，都有缺点和不足，特别是年轻人，虽然敢想敢干，却往往知进不知退，个性上的缺点与经验上的不足，难免导致说错话、做错事。何况现在的年轻人，自信多了一点，自省少了一点，更需要加强反思。如果总是掩饰错误，文过饰非，不仅自己难以提高，也无法取得别人的谅解和信任。自省是进步的阶梯，也是赢得尊重的前提。只要有自我完善的愿望，有积极健康的心态，不推卸矫饰，勇于自省，就能不断提高和完善自我，构建良好的人际关系，打开通往成功之门。你读小学三年级的时候，每天晚上我们都有三分钟的反思，检讨一天在学习、纪律和与同学关系方面的表现。但那个时候的反思，应当说很肤浅，形式大于内容，以你当时的认知水平，还很难进行中肯的分析，后来由于作业多也就停止了。但随着你的成长，要强化反思的意识并学会真正去反思，不仅要客观、真实，还要长期坚持。凭借这一点，我相信你一定能提升修为、升华人生。

海涅说："自省是一面镜子，它能将我们的错误清清楚楚地照出来，使我们有机会改正。"人如果能做到时时反省，就能经常保持头脑清醒，实现自我救赎。曾国藩一生都在反省自己，他坚持写日记三十多年，直至去世。在他上百万字的日记里，大多都是对自己内心世界的一次次反省和一点点的纠正。正因为他每天都在认真检点与反省自己，不断匡正自己的想法与行为，才终成理学宗师和一代名臣。

本杰明·富兰克林，美国开国三元勋之一，独立运动的领导者，

《独立宣言》的起草人之一，他既是杰出的政治家又是科学家、发明家和作家，一生成就辉煌。但很少有人在意，富兰克林的自我修养很好，堪称表率。他早年在一家印刷厂当学徒的时候，就是一个志向远大的青年。他在自传中写道："我之所以能从一个懵懂无知的穷少年，成为一个在世界范围内还算有点名气的人，全得益于上苍给我指点了迷津。"他所说的"指点迷津"，就是他在年轻时给自己拟订的一份"美德反省表"，也是他终生严格对照执行的十三项美德修养律条：

一、节制：食不过饱，饮酒不醉；

二、缄默：说话必须对别人或对你自己有益；要避免无益的聊天；

三、秩序：将每一样东西放在它们应该放的地方；每件日常事务都应当有一定的时间；

四、决心：当做必做，决心要做的事情应坚持不懈；

五、节俭：花钱必须于人于己有益；换言之，切忌浪费；

六、勤勉：不浪费时间，每时每刻做些有用的事，戒掉一切不必要的行动；

七、诚恳：不欺骗人；思想要纯洁、公正；说话也要如此；

八、公正：不做害人的事，不要忘记履行对人有益而且又是你应尽的义务；

九、中庸适度：避免极端，要接受别人对你应得的惩罚；

十、整洁：身体、衣服和住所力求整洁；

十一、镇定：不要因为小事或普通的、不可避免的事故而惊慌失措；

十二、贞洁：除非为了健康和生育后代，不常进行房事，永远不要房事过度而伤害身体或损害你自己或他人的安宁与名誉；

十三、谦虚：仿效耶稣和苏格拉底。

富兰克林每晚睡觉前，都要按照“美德反省表”上的内容，对照检查自己一天的言行，认真评价有没有做到十三项美德的要求。如果有哪一项做到了，就在这一项的下面画一颗红星，以鼓励自己坚持做好；如有哪一项没有做到，就在这一项的下面画一颗黑星，以警惕自己尽快改正。正是因为富兰克林严于律己，不断反省自己的缺点与不足，才使自己的人格日臻完善，终于从一个学徒工成长为一个对人类的进步事业做出重大贡献的人。

富兰克林给自己制定的十三条戒律中，没有任何豪言壮语，几乎全是衣食住行与待人接物的生活琐事。但看似无足轻重的小事，却关乎人的修养与境界，只有长期坚守这些看似普通的道德，用点点滴滴的行为构筑做人的基础，才能造就不平凡的人生。

自省，不光是自我批判，也包括自我肯定，就像富兰克林所做的那样。自省也不等于盲目自责，而是用道德的标准来衡量自己的言行，是建设性的自我规范和自我教育。就好比电脑的杀毒软件能杀灭病毒一样，自省就是你心灵的杀毒软件，能使你的失当之处不再重犯。经常自省，就是给软件升级。不自省的人，没有自我教育的能力，心灵的病毒一旦增多，势必影响电脑运转的速度，甚至还会死机。从这个意义上说，自省是一种能力，具备这种能力的人，表现为自信，意志力坚强，对自己要求严格；自省能力差的人，自我价值感低，没有清晰的人生目标，缺乏自信，经常会为一些小事唠叨和不安。

人总是生活在忙碌的惯性里，小时候忙学习、忙作业，长大了忙工作、忙家庭，很少静下心来反思。而我们的心恰恰需要沉淀，灵魂需要洗涤。否则，人就会迷茫，不知道以后的路该怎么走。人生之旅，需要不断自我救赎。没有反省就没有发现，没有发现就难以进步。只有经常进行心灵的盘点，时刻进行自我审视与拷问，才能知道自己的得与失。成功的道路不会一帆风顺，要想少犯错误，就必须经常反省，不断修正，人才会变得聪明和睿智。从这个意义上说，反省是避免后悔的良药，能够随时审视自己的人是清醒的人，既不会在顺境时骄傲自满，也不会在逆境时悲观丧气，还善于借鉴别人的经验教训，少走弯路，成长的道路会更加通畅。

人是具有多面性的。随着年龄的增长和生存的需要，人逐渐学会了掩饰与伪装。在现实生活的压力下，有的人难免戴着面具，没有勇气去面对自己的内心。有的人因为事业不顺，内心烦躁，无心与自己的心灵交流。而那些在事业上顺风顺水的人，春风得意，感觉良好，觉得没必要反省自己。于是导致有的人自以为是，抱怨与戾气随处可见。这些年虽然经济快速发展，但道德滑坡也是不争的事实。举手之劳的事、自己方便别人也受益的事，很多人不肯做，而通过牺牲别人利益换取自我利益的行为却大行其道。道德底线的失守，精神家园的荒芜，已到了触目惊心的地步。人们只知道攫取利益，罔顾法律和道德。面对良心的拷问，很多人都选择了逃避。对他人的失德行为，人们义正词严地站在道德高地上进行谴责，却忘记了自己有时做的事也不符合道义。有的人总抱怨自己的命不好，殊不知人生路上任何机会的垂青，看起来似乎是上天的恩赐，其实都是对一个人优秀品德的奖赏和报答。

面对当今社会的复杂环境，你要头脑清醒、洁身自好，不能随波逐流，要坚守做人的底线和道德的标准。要遵照孔子所说的“见贤思齐焉，见不贤而内自省也”，以人为镜，时常检点自己的行为。见到贤德的人，要向人家学习，努力做到像贤人一样。见到不贤德的人，也要反省自己，看自己是否有类似的缺点，是否有可能犯同样的错误。就是说，自己有错误要反省，看到别人有错误也要反省。把别人的经验当作自己的经验，把别人的教训当作自己的教训，这是成本最低的财富。从别人的经验与教训中学习，并把反思的收获付诸行动，才是最重要的。

慑于群体和舆论的压力，看得见的教养相对比较容易。只要有点自尊的人，都会注意自己的行为举止，比如在安静的阅览室里，人们不会大声喧哗；在五星级酒店的大堂，人们不会随地吐痰。但难得的是看不见的教养，在一群乌合之众当中，你能否保持礼仪与修养？一个人独处时，你是否能够按照道德的标准去做？古人说“君子慎其独也”，是说一个人独处时也要管好自己的心，通过自我意识来进行自我检查。即使是没有他人在场的情况下，仍能按照道德标准和行为规范去做，做到心地纯正，行为光明磊落，就是慎独。要做到慎独并不容易，往往是有人监督时，人能够循规蹈矩，无人监督时，就放松要求。人生的高度取决于自我要求的高度，在道德修养上对自己有高要求，不因环境和条件的变化而降低，才是真正的自律。有了这样的自律，就一定能成为一个品德高尚的人。

我们中国人历来讲究积阴德，所谓阴德，就是做好事、善事不张扬，暗中帮助别人却不让人知道，或者是毫无功利的善举成就了别人的好事。《群书治要·文子》中说：“夫有阴德者必有阳报，有隐行者必有昭名。”《朱子家训》中就有“善欲人见，不是真善”的论述，还有“施惠勿念，受恩莫忘”等，都是教导人们要积阴德、真心做好事。对于积阴德的人来说，肯定会有好报的。相反，如果做好事生怕别人不知道，便是作秀与伪善，是不会得到福报的。

自省是觉悟的根本。经常反省自己，祛除心中的杂念，理性认识自己，是自我完善的修炼方法。善于自省的人，能通过总结自己的荣辱得失来激励自己、改进自己。人都有是非观念，都有天赋良知，时时反省，严格自律，就能找到揭开人生谜团的钥匙，人格自然会日臻完善。要塑造理想的人格，必须加强修养，克服人性中的弱点。修养，是人心向善的自我规范与自我改造过程，在这个过程中，通过不断修正自己的缺点与错误，就能成为一个道德高尚的人，一个受人爱戴与景仰的人。

苏格拉底说："未经反省的人生是不值得过的。"生命的意义在于自省、觉悟和进取。反省自己，成就自我，说起来容易，真要做好却并不简单。愿你努力！

孝是做人的根本

孝的基本含义是对父母的尽心奉养与顺从，是父母与子女间的伦理规范。不论时代如何进步和变化，“孝”始终影响着国人的思想，形成了几千年来的价值观念和行为习惯，成为支配人们行动的准则和评判人的道德标准，对于维系家庭和谐与社会稳定，起到了重要的作用。

孝文化是传统文化的重要根基，贯穿于中华民族的历史长河，浸染于华夏儿女的心灵深处。“天地之性，人为贵，人之行，莫大于孝。”孔子认为“孝”应体现在居、养、病、丧、祭五个方面，他说：“孝子之事亲也，居则致其敬，养则致其乐，病则致其忧，丧则致其哀，祭则致其严。五者备矣，然后能事亲。”意思是说，孝子侍奉父母，居家过日子要对父母敬重；赡养父母要养父母之身，养父母之心，养父母之志；父母有病，子女要担忧不已，尽快为父母治病，嘘寒问暖，时时关心；父母过世，子女要尽最大的哀情；父母丧葬后，子女要定期祭祀，庄严肃穆。如果一个人对父母的居、养、病、丧、祭五个方面都做得很好，作为子女的基本责任就算尽到了。

孝敬父母、尊敬长辈，是做人的本分，是良好品德形成的前提。孔子说：“夫孝，德之本也，教之所由生也。”就是说孝道是一切道德的根本，所有品行的教化都是从孝道派生出来的。孝是一种最基础、最切近的情感，是对父母养育之恩的回报。父母给了你生命，呵护你健康成长，教导你如何做人。他们即使再苦再累，也要对你尽心抚养；即便挨饿受冻，也要让你吃饱穿暖。所以，你有责任关心父母、孝顺父母。

由于各种原因，一些优秀的传统伦理道德遭到不同程度的破坏，社会互信不断消解，公共责任缺失，道德观念淡薄。尽管人们现在有了更为雄厚的经济基础和物质条件，但很多人没有孝心，不赡养父母，这方面的报道屡见不鲜。再加上我国人口日益老龄化，社会保障体系又不健全，孝文化的式微不仅造成许多家庭的不幸，还带来了严重的社会问题。

父母给我们的爱可谓无微不至、无怨无悔。从呱呱坠地到蹒跚学步，从踏入学校的大门到走上工作岗位，他们都是默默的奉献者。当我们不舒服时，最担心着急的是父母。当我们受到委屈时，能耐心听我们哭诉的是父母。当我们犯错误时，能原谅并教育我们的是父母。当我们遇到困难与麻烦时，能倾其所有来帮助我们的是父母。当我们取得成绩时，衷心为我们高兴的是父母。当我们远离家门学习与工作时，最牵肠挂肚的还是父母。无论父母怎样在尘世间挣扎，他们总是踮着脚、拼命托举着孩子奔向外面精彩的世界。

“乌鸦反哺”“羔羊跪乳”本是中华民族的传统孝道，但令人遗憾的是，在物质财富比任何时候都要丰富的今天，我们的孝道意识却越来越淡薄。现在有些年轻人之所以想不到去孝敬父母，多半是因为从小到大，父母那细致入微的照顾与呵护早就使子女习以为常了。小时候，习惯了衣来伸手、饭来张口。上学了，习惯了父母接送，让他们背着沉重的书包。及至成了青年学子，又习惯了回家拿走学费，改善一下伙食，留下一大堆脏衣服。工作后，习惯了下班后往沙发里一躺，拿着手机不停刷屏，任由父母在厨房里忙碌。吃饭时，习惯了父母把好吃的留给自己，却误以为父母不爱吃。久而久之，习以成性，他们早就习惯了自己在家庭里的中心地位，以关爱为故常，习惯了父母无私的疼爱而变得迟钝与麻木，觉得父母的操劳是应该的，对他们的照顾是天经地义、理所当然的。或许是父母的爱太过深厚与周到，反而把孩子娇宠坏了。或许是父母毫无保留的付出，模糊了与子女应有的界限，导致他们不仅不心存感激，反而稍有不满就出言无状，甚至对父母善意的叮咛也极不耐烦，动辄用率性而轻狂的语言，轻易地就打碎了父母的殷殷亲情。

对步入老年的父母来说，对物质生活并没有太高的要求，城市里有退休金的老人，只要活着就有工资，根本不需要晚辈的经济补贴。而生活在农村的父母，饭可充饥，屋能挡风，衣可御寒，差不多也就心满意足。老年人最大的愿望就是希望孩子们好，希望得到儿女的关心和体贴。他们害怕孤独，渴望被关爱，希望被倾听。遗憾的是，现在的年轻人太忙了，他们整天忙这忙那，忙工作、忙出差、忙应酬，忙得焦头烂额。忙，似乎成了生活的表征，在一种虚假而又真实的节奏里忙得失去了自我，哪里还有时间想到年迈的父母！

一些虽然忙碌但还惦念父母的人，为了弥补自己的愧疚，于是就给钱送东西，甚至请保姆、安排旅游，试图以优裕的物质条件弥补自己的缺失，殊不知再多的物质也替代不了精神的慰藉和情感的交流。他们不了解父母的孤独与思念，不知道父母的忧郁和叹息，不知道父母垂暮之年，儿女的一声问候，一点亲昵，也意味悠长，足以慰藉孤独的心。父母的很多温情和对儿女的思念，都没办法说出口，他们期盼的不过是一个电话，不过是和你唠唠家常，这些本来就是举手之劳的小事，却成了父母心中难以实现的奢望。我们把太多的温情和陪伴给了恋人和朋友，留给父母的只是无尽的思念与期盼。难怪 1999 年的春节晚会上，一首《常回家看看》的歌曲，不知湿润了多少父母的眼睛，震撼了多少年轻人的心。仅仅是一首歌，就引起如此强烈的共鸣，是因为歌词的白话式语言，道出了天下父母祈盼的心声，触动了无数游子的心弦，回应着人们对传统美德的呼唤。所以，不要总强调自己忙，不要把时间都花在别人身上，却忘了应该留一点时间给父母。要知道，父母只有一双，何况他们已不再年轻，甚至已经步入风烛残年。

俗话说“寒门出孝子”，一些曾与父母同甘共苦的年轻人，深知父母生活的不易，感受过父母抚养孩子的艰辛。他们心底埋藏着一个强烈的愿望，努力工作，拼命挣钱，将来在城里买房，把父母接到城里来，享受一下都市的现代文明。他们想攒钱买车，能带着父母去旅游，游览一下祖国的名山大川。但他们忘了，无数条皱纹已爬满了父母原本青春的脸庞，无情的岁月已使父母的体魄不再健壮，对于山珍海味和喧嚣的都市生活，父母已无力消受，只想在住惯了的老屋里粗茶淡饭、安度晚年。他们忘了，梦想不是一下子就能实现的，等到他们期盼的条件成熟之时，却“子欲养而亲不待”，父母已经看不到了。更可叹的是辛苦打拼多年，也未能实现心中的梦想，更错过了侍奉父母的机会，空留下惆怅与遗憾，像鞭子一样时不时抽打着自己的心。

人最重要的教养之一，就是善待父母。很多人都说自己知道要孝敬父母，道理都懂，就是工作太忙，抽不出时间，这种说法根本站不住脚。知而不行，便不是真知。缺少了行动，就谈不上真懂。无论什么道理，如果仅仅停留在口头上，懂得再多也毫无意义。在孝顺父母的问题上，重要的是行动，只有踏踏实实去做，这些道理才能化为生命的营养，才对得起自己的良心。一个人，如果连孝敬父母的时间都没有，那么，即使他的事业再成功，也很难说是一个幸福的人。

在你成长的岁月里，快乐天真，无忧无虑，可父母那渐渐苍老的脸庞上，却刻满了生活的艰辛。他们任劳任怨、含辛茹苦，用自己的根根白发和条条皱纹，换取了你的茁壮成长。当你学会感恩，准备好好孝敬父母的时候，他们早已躲在时光的背后，悄然老去。毕淑敏在《孝心无价》中说：“我相信每一个赤诚忠厚的孩子，都曾在心底向父母许下‘孝’的宏愿，相信来日方长，相信水到渠成，相信自己必有功成名就衣锦还乡的那一天，可以从容尽孝。可惜人们忘了，忘了时间的残酷，忘了人生的短暂，忘了世上有永远无法报答的恩情，忘了生命本身有不堪一击的脆弱。”世界上最不能辜负的就是父母，人生有许多事要做，但都有轻重缓急之分，唯有一件事不能等，那就是：趁着子欲养而亲还在，及时尽孝吧！

曾子说：“孝有三：大孝尊亲，其次弗辱，其下能养。”曾子认为孝的最基本层次是“能养”，也就是心怀恭敬地奉养父母，让他们吃饱穿暖，满足他们的生活需求。孝的第二个层次是“弗辱”，就是儿女要好好做人，走正道，努力上进，不要使父母和自己蒙受羞辱，不陷父母于不义。如果子女违法乱纪、胡作非为，做一些不道德甚至是丧天良的事，使父母蒙羞，则是大不孝的表现。孝的最高层次是“尊亲”，即子女要发奋图强，做出一番事业，为父母争光，使父母享有美名，光宗耀祖，这才是大孝。正如《孝经》开篇就说：“身体发肤，受之父母，不敢毁伤，孝之始也。立身行道，扬名于后世，以显父母，孝之终也。”这是古人对孝道的高度概括与总结。无论是“能养”“弗辱”还是“尊亲”，其精神实质都是一个“敬”字，古人总是把“孝”与“敬”联系起来加以要求，孝养父母不是简单的养，而是养之以敬，要做到使父母舒心、安逸，并且始终如一。孝敬父母，体谅父母对自己的关爱，就应当承担起自己的责任和义务，对自己的成长负责。能做到一辈子自律自重、自立自强，对自己而言叫有志气，对父母而言叫有孝心。对于第一和第二个层次，很多孝顺的子女都认为不难做到，但对于第三个层次，有的人觉得要求太高，认为能平平淡淡过一生就不错了，以此为不能替父母争光而自我辩解。话虽这么说，实际上你心目中的平淡，虽不是大富大贵，但也绝不是穷困潦倒，是你达到一定层次后的低调和谦虚。没有相当程度的努力，这样的平淡也是实现不了的。所以，重要的还是要拼搏、要奋斗。既为自己，也为父母。

我国传统文化中所要求的孝心，就是对父母的责任感。孝，首先是自己内心的愿望，内心有敬重，才会有孝顺的行动。古人说："勿以亲心之慈，我可自恕。"意思是说，不要因为父母善良仁慈，不与子女计较，我们就可以宽恕自己。而应当反思自己做得如何，尽力赡养父母。"勿以世道之薄，我犹胜人。"也不能因为世风日下，很多人都不赡养父母，而我还能赡养，就觉得我比别人做得好。每个家庭的情况和经济条件都不尽相同，人和人也不一样，你尽的是你的孝心，孝敬的是自己的父母，只要问心无愧就可以了，何必与别人比？可能多少年后你才会发现，孝敬父母不是为了给别人看，也不只是为了报恩，而是对自己良心的抚慰与成全。

人们都知道应该孝敬父母，但并不是每个人都明白怎样尽孝道。许多人都认为照顾好父母的生活，使他们衣食无忧，甚至为了使老人省心与开心，还为他们请保姆、安排旅游等，这些固然没有错，但只能算是"外安其身"。如果不是从内心里孝敬，不能让他们生活得舒心、开心，还不是真正的孝道。这就需要努力做到"内安其心"，要让父母生活得安心、放心，子女就要爱护自己，保持身体健康；就要正直善良，堂堂正正做人；就要努力工作，争取有所建树；就要家庭和睦，抚养和教育好孩子。如果在这些方面有让父母操心的地方，甚至让他们经常不得安宁，那也谈不上孝。康熙皇帝在《庭训格言》中说："凡人尽孝道，欲得父母之欢心者，不在衣食之奉养也。惟持善心，行合道理以慰父母而得其欢心，其可谓真孝者矣。”所以，要“内安其心”，就要对自己的成长发展负责，学会承担责任。简单地说，孝敬父母就是理解父母的苦心，铭记他们的恩德，不仅要保障他们的衣食住行和身体健康，还要给他们精神上的愉悦和心灵上的慰藉。只有这样，才能使父母既安其身，又安其心，才可以称得上孝。

孔子说过：“今之孝者，是谓能养。至于犬马，皆能有养，不敬，何以别乎？”孝养父母不是简单的养，而是养之以敬。如果对父母仅仅是物质上的供给，而没有情感上的尊敬和精神上的抚慰，那就与饲养狗和马没什么区别。孔子在回答子夏的问题“何为孝”时，又做了进一步阐述：“色难”，意思是说，孝敬父母，最难的是不给父母脸色看。所以，赡养父母，不仅是物质上的供养，还必须有诚敬之心，养与敬，二者缺一不可，前者是物质方面的供养，后者是精神上的敬重与慰藉。遗憾的是，现在能供养父母的子女不少，能敬养的却不多。讲大道理谁都懂，实际上却是知易行难。许多人在侍奉年迈的父母时，嫌他们唠叨，嫌他们观念落后，嫌他们啥都不懂，嫌他们邋遢，嫌他们常年生病，流露出嫌弃与厌烦的情绪。尽管父母在子女面前已变得小心翼翼，甚至有些卑微，仍难免遭到顶撞和训斥。含辛茹苦把子女养大，白发苍苍的年纪却在子女面前手足无措，真是莫大的悲哀。好人易做，孝子难寻，就是这个道理。

“色难”，难就难在没有一颗恭敬的心，难在没有谦和的态度，子女不经意间的难看脸色，对父母都是一种无言的伤害。这样的子女并非不懂孝道，他们只是习惯了父母的无私付出，习惯了任性与自私。他们忘了，自己的茁壮成长是以父母衰老为代价的。是父母为你背负了生活的苦难，你才有了快乐和幸福。他们忘了，是父母生育、养育、教育的巍巍功德，换来了你所有的光荣和骄傲。“色难”其实也不难，只要对父母怀有真诚的敬意与感恩，自然就会和颜悦色起来。敬养父母并不难，不过是用足够的爱心与耐心，在有限的岁月里，用父母爱我们的方式去疼爱和照顾他们，仅此而已。

可恨的是那些极端自私的人，不仅对父母漠不关心，却还总惦记着父母那点钱财，变着法儿让父母帮衬，明目张胆地压榨父母。还有少数没有良知的人，翅膀硬了便把年迈的父母当成包袱和累赘，急于甩掉，甚至拒绝赡养。莎士比亚在《李尔王》中写道："不知感恩的子女，比毒蛇的利齿更能噬痛人心。"骨肉至亲渐行渐远，到了如此地步，没有比这更令人寒心的。

孝，就是懂得感恩，它的内涵就是诚心诚意地关心父母，尽心尽力地照顾他们，使父母安心、舒心、欢心，而不是操心、烦心、伤心。对待父母的态度，是一个人最真实的人品。只要你有一颗感恩的心，懂得孝，千难万难，你也会把孝放在前面。

如此说来，是不是未成年的孩子就可以不尽孝道呢？答案当然不是，《弟子规》就是给小孩子读的。孩子从懂事起，就应听从父母的教诲，不能随意顶撞，孝和顺总是相联系的，没有顺就谈不上孝。有不同意见可以与父母商量，但要讲道理，不能顶撞父母。要关心父母的健康，理解体贴父母，尊敬长辈，主动与父母沟通。要勤劳，帮助父母做力所能及的家务。体谅父母和家庭的困难，不向父母提过分的要求。在学校要努力学习，不辜负父母的期望，不在外面惹是生非。要照顾好自己的身体，不要让父母操心；要培养良好的品德，明是非、走正道。至于少数孩子，不好好读书，迷恋游戏，贪图享乐，与人比吃比穿，那真如俞敏洪所说："大把花着父母的钱，只懂自己的快乐，不懂父母的辛酸，不舍得为亲情付出一分一毫，那么你已经全无良知了。"

古人曾说："知为人子者，然后可以做人。"意思是懂得自己作为人子应尽的孝道，那才称得上是一个真正的人，一个有人性的人。孝是德的根本，对一个人的人生非常重要，它关系到人生态度的形成，是人格的重要评判标准。人生态度涵盖感恩、道义、责任与奉献精神等诸多方面，是一个人安身立命的素养，是人生观的表现与反映，必然影响一个人的人生道路。孝心一开，百善皆开。一个善待父母的人，一定是一个充满仁爱之心的人，即使再平凡，也会让人肃然起敬。而一个不孝顺父母的人，很难取信于人，自然很难在社会上立足，即使侥幸名利双收，也是得不到真正的认可的。他们不知道，善待父母就是善待明天的自己。古希腊的教育家伊索克拉底说："你希望子女怎样对待你，你就怎样对待你的父母。"上行而下效，一报还一报。那些不孝敬父母的人，他们的儿女也可能因环境影响而成为忤逆之人。

"谁言寸草心，报得三春晖？"恪守孝道，善事父母，既是我们的责任，更是对生命的感恩与尊重。如有时间，读读《孝经》吧，起码也要读一读毕淑敏的《孝心无价》。

人要有感恩之心

一个人从出生到长大成人，不知耗去了父母多少心血。从童年求学到走上社会，又不知受到多少老师的教诲，得到多少人的帮助和指点。任何人的成长，都是他人关爱和帮助的结果。父母的养育呵护，师长的传道授业，夫妻的相濡以沫，朋友的真情帮扶，更有社会提供的良好生存环境，大自然的阳光雨露、春华秋实，等等。所以，面对生活，谁都没有理由不怀感恩之心。

人从父母那里得到生命，并依靠父母的辛劳而茁壮成长。即使开始独立生活，一个人的力量也是十分渺小和有限的，很多事情都必须依靠别人的帮助才能完成。静下心来想一想，从小到大，我们受人恩惠和帮助的地方实在太多了。除了父母与亲人以外，老师、领导、同学、同事、朋友……认识的与不认识的，直接的或间接的，熟悉的与陌生的，有意的和无意的，知道的与不知道的……甚至包括那些素不相识的伟大的作家和艺术家，他们的优秀作品也熏陶和感染着我们，对我们的成长产生了巨大的影响和作用。人生路上，正是因为有了他们的存在，我们的生活才充满阳光。

人活着，就是与他人共同生活在这个世界上，无论是物质生活还是精神生活，都有赖于与他人的互惠互存。“一日之所需，百工斯为备”，我们的日常生活，无论是物质的还是精神的，哪一样也离不开他人的辛勤劳动。我们的安定生活与幸福，都有赖于别人的奉献与牺牲。我们成长的每一步，都有人指点和帮助。正是因为这样，我们才能享受着美好的生活，才能按照自己的志向，去追求和实现成功的人生。由此，我们对自己与他人及社会的关系要有一个正确的认识，面对生活，我们没有理由不怀感恩之心，没有理由不回报他人。其实，每个人本来都有属于自己的责任与义务，我们要做的，是从感恩的意识出发，进一步增强责任感与使命感，勇敢地担负起自己的责任，确立超越自我而为社会做贡献的远大理想，并为之奋斗，以此来回报社会与国家，让生命绽放出绚丽的光彩。

爱因斯坦说过："每天我都要无数次地提醒自己，我的精神生活和物质生活，都是建立在他人(包括活着的人和已死去了的人)劳动的基础上。我必须竭尽全力，像我曾经得到的和正在得到的那样，做出同样的贡献。"感恩，是对他人劳动的认可与尊重，是对别人的帮助心存感激，以便在自己有能力的时候也去帮助别人。饮水思源、知恩图报是人的重要情感意识，甚至超出了义务和责任的程度。人与人之间是互惠互利的，每个人的生活中都有应尽的责任与义务，既然我们时时刻刻都依赖于那些认识或不认识的人的劳动成果而活着，自然也应当勇敢地担起自己的责任，回报他人与社会。当你对别人的帮助真诚表达感谢的时候，你就开始向感恩意识迈进了一步。懂得感恩的人，能正确认识自己与他人及社会之间的关系。报恩，则是由这种认识所衍生出来的责任感。一个懂得感恩的人，一定是有责任感的人，这样，他才会有帮助他人和回报社会的欲念与行动。人如果缺少感恩之心，人格一定不健全，内心世界是冲突的，即使再富有，也是浮躁和空虚的。

俗话说："羊有跪乳之恩，鸦有反哺之义；蚁得食而报众，鹿遇草而逐群。"感恩，是自发地心疼和体谅他人，而不是无度地向周遭索取。

是对他人所给予的帮助与恩惠表示感激，进而意欲回报的情怀。感恩是一种美好感情和优秀品质，是爱和善的基础，是每个人都应当具有的生活态度。没有这样一个起码的认识，便是对良知的辜负与背叛。一个人如果失去爱的能力和被爱的渴望，失去信念与追求，人生之路必定孤独又无助。

感恩，不一定是感谢大恩大德，而是一种认识和态度，一种能够发现美并欣赏美的道德情操。别人对你的无私付出，体现了人性的光辉。牢记别人的恩泽，自己也努力去付出同样美好的行动，是对别人崇高人性的行为表达敬意，在爱与被爱中分享传递，这样才能体会到人间真情，品尝到生活的甘甜。感恩能够升华人的境界，促进人与人之间的相互信任、理解和尊重，有助于建立良好的人际关系，给人带来快乐和愉悦，增加幸福感。懂得感恩的人，一般很少有嫉妒、仇恨等负面情绪，能更好应对生活压力，即使在困境中，也能发现美好的东西。一个懂得感恩的人，意味着他将收获更多的友情与帮助。而一个只知索取而不知回报的人，必将为他人所抛弃。感恩不难，全在本心。谁的生活中都会有一些不如意的事，但如果有一颗感恩的心，心中就会时时涌动着温暖与善良，就能感受平凡中的美丽，感受人间的温暖，懂得珍惜，用和善和慈悲向周围释放善意，对人也会变得宽容。感恩不一定是去做什么惊天动地的事，而是一种心态，甚至一个微笑、一个举手之劳。当你用笑脸去对待周围的一切，别人也会投桃报李，用笑脸和热情回馈你，从而让原本平淡的生活焕发出光彩。

学会感恩，重要的是要在心中养成懂得珍惜的习惯，有了这个认知，就能懂得美并欣赏美，懂得尊重与节制。生活中每天都有值得感恩的事，只要用心体会，心中便会有温馨。可能很少有人想过，我们赖以生存的阳光、空气和水，都是上天的恩赐，我们都在免费享用着。由此我们要懂得珍惜，懂得爱护环境。再如粮食、交通、通讯和药品等，都是他人的劳动成果，也是人生存和生活必不可少的，要懂得爱惜。无论是上天的庇佑，还是他人的奉献，都要珍惜和爱护，不能觉得理所当然，更不能因为自己付了钱就恣意浪费。古人说："食不毁器，荫不折枝。"说的就是这个道理，吃饭用的碗，不忍心打破它。乘凉的树，不忍心折断它的枝条，就是为了表达自己的感恩之心。懂得尊重与珍惜，才能感受人生之美好。

懂得感恩，就要把感恩化为强烈的责任感，漠视责任是对感恩最大的亵渎。当责任感成为一种习惯，成了一个人的生活态度，我们就会以主动负责的积极态度，去做好每一件该做的事。譬如生而为人，就是自然造化的大恩，为报天地孕育生养的大恩，人就应当努力活出一份精彩来，在天地间书写出自己浓墨重彩的一笔；为报答父母的养育和师长的教诲之恩，就要努力追求卓越，拒绝平庸，否则，便是对他们内心期望的最大辜负，也是对自己最大的不负责任；为感谢朋友和同事的帮助和关照，我们不仅要与人为善、宽厚待人，还要在别人有困难时主动伸出援助之手。为不辜负我们生活的这个伟大时代，就应当充分展现自己的价值，为社会的进步添砖加瓦。感恩不是还债，也不仅仅是报恩，有些恩泽是我们永远无法报答的，只能铭记在心。感恩是享受恩惠后的责任和义务，履行责任是发自内心的感恩行为，只要你心存感激，感恩的情愫就会焕发出积极向上、努力完善自己的渴望，这无形中带给我们巨大的力量，激励我们积极进取，为自己也为他人释放出全部的光和热。一个人只有懂得感恩，才能真正懂得什么是崇高，什么是博爱，才能真正懂得拼搏与奉献。

美国加州大学的心理学家罗伯特·埃蒙斯的研究发现，心怀感恩与感激之情，可以明显提升健康水平和对生活的满意度。在物欲横流的当今社会，怀有感恩之心，才能摈弃毫无意义的怨天尤人，远离烦恼，从而保持内心的平静，把更多的精力和时间用在学习和事业上。所以，你要从内心里学会感恩，将来无论到什么样的环境里学习和工作，对于他人的帮助和照顾，对于老师的教诲乃至批评，对于领导的指点和同事的配合，对于别人的服务，都要心怀感恩之情，不能觉得理所当然，更不能抱怨和不满。世界上没有谁对你的帮助是理所当然的，点点滴滴都是别人的恩情。感恩的最好表达方式是付出，把感恩的心理融进自己的生活，理解并铭记别人对自己的好，懂得回报，用同样的爱心去关心和帮助别人，用微笑去对待生活，就会有一个好的心态和愉悦的心情，从而收获更多的幸福和快乐。心中有爱，懂得感恩，会让阳光洒满你的征程。

学会感恩，重要的就是不要把别人对你的好视作理所当然。别人帮你，不是欠你的，是对方的善良；别人让你，也不是怕你，是对方的仁慈。除了亲人之外，不要期望所有人都会对你好，那是不可能的。在成年人的世界里，大家都不容易，没有人有义务为你付出，别人不帮助和关照你，实属正常。可现在的一些年轻人，因为从小习惯了亲人们的关爱与呵护，觉得自己的愿望和需要才是最重要的，把别人的好心好意看作理所当然，丝毫没有感激之情。他们心里所想的全是自己，不懂得人与人之间互帮互助是情分，不帮也很正常。如此为人处世，只能是自我孤立，人生的路必然越走越窄。知足才会快乐，感恩才会幸福。所以，当现实与你的预期不一样的时候，不要抱怨，所有不满的背后，都是你认为的“应该”，而这种“应该”正是自我中心化的典型表现，恰恰是毫无道理和不应该的。其实，在所有关系中，我们应该要求的是自己，而不是别人。如果一味要求别人，你只会失望与痛苦。

曾国藩说：“大抵人常怀愧对之意，便是载福之器、入德之门。如觉天之待我过厚，我愧对天；君之待我过优，我愧对君；父母之待我过慈，我愧对父母；兄弟之待我过爱，我愧对兄弟；朋友之待我过重，我愧对朋友，便觉处处皆有善气相逢。如自觉我已无愧无怍，但觉他人待我太薄，天待我太吝，则处处皆有戾气相逢。德以满而损，福以骄而减矣。”感恩是对自然、社会和他人的馈赠和帮助心存感激，是一种谦卑心理。由于这种心理的支配，人们便能与他人及环境和睦相处，懂得珍惜，才能有健康的心态和积极的人生观，也才能有奉献社会与他人的愿望及动力。

美国著名的管理学大师史蒂芬·柯维曾给年轻人以忠告：“我们要学会感恩，感恩于祖国、感恩于父母、感恩于朋友、感恩于大自然……感恩一切，你的内心才会时刻充满温暖，活在感恩中，你才会幸福和快乐。”感恩与人的幸福感有着密切的关系。懂得感恩的人很少去怨恨和嫉妒别人，因为当你心存感恩时，就少了许多怨气和烦恼，心灵就变得澄澈与安然，就很难再有愤怒与仇恨等负面情绪。人是很情绪化的，很多时候容易自寻烦恼，把对外界的不如意变成埋怨与仇恨。如果懂得感恩，心中有爱，就能够发现并欣赏生活中的美，就能体谅别人的难处与不易，人与人之间就多一分融洽，少一些隔阂；多一分理解，少一些埋怨。即使身处困境，也能发现生活中的真善美，使自己能客观、理性地去战胜困难，砥砺前行，而不被坏情绪所打倒。

感恩是一种美好的人性，能唤起人的良知，让我们体味和感受生活的美好，激发起积极的人生态度，提升幸福感。感恩还是重要的自我教育，有助于防止和克服自己的任性与抱怨，从而以平和、乐观、阳光的心态对待生活与工作。卢梭说：“没有感恩，就没有真正的美德。”尽管感恩是一种美德，知恩图报是做人的起码准则，我们自己要学会感恩，懂得报恩，但千万不要期望别人感恩。无私地帮助别人，叫道德；帮了别人但期望得到回报，叫功利。“施人毋责其报，责其报，并所施之心俱非矣。”力所能及地帮助别人，是为了净化心灵与提升道德，不能有企图心和功利心。虽然有“滴水之恩当涌泉相报”的说法，那是受恩者的感激心理，至于回报，不过是一种愿望和追求，真正做到的人并不多。

《菜根谭》说得好：“施恩者，内不见己，外不见人，则斗粟可当万钟之惠。利物者，计己之施，责人之报，虽百镒难成一文之功。”一个人做了好事，帮助了别人，如果不把此事挂在心上，也不对外宣扬，那么，即使一斗米的帮助，也可以得到丰厚的回报，为自己种下无边的福气；如果总是计较对别人的帮助，甚至要求别人予以报答，那么，即使是付出万两黄金，也难有一文钱的功德。

有研究表明，在正面激励因素中，感恩被认为是培养道德良知、增强人格魅力和提升精神境界最好的催化剂。在感恩之心驱动下的人，博爱而善良，敬业而忠诚，富有责任感和使命感。懂得感恩的人总是对社会、对集体和他人充满感激，并且将这种感激转化为刻苦学习、勤奋工作、孝敬父母、奉献社会的具体行动。懂得感恩是学会做人的支点，也是培养健全精神世界的出发点。只有懂得感恩，我们才能感受幸福，明确自己的责任；才能跳出狭隘的视野，追求健全的人格，坚定崇高的信仰，树立远大的理想。感激能带来更多值得感激的东西，这是一条永恒的法则。当你满怀感恩之心去生活和工作时，不仅能踏实做人做事，还很容易成为一个更有亲和力和独特人格魅力的人。

感恩也是一种积极的人生态度，我们应当感恩生命中的一切，不论悲喜，不管好坏，因为是它们教给我们生活的真谛，见证了我们的每一步成长。对于自己遭受的不公与伤害，要有豁达的心胸，辩证地看问题，切莫人为地折磨自己，要化抱怨为感恩。感谢那些伤害了你的人，因为那些伤害磨炼了你的意志。感谢那些欺骗了你的人，因为是那些欺骗丰富了你的经验。感谢那些轻视你的人，因为是他们的轻视唤醒了你的自尊与斗志。当然，这种感谢，不是心存感激并设法报答，而是说要消除仇恨，学会放下，激发起自己顽强拼搏、自立自强的坚强意志。总之，感谢一切让你成熟的人，珍惜你所拥有的幸福，用更积极的态度去拥抱生活。

感恩也是一种境界，是一种看待世界的方式，懂得感恩，能给人带来诸多心理和社交层面的好处。常怀感恩，就会有一种阳光心态，感受生活的美好，积极面对可能遇到的各种困难。人在感恩的意识和行动中达到人性的自觉，对于净化和丰富人的情感、提升精神境界，都具有重要的意义。将来你无论到什么样的环境里去生活和工作，都要怀着感恩的心，不要总是心怀不满与抱怨，要把更多的感激与感恩融进心田与生活，这是活在这个世界上的真谛，也是处世的箴言。懂得感恩，意味着将收获更多的友情和帮助，人们更愿意帮助那些有感恩心的人，因为他们珍惜和感谢别人的帮助，并且也愿意去关心和帮助别人。对一个孩子来说，学会感恩，会拥有更好的性情，为人更加友善，更懂得为别人着想，使自己更有吸引力，并因此为将来的成功奠定心态上和人际关系上良好的基础，通过感恩的桥梁，就能更容易地走向光明的未来。

宁静致远戒浮躁

我们正处在一个急剧变革和快速发展的时代，在市场经济的环境和经济繁荣的背景下，社会整体节奏加快，竞争激烈，贫富差距悬殊，人们心里不平衡，物欲膨胀，浮躁与焦虑的情绪似乎无处不在，几乎每个人都在亢奋、焦躁与苦恼之中，不择手段地谋取私利已成为严重的社会问题。在这样的大背景下，人生发展的不确定性增加，生活与工作没有稳定的预期，更导致了浮躁情绪的蔓延。

浮躁的意思是急躁、不沉稳，是一种冲动性、情绪化和盲目性相互交织的病态症候，它使人找不到自我的准确定位，行动盲目，做事没有耐性和脚踏实地的精神，难以持之以恒。浮躁是人精神上的一种焦虑情绪，是在人生目标不明确的前提下，呈现的一种忙碌和混乱无序的心理状态。浮躁的人，做事没有恒心，缺少务实精神，心理上表现为冲动和盲目，行动上表现为没有耐心，稍不如意就轻易放弃，从不肯为一件事倾尽全力。人们为了尽快获得满足而缺乏理智和耐心，耽于功利和诱惑，放弃曾经的坚守，忙忙碌碌，浮躁不安，为急于求成而寻找捷径。许多人的生活状态与内心世界，就像一锅沸腾的开水，上下翻腾，热闹得很，可里面什么也没有。

浮躁最容易在幼稚和脆弱的心灵中滋生和蔓延，是一种容易在青年人中流行的传染病。当今社会，在只争朝夕的攀比风气中，年轻人产生“万事趁早”的心理，早赚钱、早买房、早出名，希望快速获得物质财富和社会地位，为此甚至不择手段。自我奋斗的意志有所消退，使年轻人形成了为求快而投机取巧的不良心态。“拼爹”之类不公平现象，加速了他们对早日成功的极度渴望。他们不愿正视客观条件对快速成功的制约，从而诱发偏执、冲动和盲目心理，心浮气躁。很多年轻人做事沉不下心，好高骛远，心猿意马。对自己的生存状态不满意，这山望着那山高，对学习与工作不认真，甚至敷衍塞责、有始无终。没有精神寄托，贪图享受、眼高手低，对自己的追求目标不切实际。由于缺乏自信，放大了自己的不足。因为好高骛远，又高估了自己的能力。与他人攀比时的失落，对理想迫不及待的期盼，对现实难以改变的无奈，使他们变得敏感而浮躁，容易有受挫感，稍不顺心，胸中的无名之火便喷薄而出。浮躁之风更导致一些年轻人忽略自身的学习和修养，不读书，不看报，只从手机上看看新闻八卦，或者看书只看书名，读报只读标题。有的人甚至没有理想，自私自利，被拜金主义思想所裹胁，对金钱的追逐成了他们生活的唯一目标。

浮躁的风气对学生所产生的不良影响也不容低估，再加上一些学生不够坚毅的意志品质，浮躁对这些青少年成长的危害更加令人担忧。

浮躁，即心浮气躁，心态不稳定，做事不踏实，多与急功近利和急于求成有关。急功近利会导致心理紧张、烦躁，降低注意力和思维能力。在《学习智慧》这本书中，作者明确指出学生成绩不好的原因就是浮躁，并概括了浮躁的五种表现：一、上课一听就懂，其实没有真懂；二、看书一看就会，其实没有真会；三、题目拿来就做，没看清条件就做；四、做完题就上交，没检查好就上交；五、发现题目错了，以为粗心不改正。浮躁是学习的大敌，也是人生的大敌。人心浮躁，人就没有根基,做什么事也做不好。学生的浮躁,是学习不深入,急于求成,缺乏细心和耐心。对于作业,总想快点做完,希望“快刀斩乱麻”,却常常忙中出错。没有把作业当成对所学知识的复习与巩固,认识肤浅,因此在做的过程中,心不静、思不深、态度不认真。思考上浅尝辄止,过程中丢三落四,学习的品质差。缺少严谨、踏实的态度,却抱着侥幸成功的奢望,充满“天上掉馅饼”的幻想。学习上的急功近利与不求甚解,实质上是一种不健康的心理表现,是意志品质薄弱、自我克制能力差,盲目求快而忽视质量,归根结底是心理浮躁,缺少沉稳与严谨。

克服学习上的浮躁,需要思想上的觉悟。要真正认识到质量的重要性,认识到步骤与程序的重要性。离开了步骤和过程就谈不上质量,没有质量一切都是白费。学习是一个循序渐进的过程,要踏踏实实、一步一个脚印往前走。俄国生物学家巴甫洛夫在《给青年们的一封信》中开头就说:“首先,要循序渐进。我一谈起有成果的科学工作所应具备的这个重要条件时,总不能不感到心情激动。要循序渐进,循序渐进,循序渐进。你们从一开始工作起,就得在积累知识方面养成严格循序渐进的习惯。”这是巴甫洛夫逝世前不久留给青年们的忠告。什么叫“循序渐进”?巴甫洛夫认为就是:“还没有充分领会前面的东西时,就决不要动手搞往后的事情。决不要企图掩饰自己知识上的缺陷,哪怕是用最大胆的猜测和假设作为借口来掩饰。不管这种肥皂泡的美丽色彩怎样使你们炫目,但肥皂泡是不免要破裂的,那时候你们除了羞愧之外将一无所得。”如果不能养成踏实和循序渐进的好习惯,就可能会自发地养成某些坏习惯,这些坏习惯使人丧失艰苦努力的决心,急功近利,追求速成,从而带来严重的后果。青年人志向远大,总希望将来有所作为。但要飞上辽阔的天空,就必须要有一双强健的翅膀。要想将来有所作为,必须现在有所行动——把眼下的事情做好、做完美，这就需要用觉悟去培养意志，去培养严谨、踏实、循序渐进的良好的学习习惯。

许多人的浮躁，多半都是因为着急。做事情的时候追求速度，这并没有错，但关键是要保证质量。没有质量的速度毫无意义，反而造成时间和精力的浪费。事情多的时候，人都想尽快完成。但这种“快”不是压缩做好事情本身所必须的时间，而是从别的地方挤，甚至压缩吃饭、休息的时间，以保证任务的完成。如果压缩任务周期，质量就难以保障。所以，一定要注意作风养成，无论任务多少，都要一丝不苟，确保质量。有的时候作业多、任务重，可以减少休息时间，甚至晚睡早起，但也要认真规范、确保质量，决不能偷工减料、敷衍塞责。因为做事的质量对每个人都十分重要，关乎命运，关乎未来。

学习的法宝是专注与激情，是精益求精的精神，一个人无论有多么聪明的头脑，如果缺乏这些基本的品质，也难以成功。当你把一件事做到完美程度的时候，意义便同时产生了，否则很有可能只是浪费时间，没有意义。学习上的错误没有大小之分，任何错误都是致命的，所以非精益求精不可。知识是实实在在的学问，来不得半点虚假。细节决定成败，点滴铸就辉煌。只有踏实与专注，每一个步骤都做得精细与完美，才能走好通往理想的每一步阶梯。我们不是天才，没有超人的天赋，寻常人的成功不能靠天赋，而是靠把寻常的禀赋发挥到不寻常的高度。只有对自己严格一点，不随意降低标准，不随便宽宥自己，你才会始终站在优秀者的行列里。

自律是解决人生问题的首要方案，缺少了这一点，不可能轻易解决任何麻烦与问题。人生所有的荣耀、尊严、成就和满足，都要靠才华来支撑，靠严格自律来保证。所谓自律，就是自我管束，管束自己的懒惰与懈怠，不轻易迁就自己，强迫自己走出舒适区。自律是一段寂寞的路，没有人陪伴，没有人喝彩，却是一个自我蜕变的过程。从这个意义上说，人生就是一场自己与自己的较量。成功的人生，是用积极打败消极，用勤奋打败懒惰，用踏实打败浮躁。自律的程度决定人生的高度，它的表现是目标明确、动机强烈、静心自守、善于自控，把每一个日子都铺垫成上升的台阶，默默攀登，永不停步，久而久之，你就站到了高处。所有优秀的学生和成功的人士，都不是别人逼出来的，而是自己有目标、有动力，严格要求自己，把责任变成自觉行动，善于对自己进行督促，用自律成就自我，在奋斗中享受快乐。自律的更高境界是自觉，当你的学习成为一种自觉行为时，你就真的觉悟了，寒窗苦读不仅不觉得苦，反而乐在其中，那就意味着成功指日可待。

学习上光有热情是不够的，一定要培养起严谨周密的思维习惯和细致沉稳的行为习惯，敢于同自己的懒惰、随意、无序做斗争，克服思维定势，防止思考问题片面化，培养创造性思维与发散性思维的能力，以达到举一反三、触类旁通、灵活运用的目的。科学的思维方法和良好的思维习惯，是开发智力和发展能力的钥匙，你现在正处在从形象思维向抽象思维扩展的重要时期，尤其要重视思维的逻辑性与周密性，这不仅对现在的学习大有好处，而且对你终身的学习能力都会产生深远的影响。

要排除一切非智力因素对学习的影响和干扰，向良好的作风要质量，向顽强的意志要成绩，向好的方法要效率，最大限度地挖掘自己的潜力。做任何事情都是有方法的，学习上要养成眼、脑、耳、口、手并用的习惯，手脑并用，口脑并用，这样更能集中注意力，降低智力活动的单调感，提高效率。对所学知识要归纳演绎，举一反三，用自己的方式永久记忆在脑海里，方法要巧妙，记忆要科学。学习是一个从积累到释放的过程，效果的显现总是滞后于知识的积累，不能因为没有马上看到效果而灰心丧气。所以,学习必须持续投入,才能夯实基础,搭建属于你自己的知识体系。何况,真正的人生积淀、那些决定人生高度的要素,都不可能在短时间里快速获得。总之,我们从不缺少成功的经验,缺少的只是全身心持续投入与顽强拼搏的精神,是良好的作风与习惯。

学习是一个孤身奋斗的过程,青少年时期读书更是这样,要建立起人生的大苦乐观,用现在的刻苦去换取将来的幸福与快乐。要耐得住寂寞,默默耕耘,管束自己的心猿意马,面对窗外的喧嚣,保持一份高贵的疏离。一个人只有无畏孤独,才算学会了成长。只有学会忍受孤独,才能把原本不尽如人意的一切,改变得无可挑剔。“古来圣贤皆寂寞”,要想把知识学到手,必须耐得住寂寞,心如止水,宠辱不惊,把内心打磨得沉稳宁静,这样才能头脑清醒,思维澄明,踏实地完成自己的学业。努力是奇迹的别名,把每一个奋斗的日子串成一串,刻进生命的年轮,让它们熠熠生辉,才是对生命最大的尊重,也必将绽放出绚丽的光彩。

人这一辈子,做事一定要踏实认真,养成专心致志的良好品质。事关作风,千万不可随便,没有今天严谨认真的学风,明天也难有踏实细致的工作作风,那就什么事也做不好。生活是自己创造的,今天的行动决定明天的生活质量,只有远离浮躁,才能收获未来。所以,一定要重视习惯养成,先思考后行动,做事不虚浮,严谨认真,一丝不苟。你不必担心未来,只管照此去做,时光总会把你变成想要的模样。

围棋有这样一句棋诀:“持重而廉者多得,轻易而贪者多丧。不争而自保者多胜,务杀而不顾者多败。”意思是说,那些自重不贪的棋手一般都会有所收获,而轻薄又喜欢占便宜的人,由于目光短浅而遭受损失。那些不主动进攻而积极自保的人常常会赢,贪心又不慎重思考的人，喜欢贪功冒进，多半会失败。这里说的道理与做人是一样的，那些办事不稳重、容易冲动又浮躁的人，急功近利，结果往往吃亏，人生自然很难成功。

著名学者胡适对自己的一贯要求是“不苟且”，就是“一丝一毫不草率不苟且的工作习惯”。历史学家罗尔纲是胡适的门生兼秘书，是一个虚心、笃实的学生。他回忆说自己最为受益的教诲就是“不苟且”，“适之师以‘不苟且’三个字教我，使我终生感戴，受用不尽！”胡适对罗尔纲也十分赞赏，评价罗尔纲说：“你那种‘谨慎勤敏’的行为，就是我所谓‘不苟且’，古人所谓‘执事敬’就是这个意思。你有这些美德，将来一定有成就。”罗尔纲后来果然成为著名的历史学家和训诂学家。所以，你要着意养成良好的学风，切实做到“不苟且”，坚决杜绝浮躁，杜绝大而化之与粗心马虎的不负责任的行为。

能不能戒除浮躁，关乎你的成长和未来，务必要加以重视。现在的功课门类增多，难度增加，知识的系统性增强，学习的内容、方法和要求都与小学阶段有很大不同，学习的时间也大大延长。要求学生在态度上要更加主动、自觉，学风上要更加严谨、踏实，对记忆力、注意力、观察力和思维能力的要求更高。如果学风不严谨，浮躁而不踏实，人的注意力、思维能力、学习质量和克服困难的意志力必定受到影响，自然也会影响到学习成绩。

曾国藩说：“多躁者必无沉毅之识，多畏者必无踔越之见。”遇事焦躁紧张的人绝对不可能沉稳大气，畏首畏尾的人肯定没有超越寻常的见解。很多人一生未能实现自己的理想，他们始终不知道其中的原因，于是怨天尤人。其实他们到老也没搞明白，自己其实就输在浮躁上，输在不踏实的作风上，输在粗疏与马虎上。在急躁和焦灼的状态下，人的创造力、判断力和执行能力都不能得到很好发挥，直接影响学习与工作的效果。《菜根谭》中说:“性躁心粗者,一事无成。”浮躁会让人丢掉了优秀、丢掉了信任、丢掉了机会,于是也就丢掉了成功。

戒除浮躁,关乎人生命运,千万不可掉以轻心。反过来说,对人生影响如此巨大的问题,却可以从端正学习态度与学风上得到根治,那又何乐而不为呢?所以,放下你的浮躁,放下你的急于求成,放下你的心猿意马。把心静下来,踏实认真地做好每一件该做的事。当你真的努力后,你会发现自己原来可以这么优秀!

认识自己，超越自我

苏格拉底有一句名言："认识你自己。"两千多年前，人们就把"认识你自己"作为铭文刻在阿波罗神庙的门柱上，警示着世人。王安石更是看到了认识"我"的重要性，他说："知己者，智之端也，可推以知人也。"明确指出，了解自己才是智慧的根本源头。

漫漫人生路上，人们总是竭尽全力，不断追求各种物质利益或是精神欲望，却忘记了审视自己的内心。人们常常批评别人的缺点，却不了解自己的不足。即使再聪明的人，在认识自己的缺点与不足时，都是糊涂的，或者说有意装糊涂。

毋庸讳言，人们确实很少省视自己的内心世界，缺乏自知之明。正因为人不能正确认识自己，总是陶醉在自己狭小的天地里，看不清自己的样子，也歪曲了世界的模样，却自我感觉良好。即使有时候能反省一下，也失之偏颇，缺乏深刻，往往淡化或否认自己的缺点与不足，有意无意地宽宥自己，出现问题时不从自身找原因，这是人与人之间发生矛盾的常见原因，也是人难以完善自我的主要障碍。有的人一辈子没什么作为，看问题总是老样子，思想和认知水平没有丝毫提高，原因就在于此。

每个人身上或多或少地都存在一些消极的特质，比如自以为是、懒惰懈怠、自私自利、骄傲自大、固执偏激、争功诿过、主观自我、急功近利、爱慕虚荣、敏感脆弱、缺乏爱心、爱听表扬不爱听批评，等等。这些问题的根源，都来自错误的自我认识与自我评价，从而阻碍着人的进步和提高，还容易导致与人相处时产生不快和烦恼。这些消极的特质，隐藏在我们的潜意识里，被我们有意无意地掩盖着，但不会因此而消失，一旦涉及利益和尊严，它们立刻就会跑出来。这些心灵垃圾如不及时清除，人们的心智便很难健全，就不能客观认识这个世界，今后的人生路上也少不了烦恼。青少年时期是自我认知的关键时期，尤应增强认识自我的意识与自觉，正确而客观地认识自己，以便走好今后的人生之路。

人生目标的确立，应当建立在自我认知的基础上。不了解自己的优点和缺点，必然会制约自己的发展。一些人就是因为不了解自己，不能改正自身的毛病和缺点，优势和特长又被埋没，人生也就因为潜力没有得到发掘而暗淡无光。所以，一定要认识自己，而且一定要全面客观，重点是内在素质，包括道德、能力、心理、性格、思维模式、兴趣爱好等，这些是人能否进步的重要因素。不客观认识这些内在因素，就难以对自己做出准确的估量和评价，也就无法实现超越。

人不能客观认识自己的内在原因，多半是不想认识。人本来具有通过与外界发生联系时的反馈来认识自己的能力，这是适应复杂环境的必备能力，只有运用好这种能力，才能不断完善自我。遗憾的是，人往往不能正确对待外界的反馈，也不善于区分这种反馈的善恶与真假。人都有渴望得到别人肯定的天性，这种天性促使人奋发努力，以便得到他人的认可与赞赏，这是积极的一面。但也容易导致人喜欢听好话，容易接受奉承，助长骄傲自满和自以为是。如果没有自知之明，还容易偏听偏信，造成决策错误。更为严重的是，人的这一天性会派生出虚荣和爱面子心理，不喜欢听批评意见，甚至对负面反馈排斥和反感，从而很难了解自己的缺点与不足，自我认知往往呈“灯下黑”的状态，这成为他们难以进步的致命障碍。

人不能认识自己的外在原因，正如《亢仓子·训道篇》中说：“人有偏蔽，终身莫自知己乎？贤者见之宽恕而不言，小人暴爱而溢言，亲戚怜嫉而贰言。人有偏蔽，恶乎不自知哉？是故君子检身常若有过。”意思是说，人有缺点，一生都不能自省自知吗？对于人的缺点，有道德的人因为宽容而不说，小人因为有求于你而多溢美之词，亲戚因呵护怜悯而不当面说破。所以，人的缺点只有靠自知。君子要随时反省和检点自己，就像知道自己常有过失一样。

自知之明，是心灵探索的起点，是人进步的前提条件。“人贵有自知之明”，一个“贵”字，道尽了自知之不易。事实也正是如此，人最难认清的就是自己，其根本原因，就在于自己的心智模式，简单地说就是自己的思想观念和思维方法，这是隐含在每个人内心深处的心理活动与思维活动之中，不仅难以觉察，而且十分顽固。人总是透过心智模式来看待事物，遗憾的是，这种模式往往片面而偏执，容易导致认识上的偏差。心智模式是一种思维定式，改变起来并不容易。要想改善和提高，就要端正心态，坚持正向思维。懂得反思，查找自己的不足。学会多角度看待问题，避免偏颇与片面。还要改变不良的习惯，不断完善自己。尽管这不是一件容易的事，但只要有坚强的意志和自我完善的强烈愿望，总能得到改善与提高。约翰·保罗说：“一个人真正伟大之处，就在于他能够认识到自己的渺小。”社会上的激烈竞争，需要我们认识自己、提高自己。实现自己的理想与价值，更需要我们认识自己、超越自我，除此之外没有别的办法。

认识自己，首先要有真诚的愿望，能客观审视自己的内心。没有审视就没有发现，正确的反思，需要真诚和勇气，认识要客观准确，既不溢美，更不掩饰。要敢于向内透视与剖析自己的心灵，反省自己在学习和为人处世中不足的地方、在集体中的形象和作用，以及对自己精神世界的观察等，着重分析做得不够好的原因。既知己长，亦知己短；既善扬己长，又勤补己短。这样才能切实改进，实现真正意义上的超越。

俗话说“旁观者清”，除了自我检视外，另一条重要途径是从周围的人对你的态度和评价中认识自己。亲人、老师、同学、同事、朋友，这些人对你比较了解，通过他们对你的评价和态度，了解自己的优缺点和公共形象，能够客观地认识自己。当然，不排除个别人的看法有偏颇，但大多数人的看法一定是有道理的，你要留意多听并认真对待，适时调整自己的行为表现。需要注意的是，尽管关系密切的人能够对你说，但或许是听惯了，你可能不当回事。或许是觉得不中听，入耳不入心。而其他人一般不会当面指出你的缺点，即使会指出，也是委婉含蓄，点到为止。这就需要虚心聆听，既要有真诚的态度，还要会听，会观察别人对你的态度，才能知道自己在别人心目中的形象和地位，了解自己的缺点与不足。

除了自我观察和从别人的评价中认识自己外，还可以从自己目前的和过去的状况对照中认识自己，从自己的强项和弱项的分析中认识自己，从对以往的成功经验和挫折教训的总结中认识自己，从自己感兴趣和讨厌的事情比较中认识自己，从交往对象的选择中认识自己，从面对困难时的心态上认识自己，从对自己心理品质的分析中认识自己，等等。这样才能对自己的意志、能力、情绪、心胸、性格、毅力等，有一个比较全面的认识。不过，这种认识不能一劳永逸，由于成长、经历和心理活动的变化等原因，自我认知需要经常进行。

一般来说，人的自我评价能力不够准确，不是过高就是过低，而以过高的情况居多。如果对自己的评价和估计与他人的评价过于悬殊，就会使自己与周围人的关系失去平衡，反而不利于心理上的健康成长。所以，对别人的一些负面评价，不能心存抵触与不满，要认真反思。为能有更强的说服力和参照作用，可以与身边的优秀同学进行比较，同等条件下产生差距，其中必有原因。承认并分析这些差距，有针对性地加以改正，才能有所进步。人的自我约束能力往往较低，常常需要在外界的要求和压力下被动学习和工作，正是由于这种原因，我们应当学会借助外部压力，加强自我监控，严格自律，提高自我完善的意识与能力。很多时候，当人们看到自身不足的时候，由于面子和舆论等因素，会努力改变一下，但如果没有改变自己的思想和习惯，则不能从根本上解决问题。有时候，自以为道理都懂了，其实只停留在表面。道理只有引导方向的作用，不落实到持久的行动中便没有用。真正的改变来自内心深处的觉醒，有了正确认知后每一次小小的行动，看起来微不足道，实际上都具有非凡的意义。人生路漫漫，不要好高骛远，从点滴做起，坚持不懈，必然会越来越优秀。

作为一个即将步入社会的青少年，不仅要积极奋斗，还应具备反思的能力。否则，难免日益浮躁，最终走向封闭与失落。不仅要向前看，还要向后反观。不仅能正确看待外部世界，还要能透视自己的心灵，这样才能成为一个真正成熟的人。认识自己，重要的是要头脑清醒。清醒于自以为是的偏颇，清醒于盲目自信的危害，清醒于他人言不由衷的褒贬，更要清醒于随便就饶恕自己的无聊借口。认识自己要全面，并无条件接纳自己，这样，在超越的过程中，才会减少对可能失败的担忧。要敢于正视自己的内心，了解自己消极的特质，找出克服的有效办法，战胜自己的懒散和虚荣，战胜自己的狭隘和无知，战胜自己的嫉妒心和不良嗜好等。如果轻易地放纵自己，认知水平便难以提高，心智也就很难健全，自然也就难以超越。

人这一辈子，不能成功的原因很多。没有远大的理想，所以得过且过；对自己没有信心，所以不敢超越；因为不能坚持，所以总是半途而废；因为犹豫和拖延，所以一次次错失良机；因为不想突破，所以始终在习惯的状态里原地踏步；尤其可怕的是，由于不能正确认识自己，始终不能克服和改正自己的缺点，也不能更好地发挥自己的优长。要想提高自己和超越自我，必须清醒、理智、客观地认识自己，走出狭隘的思维模式，勇敢地面对自己的不足。人身上难免有一些毛病：利益面前的自私、维护面子的虚荣、困难面前的软弱、畏难中的放弃，等等。所有这些，都影响着你生活中的每一个决定，更影响着你生命的质量和将来的成就。所以，越是自己不满意的地方，越要鼓起勇气去改正；越是自己欠缺的地方，越要着力去弥补、去完善；越是怵头或懒得去做的事，越是要去突破、去挑战。只有这样，才能真正实现超越。

认识自己难，战胜自己更难。许多人总想着战胜别人，实际上最难战胜的恰恰是自己。谁都知道成功来自勤奋，但懒散和贪玩总在消磨着许多人的宝贵时光。谁都知道赌博和吸毒的巨大危害，但仍有人冒着犯法和残害自己的危险去尝试。谁都希望有一个良好的人际关系，却战胜不了自己的傲慢与自私。谁都希望得到别人的尊敬与欣赏，却克服不了自己的狭隘与偏见。陀思妥耶夫斯基说过："如若你想征服世界，你就得征服你自己。"懒惰、固执、骄傲、狭隘、偏见、自私等，都是做人做事的大敌。不克服这些弱点和毛病，就不可能释放出潜在的巨大能量，就不可能成为一个优秀的人。

战胜自己，首先要克服心理障碍，不要觉得目标太高，不要觉得别人有多么了不起，那只是因为自己的努力还不够而已。正如马克思所欣赏的一句谚语所说："你所以感到巨人高不可攀，只是因为你跪着。"

所以，你要相信自己，勇敢地站起来，敢于对自己提出高标准，努力超越自己。要敢于向自己的不足宣战，在为人处世和刻苦勤奋等方面给自己定下铁律，一点一点去做，对自己不情愿做的事，硬着头皮去做。特别是自己认为困难甚至做不到的事，更要强迫自己去做，这一点非常重要，因为只有勇于去做困难的事，才能获得最大的提高。其实，别人能做到的你也一定能做到，只要有不达目的誓不罢休的决心，也就做到了，自然就实现了超越。不可否认，许多人都有自我完善的愿望，但只有少数人具备自我完善的意志和能力，这就是为什么成功的只是少数人的原因。尽管战胜自己比较痛苦，需要付出努力，但这痛苦之中却孕育着一个更优秀的自己，一个更有作为的人。每一次超越都是一种突破，都是一种新生。正是在这种突破与新生中，你的人生才日臻充实与完美。

其实，战胜自己并不难，就在一点一滴的小事中。应当承认，人，尤其是青少年，随着学识和年龄的增长，实际上都在不断超越自己，但这种超越，由于主动意识的强弱和努力程度的不同，会产生巨大的差异，所以才有了优秀与平庸的分野。不可否认，人常常迷失在自我当中，容易受周围信息的暗示，把别人的言行作为自己行动的参照，从而产生从众心理，这是非常有害的。千万不能有“比上不足、比下有余”的思想，那会极大削弱超越自我的主动意识。人必须追求优秀才有可能优秀，为自己设立高标杆，追求卓越，才能产生巨大的动力。超越自我是一个确立目标与实现目标的过程，目标要具体，措施要得当，才能在一点一滴的改变中实现超越。韶华易逝，青春难再。必须增强主动意识和紧迫感，提高努力程度，设定具体目标，拿出切实行动，克服改变带来的不适，才能有所超越。不过，这需要你内心强大的动力，还需要日复一日的坚持。遇到困难时咬一咬牙，不达目的决不罢休，你就磨炼了意志。上课时专心听讲，不懂就问到底，你就收获了满堂知识。放弃玩耍的念头而拿起书本，你就是在充实而不是消耗自己。只要有超越自己的愿望，收起散漫的心，克服懒惰与畏难情绪，在点点滴滴中改正自己的陋习，就是在超越自己，就能不断焕发出生命的活力。当你超越、再超越之后，美好的明天就会呈现在你的面前。

青少年一般不会反思，他们对自己其实并不了解，自己的优势看不到，缺点又视而不见，却盲目地感觉良好，这是非常有害的。孩子，青少年时期是自我认知的关键时期，你要学会思考问题，不能稀里糊涂地过日子，不能跟着别人瞎跑，也不能凭着本能的感觉走。要努力认识自己，做一个头脑清醒的人，正确理解和处理自己与自己、与他人、与社会的关系，这是适应复杂环境的必备能力。要思考生活和生命的意义，思考如何走好人生之路，做一个能设计未来并驾驭人生的人。

人的成长与进步，实质上就是一个不断认识自我与改造自我的过程。一个人能不能保持积极的自我意识，真正认识自己，能不能不断提高和完善自己，将在很大程度上决定他的前程和命运。从这个意义上说，你必须敢于认清自己，勇于超越自己，不能总停留在狭隘的认知范围和习以为常的舒适区里。这样，你才能从更高的角度和更宽的视野去审视你的人生，并用严格自律和顽强拼搏的精神去开拓人生的康庄大道。

认识自己，超越自我，才能赢得未来。当你学会了聆听，学会了反思，学会一切从自身找原因，学会认识自己并努力完善自己，你必定会越来越优秀。

认识自己吧！尽管不是一件容易的事。

“举头三尺有神明”

在“文化大革命”中，有一个积极要求进步的正直青年，每天都狂热地参加到运动中去。一天，正当他要出门的时候，他那大字不识一个的奶奶拦住他说：“现在社会上很乱，发生了什么事，我不清楚；你在外边都干了什么，我也不清楚；其实这些事情我也不想知道，即便知道了我也管不了，但有一句话你要记住，就是你出去后无论做什么，做之前你都要摸着心口想一想，自己所做的这件事，十年之后能不能见人，百年以后敢不敢见鬼。如果不能也不敢，我劝你就不要做了。头上三尺有神明，冥冥之中总有一双眼睛在盯着你。”从那以后，这个青年猛然间醒悟了许多事情，遇事三思而行，再也不随便揪斗老干部，也不参加任何“打、砸、抢”活动，虽然他无力制止一些人的胡作非为，但他努力坚守着自己的良心。可想而知，当那场运动终于结束进而清查的时候，这位青年的清白与良心保护了他。

我国历来是一个崇尚道德的国度，不幸的是，近些年，在经济快速发展的同时，社会上却出现了许多丑恶现象，道德败坏、贪污腐败、违法乱纪、坑蒙拐骗、弄虚作假，使人们备感痛心。究竟该如何构筑和坚守我们的道德家园？严峻的现实迫使全社会都在思考这个问题。孩子，你正好出生在这个年代，我不知道你长大后社会的整体道德与风气怎么样，而你又会建立起怎样的道德观念，为此我深感忧虑，这就是我要用文字的形式提前和你谈谈这个问题的原因。

朱熹说:“君子之心,常怀敬畏。”敬,就是尊敬;畏,就是害怕,常引申为谨慎、不懈怠,是对事物的一种恭敬态度。在这个世界上,总有一些事物我们必须敬畏,总有一些人和道理我们必须敬畏。比如敬畏自然、敬畏生命、敬畏天理、敬畏先贤、敬畏法度。人有了信仰才有敬畏,有敬畏才有真正的自由。人只有心存敬畏,才不至于胡作非为,做人做事才能有谨慎的态度和戒惧的意念,也才能在复杂的社会中保持清醒与安宁。《菜根谭》上说:“自天子以至于庶人,未有无所畏惧而不亡者也。上畏天,下畏民,畏言官于一时,畏史官于后世。”一个人如果没有敬畏之心,就会肆无忌惮、为所欲为,这样一定会遭到报应。

敬畏之心,是人类在自然规律和社会规则面前所怀有的敬重和畏惧心理,这种心理具有很强的戒律与自省作用,是人不犯常识性错误的保障。人刚来到世上,对任何事物都陌生又好奇,但看到怪异丑陋的生物或极端的自然现象会感到害怕,在后来的成长过程中,随着对自然万物的逐渐感知与认识,加上长辈的警示与引导,或者吃了苦头,逐渐心有所畏,行有所止,幼小时的单纯害怕心理,会逐渐上升为带有敬重成分的敬畏心理。

敬畏,与一般的畏惧不同,它带有几分特别的敬重。人的心里有害怕和敬畏的事物,才会有畏惧和敬重,才知道什么可为、什么不可为。敬畏与怯弱不同,敬畏不是胆小怕事、畏首畏尾。心存敬畏指的是不逾越一定的规矩,能把握处世做人的准则,恪守做人的基本道德。因为在这个世界上,有些东西属于做人的根本,有些东西是绝对不能亵渎的。孔子说:“君子有三畏,畏天命,畏大人,畏圣人之言。”孔子强调的是要敬畏自然,顺应万物生长发育的本性去生活;敬畏那些在人性上具有开创示范作用的典范人物,也包括长辈和有道德学问的人;

敬畏洞悉天地之道并向人们晓以大义的圣人之言。

人从小都是生活在家庭中，家庭成员是天伦至亲，宽容与偏爱实难避免。虽然家庭里也有规矩，但这些规矩不同于社会组织的规矩。人在社会中，不可能像在家里那样随意与任性。社会是靠一些规则来维系的，比如法律、制度、规定等，此外还有一些不成文的规定，像礼仪，道德、习俗等。所以，人在为人处世方面，要敬畏法律，广义上说就是社会的基本规则和各种规章制度，如果违反就要付出代价。再就是道德层面，对那些虽不违法、但明显违背社会伦理道德的事坚决不能做，如果做了必遭人唾骂，受到道义的谴责，败坏自己的名声。

敬畏，是一种很有价值的态度，对一个人具有重要意义。心存敬畏，知道世界上有些东西是不能逾越的，对人会有巨大的自省和自律作用，有利于约束和规范自己的言行，有助于培养良好的道德品质。人有了敬畏之心，才能形成责任感，才谈得上良心、责任、纪律、义务与道德。小学三年级时，你们的班训说得好："自律是最大的自由"，人人都渴望自由，但这种自由必须以遵守法律与道德为前提。世界上可以有不自由的秩序，但绝对不存在没有秩序的自由。要自由就必须有秩序，保护秩序就是保护自由。在学校，违反了校规，就要受到批评和处罚。在社会上，违反了法律就要受到制裁。质言之，敬畏规则才会有公平和自由。

2012 年，一篇报道说某高校考试时，一个班上的十几名同学联合作弊，监考老师当场抓住了其中一名同学。这个同学不得不承认作弊，却把责任全揽了过来，丝毫不涉及其他同学。事后，这个同学被当成了"英雄"，那些作弊的同学夸奖他、赞美他，他也飘飘然以"英雄"自居，以丑为美，是非颠倒，到了恬不知耻的地步。

前些年，另一所知名的北京高校在期末考试后，一次就开除 7 名作弊学生，其中包括 3 名应届毕业生。辛辛苦苦读了几年大学，眼看就要毕业了，就因为一次作弊而被开除，是否处分得太严厉了？校方则明确表示：自从学校定了这条校规，就没有饶恕过一个考试作弊的学生。

还有的人丢人丢到了国外。据报载，一位留学德国的中国高才生，以优异的成绩毕业于德国一名牌大学。他本想在德国找个好工作，可在求职时接连遭到几家大公司的拒绝。不得已只好找到一家小公司，没想到依然被礼貌地拒绝。这位年轻人愤怒了，声言要控告这家公司种族歧视。德国人为他送上一杯茶，告诉他：公司查了他的信用记录，发现他有三次乘公交车逃票而被处罚的记录。

无独有偶，另一位在新加坡留学的中国学生，毕业后准备回国。他高高兴兴到达机场，拿出机票时却被拒绝登机，原因是他从国家图书馆借的一本书逾期未还。

一个人的信誉，就这样被自己轻易地出卖了。这几个例子与其说证明了规则的重要性，不如说诠释了道德的重要性。如果考试作弊、乘车逃票、借书不还而不受到惩处，那么规则便形同虚设。规则一旦失去了它的严肃性，这个社会便没有秩序可言，遵守规则的好人便无法生存。这几个例子反映的都是道德品质问题。道德上出了问题，是不能宽恕的。而且道德污点一旦生成，洗都洗不掉，会永远受到人们的诟病。“不矜细行，终累大德”，千万不要以为一点小事没什么了不起，须知“千里金堤，溃于蚁穴”，如果放松自己，发展下去，后果不堪设想。《增广贤文》里说：“人间私语，天闻若雷。暗室亏心，神目如电。”告诫人们不要心存侥幸，要敬天道，守底线，持操守，这才是一个人安身立命的法宝。

人，缺少了敬畏之心，或许就不再是人，至少不是君子。近些年，大学生失德的事件屡见报端:研究生暴打老父,留日学生机场刺母,药家鑫撞人后杀人,给同宿舍的同学投毒,还有高中生当街打骂母亲等。虽然这些案例都是极端的个案,但其恶劣程度令人发指,激起了全社会的巨大反响,也引起了人们沉痛的反思。大学生的道德水准与社会期待之间的巨大反差,既是对教育的现行评价体系的嘲讽,也在拷问着每一个善良人的心灵。与经济快速发展形成巨大反差的是,社会的道德底线整体下滑,人性中追求财富和享受的欲望消解了道德的约束力,人们本来的道德底线与悲悯情怀,都被功利主义和精致的利己主义所吞噬。诚信与良知,也被追名逐利的疯狂所抛弃,投机钻营、见利忘义与坑蒙拐骗已成了社会沉疴。凡此种种,凸显出人们的道德意识淡薄、法律意识淡薄和法律责任的缺失,甚至缺少对生命的基本敬畏。

有的人犯错或犯罪,常常说是"一念之差",似乎是一时不小心才铸成大错。其实,哪里是"一念之差",折射的都是个人修为的长期铺垫。人,既然生而为人,本该尽一点社会责任与义务,以回报社会与亲朋。如果做不到,只要不损人利己,不干坏事,总是可以做到的。可一些人偏偏不择手段,把自己的利益建立在对他人利益与生命的践踏之上,说到底,是人的道德观念和人生观、价值观出了问题,这些人极端自私,正如孟子所说的"无羞耻之心,非人也"。当人性扭曲到令人惧怕的程度,这个社会就失去了它本来的美好与善良。这种社会环境再加上制度的不完善,对人的影响应当说还是很大的,不少人都是利益在前,道德在后。有的人更因此放松了对自己的要求,唯利是图,不讲道德。文明社会的公序良俗,需要每个公民自觉维护,而敬畏无疑是自觉的开端。

纪晓岚《阅微草堂笔记》中有一个小故事:某年的夏天,一陈姓书生晚上光膀子在神庙的走廊上睡觉,梦里被庙神臭骂一顿,说他没教养，亵渎神灵。书生觉得委屈，辩解说："刚才有几个小贩在大殿里睡觉，不见你去骂？我睡在走廊上，已经够尊敬神灵了。"庙神一听，更加光火："小贩没读过书，我不和他们计较。你一个读书人，难道也不懂礼貌吗?"故事讲完之后，纪晓岚发表了自己的看法："世于违礼之事，动曰某某曾为之。夫不论事之是非，但论事之有无，自古以来，何事不曾有人为之，可一一据以借口乎?"敬畏，是在面临多项选择的时候，灵魂的甘心慑服和自觉遵从。做一件事情，关键要看对不对，而不是看有没有人做过。如果做了错事而不思悔改，反以"别人也是这么干的"为由替自己开脱，那就降低了做人的底线，就是自甘堕落。别人作恶于前，难道自己就可以效尤于后？世上没有这个道理。这个故事告诉我们，做人做事一定要坚守道德标准，不能因环境的不同而有所改变，也不能因有人违犯自己也违犯。对于社会上的各种流弊和失范行为，绝不能随波逐流，要守住做人的道德底线。"举头三尺有神明，不畏人知畏己知"，有些事情，自己做了或许别人根本不知道，但都躲不过良心的拷问，尤其是午夜梦回之际，更是良心最靠近灵魂的时候。

人们常说"道德是最高的法律，法律是最低的道德"，法律法规对人的管理，毕竟是一种强制性的约束，能约束人们的行为，却无法约束人们的思想。只有凭借道德的力量，对自己的心进行有效管理，才是根本性的约束。所以，除了敬畏之外，还必须讲道德。道德不一定能保佑我们成功，却一定能保证我们不会堕落，这就是道德的有效性。孔子说："君子固穷。小人穷，斯滥矣。"是说君子也可能有穷困的时候，但穷不失志，依然保持尊严与高贵，凛然不可犯，不会变得猥琐。小人刚好相反，得意的时候或许还有点样子，一旦穷困或不得志，就会变得下流不堪。其中的根本原因，就在于没有道德。

现在的一些青少年，在种种赞美和宠溺中成长起来，恃宠而骄，狂妄自大，藐视权威和规则，浅薄地卖弄和自高自大，往往使他们自取其辱，甚至招致祸端，根本原因就是少了敬畏之心。敬畏，就是人们在庄严、崇高的事物面前的一种谨慎而尊敬的态度，“在貌为恭，在心为敬”，表现在外就是持身端庄，态度严肃；表现于内就是没有邪念，恭敬持重。古人说：“畏则不敢肆而德以成，无畏则从其所欲而及于祸。”守住自己的价值观和道德底线，未必要作出多大的牺牲，只要心怀敬畏，不违反规矩，不跟着坏的学，不往下比，不被沉沦的世风所裹挟，就是有道德。别人违反纪律，你不能；别人不讲道德，你不能；别人不追求高尚，你不能。守护内心的净土，恪守做人的底线，遵守礼仪、纪律和道德规范，以自己的行为昭示一点正义的希望，起码是一种自救。“举头三尺有神明”，只有心里有所害怕，行为就会有约束，才能在做事之前，保持谨慎而戒惧的态度，人生自然就没有祸患。

从小我们就告诫你要懂规矩、守规矩，时刻检讨自己的起心动念、所作所为，要止恶行善，在道德养成方面不能有丝毫苟且和偏差，这是成长过程中最重要的方面。没有人能佑护你一生，学会在规矩之内行事，是对规则的尊重，更是对自己的保护。孩子，无论如何你都必须遵守规矩，坚持善良，不必担心你的善良没有掌声，不要因为社会的阴暗面而影响你对高尚人格的坚守。人的灵魂之所以高贵，正是源于这种坚守。只要你选择了正义与善良，就要坚定地走下去。

道德不是天生的，完全在于个人的修养。道德的培育和提升，是一个潜移默化的过程，需要从小做起，点滴培养，日积月累，持之以恒。通过读书和师长的教育，对道德规范的认识，确立正确的是非、善恶、荣辱的道德标准，关键是要有自觉意识，要躬行，就是把道德观念转化为具体的道德行为，加强日常修炼，因为只有在行为中，品德才能形成。道德首先是一种实践，善良不能光存在心里，生活中许多有利于他人的小事，举手之劳，便是一种善行。在日常的为人处事中，你要用道德的高标准要求自己，要不断地自我反省，“吾日三省吾身”，自警自省，自觉省察自己的想法与言行，对照道德标准解剖自己，查找不足与欠缺的地方。在修炼的过程中，“勿以善小而不为”，小善的积累，可以强化从善的观念和意志，形成好的行为习惯，自然心智澄明，也就是荀子说的“积善成德，而神明自得”的道理。

道德的培养主要靠自律，自律是一个人安身立命的最好方法，也是走向成功的最佳途径。我们这个社会不缺少规则，尽管国家的法律法规还不十分健全。人们所缺少的是敬畏之心，是道德自律，是对规则的敬畏，是洁身自好的自我约束。正因为如此，才有人胆敢以身试法，结果锒铛入狱。才有的官员以权谋私，在反腐斗争中沦为阶下囚。老子说：“勇于敢则杀，勇于不敢则活。”意思是说，敢于挑战天道人心的必将自取灭亡，敬畏天道人心的则终其天年。面对繁纷世事，常怀敬畏，才会自觉严格要求自己，把握正确的人生航向。无数事实说明，人一定要畏法度、守规矩、讲道德，不做违法乱纪之事，不做伤天害理之事，方是守身处世之道。

另外，还要做到慎独。宋朝人袁采说，慎独就是“处世当无愧于心”，在公众场合或者在有人监督的情况下，按照道德规范做或许还比较容易，但在无人监督的情况下也能按照道德标准去做，则更为重要。因为慎独是最难做到的也是最重要的躬行方式，是一种很高的修养境界，体现了严格要求自己的道德自律精神。做起来尽管不容易，还是要严格要求自己，加强锻炼与修养，使道德规范真正成为自律行为。

道德责任感的确立，必须建立在知耻的基础上。羞耻感就是要有符合道德标准的是非善恶观念，因自己言行的过失而有羞愧之感，感到难为情和不好意思，对自己违背道德的行为而产生的自责心理。朱熹说:“耻便是羞恶之心,人有耻,则能有所不为。”只有知耻,才能分清善与恶,美与丑,才能做到“勿以恶小而为之”。所以,树立正确的是非观、荣辱观和道德观,并努力实践,是我们每个人的立身之本,也是必须承担的道义责任。

道德二字,尽管可以列出许多内容,但说白了,无非是如何看待自己,又如何对待别人。尤其像你这样的青少年,首先要学会处理人与物、人与己的关系,管控自己的物质欲望,增强规矩意识,提升精神追求,把尊重、平等、包容真正落实到人际交往中。讲道德,是约束和要求自己,检视与反省自己的行为,在自己身上力求完美,而不是对别人吹毛求疵。人最大的美德是友善,是好心肠,“与人为善,善莫大焉”。友善就是对别人友好,你不可能去关爱和帮助每一个人,但可以对每一个人都友善。与人为善,就是对人多一点尊重,多一点理解与宽容,多一点悲悯与关爱。怎样为人处世,都体现在日常对人对事的具体选择中,道德也就在这一次次选择中展现出来。

孩子,无论我们多么爱你,也总有鞭长莫及的地方,你必将飞得更高更远,去谱写你生命的绚丽篇章。“德不孤,必有邻”,无论你走到哪里,高尚的道德情操与丰盈的精神世界,都将是你一笔无与伦比的巨大财富!

成功源于坚持

《诗经》里有一句话:“靡不有初,鲜克有终。”意思是说,一件事开始容易,但坚持做到最后却很难。但凡事业上有所成就的人,他们在事业开始的时候,各方面的条件可能并不好,甚至非常困难,但他们以极大的毅力顽强做下去,正是凭着这份执着与坚持,他们走向了成功。相反,现实生活中有的人煞费苦心,为自己设计了一次又一次的开始,却一次又一次半途而废,最终一事无成。

高尔基说:“一个人是可以做到他想做的一切的,需要的只是坚忍不拔的毅力和持久不懈的努力。”任何伟大成就的取得,都离不开坚强的意志。著名作家二月河撰写的《康熙皇帝》《雍正皇帝》和《乾隆皇帝》,风靡全国,好评如潮。他没有上过大学,为了写好这几部书,一头钻进浩瀚的历史资料中,遍阅“二十四史”、先秦诸子百家、清人笔记小说以及野史等。他创作的时候,没用电脑,六百多万字,全是一笔一画写出来的。三九三伏,笔耕不辍。冬天没有暖气,他就使劲把手搓热,握笔写作。夏天的时候炎热难耐,就在脚下放一桶凉水,把双脚放进去,既能降温,又防蚊虫叮咬。夜深困乏难耐时,就拿烟头烫胳膊,以致他的手腕上都是香烟烧的伤痕。虽然二月河也不免感叹“一天到晚就这样转,很苦!”但他努力坚持,向读者呈献出了令人击节赞叹的“落霞三部曲”。他有一句看似很普通的话,却道出了“坚持”的非凡意义:

“我想一个人无论怎样笨，只要认准一件事，每天干它十几个小时，这样坚持一二十年，总会弄出点东西来。”

一百多年前，时任美国总统的伍德罗·威尔逊曾说过：“世界上没有什么东西能取代持之以恒的精神。才华不能——有才华但不成功的人随处可见；天赋不能——有天赋但无回报的几乎是句谚语；教育不能——这个世界挤满了受过教育的被遗弃者。因此，只有顽强与坚韧，才能无往而不胜。”人与人之间最小的差距是智商，最大的差距是能否坚持。一个意志坚强的人，在确立了目标之后，也会有艰难困苦，但面对失败从不屈服，他们意志坚强，充满自信，能够矢志不渝地坚持下去，从而战胜困难，获得成功。坚持，再坚持，是每个苦苦探索的人取得成功的必由之路。

雄心的一半是坚持。人生就像马拉松，获胜的关键不在于起跑时的爆发，而在于一路的坚持。要把学习搞好并进而成就一番事业，实现你的人生追求，没有这种韧性与坚持，是绝不可能的。很多人之所以实现不了自己的理想，很大程度上就是只有理想而没有坚持，缺少坚持不懈的顽强意志。他们往往三分钟热度，浅尝辄止，多少次开始都以虎头蛇尾而收场，多少次失败都是因为半途而废，由于缺乏持之以恒的毅力，到头来一事无成。所以，聪明与天赋，离开了毅力与坚持，一点用都没有。

有的人之所以缺少持之以恒的精神，主要是对事情本身缺少兴趣，被事情复杂而漫长的过程所吓倒。所以，做任何该做的事情，首先要找到兴趣、培养兴趣。这个兴趣，要么来自自己的期待和爱好，做好某件事便会获得愉悦和满足，有一种成就感；要么来自荣誉感，做好某件事便能获得赞赏与荣誉；要么来自使命感，强烈的内心愿望要求自己必须做好某件事，从而产生浓厚的兴趣和不竭的动力，于是全身心地投入其中。把事情做好需要有兴趣，但不能有功利主义，不要指望马上得到回报，如果期望得到的回报未能马上兑现，很容易使人放松努力，产生懈怠情绪，从而难以取得成功。

成功是付出、再付出的长期积淀，是耐得住寂寞的恒久坚持。不要总想着什么时候能得到回报，你只要确定那件事该做并努力去做，就够了。成功是不断积累后的爆发，你付出1%的努力，收获可能是零；付出50%的努力，收获还是零；甚至付出90%的努力，结果还是一样。但当你付出100%努力的时候，你的收获就会是一万、十万、甚至百万！

任何成功都不是一蹴而就的，而是一步一步熬出来的。曾国藩天资并不聪明，但他的成就超过许多聪明人，这得益于他的勤奋与坚持。他说："人而无恒，终身一无所成。"在给儿子的信中他写道："困时切莫间断，熬过此关，便可少进。再进再困，再熬再奋，自有亨通精进之日。不特习字，凡事皆有极困极难之时，打得通的，便是好汉。"普通人做一件事能坚持几个月就不容易了，而曾国藩在日理万机的情况下，在修身、读书、练字、写日记、写家书等方面坚持了大半辈子，即使是战争最激烈、最忙碌的时候也从未停止，"虽极忙，亦须了本日功课，不以昨日耽搁而今日补做，不以明日有事而今日预做。"这是"咬定青山不放松"的坚守，是以拙胜巧的大智慧。

潜意识作祟是不能持之以恒的另一个原因。我们做一件事并开始付诸行动的时候，第一次遇到困难或阻碍时，可能会产生灰心情绪，大教育家培根说："灰心生失望，失望生动摇，动摇生失败。"一旦你觉得"好难啊，我做不了"，久而久之，"做不了"就成了你难以逾越的心理障碍，制约了你的能力发挥，也屏蔽了你的灵感。如此这般，慢慢地你就缴械了，这是自我暗示的可怕模式，是导致心态越来越差的死循环。

每个人都有潜在的力量，只是容易被习惯所掩盖，被惰性所消磨。我们只要从以往的成功中培养起自信思维，把自己推向自我暗示的积极方面，培养“舍我其谁”的英雄气概，就一定能战胜困难，无往而不胜。

“水滴石穿，绳锯木断”，坚持的力量是巨大的，即使是相对容易坚持的事情，比如学习上一些必要的步骤和环节，只要认真坚持做好，不偷懒，不间断，其效果都是惊人的：坚持课前预习，在书上圈点勾画，听课的效果就更好；坚持早上朗读英语和语文课文，就能明显增强语感和记忆；坚持课堂上做笔记，听课就更有效率；坚持及时复习，就能巩固知识，加深理解；坚持每天练字，就能笔走龙蛇。让你变得出类拔萃的，正是这种老老实实的态度，是认真而持久的坚持。别人还没开始，你已经在做了。别人已经停止，你还在继续。别人准备放弃，你仍然在进行。伟大的成就总是跟随在一连串小的成功之后，这些举动毫不起眼，也不费力，但长期坚持下去，你就一定越来越优秀。

法国著名微生物学家和化学家巴斯德在回答青年们提问时说过一句话：“告诉你使我达到目标的奥秘吧，我唯一的力量就是我的坚持精神。”能够创造奇迹的人，凭的不仅是一时的勇气，而是把最初的勇气坚持到底。从理论上说，每个人都能成为伟人式的人物，但很多人之所以成为不了，一是不能刻苦，二是不能持久，过早地放弃了。人们缺少的不是能力，而是毅力，越接近成功越困难，越需要坚持。只有坚持，才能突破成功的临界点，取得最后的胜利。马云说过：“今天很残酷，明天更残酷，后天很美好。但是大多数人都死在明天晚上，看不到后天的太阳。”许多人都是败给了一步之遥的坚持，败给了最后一点坚守。在没有完全成功的时候选择放弃，付出的所有努力都前功尽弃。

当今的社会，价值观念的多元与五光十色的诱惑，会对人的心灵不时造成冲击，使一些年轻人对道路的选择与当下的生存状态产生迷茫与怀疑，于是便产生浮躁、困惑与烦恼。一些人虽然做出了自己的选择，但缺少一种非要把事情干到底不可的精神，要么遇到困难就动摇，甚至选择放弃；要么见异思迁，又尝试去干别的事情，结果到头来一事无成。还有的人起初也有美好的憧憬和远大的理想，但随着时光的流逝，当初的雄心壮志化作了虚无。有的人总结不成功的教训，总是把客观困难蓄意放大，而把自身的过错刻意隐藏。也许是由于在急功近利的氛围中长大，许多年轻人缺乏成大事的坚韧与毅力，脑子里充满了不切实际的幻想，总想一步登天，既不能静下心来读几本能让自己终身受益的书，又不安心把本职工作做好。这种人的不成功是不努力，更是缺乏持之以恒的精神。

现实生活中，有的人一遇到困难就动摇，他们首先想到的是失败以及失败的后果，而没有勇气去设想成功的喜悦。这种心态使他们在做事的过程中，不为成功想办法，总为失败找借口，以至于把本来有可能的事变得完全没有可能。可见，过分强调困难，其实是欺骗自己的借口，是让自己感觉比较舒服的托词。人还有一个毛病，往往把自己的成功归功于内在因素，如个人努力和不怕困难等，而把失败归因于外在因素，如没有背景、机遇不好等；但在评价别人时，说法则正好相反。凡此种种，只不过是为了给自己开脱，除了使自己得到一丝慰藉外，一点用都没有。有的人还总是用“听天由命”来解释自己的失败，却压根儿不知道，“听天由命”的真正含义，是竭尽全力后的平静面对，而不是懦夫式的不战而降。当今社会，学习上没有好成绩等于零，工作上没有好业绩等于零，人们只关心你的成就，压根儿没有人在意你所谓的理由。

《药言》中有一段话，可谓切中要害：“凡人病根多在无恒，尝见读书无恒，习业无恒者，多无成就。亦无好结果；非夭则贫耳。”意思是说，一般人的病根多是没有恒心，曾见过读书没有恒心的人，做事没有恒心的人，这些人大多一事无成，也没好结果，不是早死，就是受穷。人都有自己美好的理想，缺少的是为实现这个理想而严格管理自己的能力。一个好习惯的养成，需要对自己严格管理，持之以恒的坚持需要对自己严格管理，抵御种种诱惑更需要对自己严格管理。自律与坚持，是人生成功的密码，没有强烈的自我管理意识和强大的自律能力，不能同自己的懒惰、闲散和怯懦做斗争，很难实现美好的梦想。意志的磨炼需要心灵的宁静，你必须远离门外的繁华，坚定理想，戒除浮躁，不被灯红酒绿所诱惑，也不被尘世和陋俗所裹挟，始终保持澄澈的心灵和追逐梦想的激情，默默地坚持下去，心中的理想就一定会实现。

自律需要持续性，三分钟热度无济于事。持之以恒是一种自觉行为，要学会自我控制和自我监督。你不自我控制，别人就会控制你，事情就是如此简单。我知道你有上一流大学的愿望，实现这个愿望的保证是勤奋的态度和坚韧的毅力。人贵有志，学贵有恒。当你选择了目标，就要坚定地走下去，不为困难所动摇，不为诱惑所迷惑，不为安逸舒适所消磨，不屈不挠，奋力拼搏。不要步意志薄弱者的后尘，不要做会令你后悔一辈子的事。任何努力都不会白费，梦想的距离或许就差一个坚持，度过了关键的再坚持，就是命运的绚丽春天。遇到困难时，无论你深夜里怎么痛哭都没有用，只有战胜它。人生只能靠自己，生活总是给执着的人提供机会，只有意志坚强的人，才能把命运掌握在自己手里。心理学家总结过这样的规律：自律的前期是兴奋的，中期是痛苦的，后期是享受的。对自己严格一点，时间长了，自律就成了一种习惯，会带给你发自内心的平静与享受，你的人格就因此变得更加完美。

坚持不懈的背后，不是激情，而是强大的动机。正如艾利克森在

《刻意练习》中所说:“只要动机充足,再辛苦的事情,人们也能坚持。”而强大又持久的动机,则来自内心对目标的极度渴望,这是人能够甘愿披星戴月去做事的真正动力。对人生成功的极度渴望和坚持不懈的努力,是绝对不会被辜负的!

坚持是意志的试金石,意志就是人在实现既定目标的活动中,自觉行动、坚持不懈、克服困难所表现出来的心理素质,是人在改变和创造命运的奋斗中,能保证你不断进步、由弱到强、最后实现质的飞跃的巨大力量。坚持就是以顽强不屈的精神去做一项自己该做的事业,不达目的绝不罢休的精神。坚持不仅是积极有为的心态,也是乐观自信的体现。很多情况下,客观的困难和外在的打击并不足以置人于死地,而脆弱的心理才是真正的元凶。你若不想做,总会找一个借口;你若想做,总会有办法。人往往不是被困难打败的,而是被自己打败的。《道德经》说:“慎终如始,则无败事。”所以,必须对自己懒惰、闲散和不坚定的意志保持足够的警惕,并进行严格的约束和限制,保持必胜的信念和不畏困难的坚强意志,顽强地坚持下去,就一定能取得最后的胜利。

坚持二字,说说容易,真要做到却不容易。因为坚持需要意志、需要时间,还要忍受孤独和寂寞。在坚持的过程中,可能会比较顺利,也可能会有意想不到的困难,要有足够的思想准备。要想在茫茫人海中脱颖而出,就必须忍受破茧成蝶之痛,必须比别人更有毅力。在当今这个竞争越来越激烈的时代,没有哪一种成功是一蹴而就的。要想取得成功,必然要经历磨难与考验,这就需要用顽强的毅力去披荆斩棘,方能谱写出绚丽的生命华章。

一个人的一生要做成一件事,会面临许多困难和挑战,有没有坚忍不拔的意志,是能不能到达胜利彼岸的基本条件。成功的路上并不拥挤，因为坚持的人并不多，拼到最后，拼的就是坚持。成功的人会改变方法，但决不放弃目标。法国伟大的启蒙思想家布封曾经说过："天才就是长期的坚持不懈。"坚持是更高境界的努力，坚持，虽然不是立竿见影的成功，但一定会成功。一个人只要具有坚定的意志，在自己所选定的目标上坚持不懈，每天都有一点突破、一点进步，朝着正确的方向持续做下去，就一定能成就一个不平凡的人生。

上天总是眷顾有理想并愿意为之坚持努力的人。无论回顾历史，还是环顾四周，不难发现成功者身上的一个共同特点，那就是坚持。"小米科技"的创始人雷军在武汉大学2015年毕业典礼的演讲中说：在大学期间，与同学相比，"我觉得最大的不一样，是我比他们更早地确立了人生的梦想，并且付诸实践，这是我给大家的第一个建议。我给自己定的第一个目标是两年修完大学的所有课程。从那一天开始，我真的修了两倍的学分。当我有这个梦想后我真的去试了，发现其实也不难……有梦想容易，努力去实现也不是很难，但是坚持梦想却很难。我要问的是：5年后、10年后、20年后、25年后，你们还有没有坚持梦想的勇气和决心？你们相不相信坚持梦想的力量？这就是我想讲的两点。"

常年坚持不懈，其实就是熬。任何伟大都是熬出来的，为什么说是熬？因为别人忍受不了的寂寞与孤独，你能忍受；别人缺乏的毅力与执着，你有；别人在脆弱的时候需要安慰和鼓励，你不需要；别人受不了的挫折和委屈，你能承受。林语堂说："捧着一把茶壶，把人生煎熬到最本质的精髓。"人生的成功，其实都是熬出来的。熬，就是坚持、坚持、再坚持。熬，是能量的积蓄，是厚积薄发，更是生命的升华。默默地熬，咬着牙熬，熬过难熬，熬到风云际会之时便会一飞冲天！

要做成一件事未必如想象的那么难，人之所以没有取得预期的成就，就是缺乏多做一点、做好一点的长期坚持。人与人之间，一两天的差距是看不出来的。等到看出差距，就不是一两天的功夫，这就是坚持的力量。须知“绵绵用力，久久为功”，只问耕耘，不问收获，坚持下去，必定硕果累累。所有的优秀与成功都是漫长时间积累的结果，你不要害怕这样做会很累，只要把梦想置于最高位置，每天向她靠近一点，养成足以使自己更加优秀的行为方式和习惯，你不仅不觉得辛苦，反而会觉得很充实、很开心，自己也就越来越优秀。

1948 年，牛津大学邀请丘吉尔去演讲，演讲的主题是“成功的秘诀”，会场上座无虚席，人山人海。丘吉尔走上讲台，用手势止住了大家热烈的掌声，说:“我的成功秘诀有三个:第一是决不放弃;第二是决不、决不放弃;第三是决不、决不、决不放弃！我的演讲完了，谢谢!”说完便走下讲台。会场沉默了一分钟后，突然爆发出经久不息的雷鸣般的掌声。

“只有顽强与坚韧，才能无往而不胜。”记住美国总统柯立芝这句话，坚持吧，掌声终有一天会为你响起！

与优秀人士交往

人这一辈子，都会有朋友。人的生活和工作，彼此需要交流、沟通和帮助，在这个过程中，人与人之间产生了友谊，就有了朋友。

曾国藩说："择友乃人生第一要义。一生之成败，皆关乎朋友之贤否，不可不慎也！"选择和什么样的人交往，是一件非常重要的事，因为朋友会潜移默化地影响你对生活的态度，改变你的成长轨迹，决定你的人生成败。

一个人的志趣、爱好、品德和事业等，都会受到朋友的影响，有的是好影响，有的是坏影响。人的一生如果交上好的朋友，不仅能够得到情感上的慰藉，而且能够得到及时的指点与帮助，相互砥砺，共同前进，成为事业成功的重要促进力量。如果交上坏朋友，则很容易堕落，毁了自己的一生。从这个意义上说，选择朋友就是选择命运。

社会是分为阶层的，一个人成长在什么阶层里、和什么样的人交朋友，基本上就决定了他有什么样的命运。如果说还有天分和个人努力的因素，顶多也就是那个特定阶层里的优劣之分。因为你的很多想法和行为，包括生活方式和习惯，都会受到周围朋友的熏陶和影响。你平时交往最多的人，对你的影响最深，他们也在很大程度上决定了你的人生层次。

不知你是否意识到，人不论从事什么职业，其实都是生活在一个特定的圈子里。真正影响你的生活、对你有决定性影响的就是那个圈子。由于经历、工作、志趣和秉性等原因,人会自然而然地形成一个相互认同、来往密切的圈子。这个圈子一旦形成,对人的影响非常大,你的喜怒哀乐在里面,你工作之余的全部生活都在里面,对你来说,那就是你的世界。

这种常态的圈子固然很重要,但基本上只能满足人们的信息交流与情感沟通,或者承担磋商探讨与相互帮忙的功能。尽管你对这个圈子感到比较舒适,但对于开阔视野、提升层次与指导人生,基本上不会有太大作用。因为跟和自己差不多的人交往,大家的所见所闻、所思所想不会有太大差异,彼此的同质性局限了人们的视野,也禁锢了人们的思想,从而丧失了进步的标准和动力。要想使自己的人生更加精彩,你就必须结交比你更优秀的人,在人生理想、境界、意志、作风、思维方式等方面向高端人士看齐。清朝人申涵光在他的《荆园进语》中说:"凡弈棋,与胜己者对,则日进;与不如己者对,则日退。取友之道,亦然。"这句话的意思很明白,下棋,要与比自己棋艺高的人对阵才能得到提高;与不如自己的人下棋,只会使自己的棋艺越来越差。交朋友也是同样道理,"结交需胜己,似我不如无",要想使自己更加优秀,就要设法多与优秀的人士交往才行。

高尔基说过:"应该努力跟那些比你强、比你聪明的人做朋友。"这里所说的比我们强的人,是指在人格、品德、思想、学问、能力、境界等方面比我们优秀的人。与这样的人交朋友,会使自己受到良好的熏陶和影响,会潜移默化地影响你的生活态度,开阔你的视野,激励你在事业上努力拼搏。这种熏陶和激励的力量是无法估量的,能把你引上更加辉煌的成功之路。正因为如此,才有了"昔孟母,择邻处"和南北朝时"宋季雅千金买邻"的故事。优秀的人都具有一些优秀的特质,他们有坚定的信念，不仅有明确的人生目标，而且坚信一定能够实现；他们目标远大，有抱负、有理想，孜孜以求的就是实现自己的理想，不会把时间和精力抛掷在生活的轻松和舒适里，更不会在无聊的琐事上停留目光；他们意志比较坚强，不怕困难和挫折，敢于面对挑战；他们锐意进取、从不懈怠，没有懒散、空虚和无聊的习气。其他优秀的方面可能还有很多，但一般来说，优秀的人士普遍具有上述品质，这正是他们之所以优秀的原因。

比尔·盖茨说过："和那些优秀的人接触，你会受到良好的影响。"与优秀的人交朋友，不只是拓展自己的人脉关系，最重要的是学习他们的成功经验，感受做人的道理。优秀的人一般拥有与众不同的思维方式，你学会了这种思维方式，就能实现人生的跨越。当你站到一个更高的平台上，你就会有更开阔的视野、更宽广的胸怀，自然就会有更高的人生目标。人是唯一能接受暗示的动物，积极的暗示，会对人的心情和生理状态产生良好影响，激发人的内在潜能，使人的水平得以充分甚至超常发挥。与勤奋的人在一起，你不会虚度时光；与高尚的人在一起，你的行为也会高尚起来。如果你的朋友都是积极向上的人，你必定也是一个奋发有为的人。反之亦然，如果你经常和一些不思进取的人厮混，自己也会慢慢堕落。从某种意义上说，你与之交往的人，就是你的未来。

《荀子》中说："学莫便乎近其人。"是说学习没有比亲近良师和高人更便捷的了。人的学问与识见，读书学习固然重要，但并不只是一味埋头苦读，还需要向学识渊博的人学习。俗话说："听君一席话，胜读十年书。"说的就是与人交流、得到高人指点的重要性。所谓高人，是指学识渊博、经验丰富的人，这样的人往往思想深刻、见识非凡，与他们交谈，常能有幡然醒悟、豁然开朗之感，他们能对你指点迷津，启迪你的思想。与这样的良师益友多交流沟通，无疑对你是大有裨益的。这些年，许多民营企业的老板，不惜花高昂的学费去读EMBA，其实，他们在很大程度上就是想在这样一个商界精英聚集的地方，结识一些朋友，以开阔视野、拓展高端的人脉关系，为自己事业的发展搭建更好的平台。

俗话说："近朱者赤，近墨者黑。"确实很有道理。不仅如此，而且是近小者小，近大者大。朋友的影响力非常大，大到可以改变一个人的一生，正反两方面的许多例子都反复说明了这一点。与优秀人士交往，你会清醒地认识到自己的差距和不足。与优秀人士接触多了，你的眼界就会变得开阔，你关注和思考的问题的层次就会提高，你思考问题的角度和方法就会改变，变得高人一筹。更重要的是，你会思考与总结过去走过的路，重新审视自己的未来。对自己的要求以及努力的方向，都会发生巨大的变化。这种变化是根本性的，是眼界的开阔与层次的提升。所以说，能够结交高水平的人士，是人生的一大幸事。

交友互利是人之常情，但也不能单纯功利性交友，朋友之间还有思想交流、信息沟通、情感抚慰、怡情怡性的作用。朋友固然很重要，但也不能太多太滥。事实上，高质量的好朋友不可多得，能有几个就很不错了。有的人朋友一大堆，忙得不亦乐乎，其实是一种虚假繁荣。要学会区分真朋友与泛泛之交，经常打交道但无思想与心灵沟通的人，不能算作朋友。朋友不能批量生产，讲圈子的是团伙，讲利益的是帮派，都不是朋友。真正有本事的人比较喜欢思考与独处，他们不把时间花在无聊的事情上，尤其是吃喝玩乐、逢场作戏。他们懂得和有些人走得太近，并不是什么好事。"君子之交淡如水"，真正的友谊是建立在道义基础上的，高雅纯洁，不需要客套，不需要象征性的世俗礼节，交往也不必频繁。但如果对方有需要，另一方则会鼎力相助。

与优秀人士交朋友，需要克服心理障碍。现实生活中，有些人不敢、甚至害怕与成功人士交往，或许是感觉差距太大而自惭形秽，或许是担心插不上话而尴尬，他们宁愿选择避开或逃离。这是一种不自信的表现，潜意识中是固步自封与不求上进。再比如昔日的同学或朋友私下相聚的时候，有的人总找那些混得和自己差不多或者不如自己的人，而绝不会找那些出类拔萃的同学，这样，感觉上就比较轻松，甚至有某种优越感。殊不知这样交朋友，很难获得进步与提升，甚至会有负面作用和影响。

与优秀人士交往，必须加强自身的学习。对可能谈及的热门话题，要有所准备，否则便难以交流。对于跨界领域的优秀人士，要注意社交的差异性，可读一些他们的著作，设法参加他们的讲座或座谈会，创造交往与学习的机会，而不是攀附。如果总是极力攀附优秀的人，难免变成单向索取，形成社交的依附关系，对自己并没有多大好处。

我们所说的优秀人士，不包括那些暴富起来的人。改革开放后，确实在短时间里涌现出了一些富豪，其中有的给人的印象不佳，他们出手阔绰，追求炫耀式消费。虽然很有钱，但缺少慈悲情怀，也没有社会责任感，对公共事务不感兴趣，没有社会影响力。尽管他们腰缠万贯，内心世界却比较苍白，读书不多，品位并不高雅。

恩格斯说:“人创造环境，同样，环境也创造人。”朋友对人的影响大，环境对人的影响同样非常大。一所学校、一个家族、一个村庄，往往人才辈出，并不意味着那个地方的人更聪明，而是那个地方有良好的读书育人的风气和传统，人们相互影响，形成了人才成长的沃土。

还记得在《一勤天下无难事》一文中给你讲的清华大学与哈佛大学的场景吧，大学的环境与设施差不多都一样，重要的是传统和氛围，是里面的人的做事标准与思维方式，是那种追求卓越、力求完美的精神风貌，是勇于拼搏、不甘人后的奋斗精神。好学校长期形成的相互激励、互相促进的浓厚氛围与优良传统，会给学生以潜移默化的积极影响和润物无声的熏陶，从而铸就青年学子刚毅的性格和力求完美的优秀品质。俗话说："蓬生麻中，不扶而直。"就是这个道理。可见环境的影响是巨大的，群体行为对个体的约束和规范作用也是巨大的，这才是人们拼命要选择好学校的根本原因。由此你要明白一个道理，人在生命的各个阶段，都要敢于给自己提出高标准、占据高的平台，努力站到优秀者的行列里。只有这样，你才会不断更上层楼，使自己更加优秀。

环境对人的影响巨大而深远，甚至是决定性的。荀子说："居必择乡，游必就士。"是说居住要选择风俗纯美之乡，交游必须接近贤德之士。环境能改变人的认知，是人格形成的必要条件。环境不仅能影响一个人，还能改变与造就一个人。与优秀的人在一起，对人的情绪和生理状态会产生良好影响，激发人的内在潜能，使人进取，催人奋进，这就是"近朱者赤，近墨者黑"的道理。环境，不仅仅是你学习、生活的场所，更重要的是这个场所里你每天接触的人，是这些人的品德修养与进取精神，是他们都在做什么、想什么，表现出一种什么样的精神风貌与追求。说到底，真正影响我们的还是人。

交朋友从来都是一门大学问，一定要甄别筛选、分清益损，择善而交。曾国藩很重视交朋友，特别注意结交那些德才兼备的人，他的成功，与所交朋友关系甚大。当年他在闭塞的乡下，因交不到好朋友而苦恼，他在给弟弟的信中说："乡间无朋友，实是第一恨事。不唯无益，且有大损。习俗染人，所谓与鲍鱼处，亦与之俱化也。"通观他的朋友，个个胸怀大志，满腹经纶，有赏识提拔他的、有出谋划策的、有危难之际为他两肋插刀的，都为他的成功发挥了重要作用。曾国藩总结了交友的"八交九不交"原则，你不妨学习与参考："八交：胜己者，盛德者，趣味者，肯吃亏者，直言者，志趣广大者，惠在当厄者，体人者。九不交:志不同者,谀人者,恩怨颠倒者,好占便宜者,全无性情者,不孝不悌者,愚人者,落井下石者,德薄者。”

朋友固然很重要,但对于青少年来说,结交朋友要特别谨慎。进入青春期后,青少年会遇到一些前所未有的问题,心理上试图摆脱对成人的依赖,他们更愿意向同龄伙伴倾诉心事,寻求理解和帮助,特别渴望友谊。同伴之间的相互认同对他们来说格外重要,甚至超过家长和老师对他们的影响。这个时候的青少年,容易把感情融洽作为交友的首要标准,愿意与兴趣、爱好、想法、成绩差不多的同学交往,注重能否谈得来,寻求心理上的相似性与亲近性,以情感代替理智,对此你要保持警惕。在结交朋友时,你要特别重视交友标准,首先看品德,其次看志向,要把握好这一点。可适当提高交友门槛,结交那些正直善良、有是非观念、遵守纪律、有良好生活习惯、有理想追求和刻苦学习的同学。此外,还要特别防止江湖义气,避免拉帮结派,这两种倾向容易混淆是非界限,使人误入歧途。古人说:“靡俗不交,恶党不入,可以立身。”告诫人们不要跟风参加一些低俗的活动,不要结交有坏习惯的人。特别要远离那些品行不端、纪律散漫的人,远离没有人生原则、不求上进的人,这对你的成长至关重要。物以类聚,人以群分。结交什么样的朋友,就预示着什么样的未来。

美国前总统尼克松有一段话说得非常好,特抄录如下供你自勉:“我们每一个人几乎都是模仿着身边人长大,步着他人的后尘做事的。”他特别强调:“既然我们都是模仿身边人长大、步着别人的后尘做事的,为什么不去模仿那些伟大的人物、步着他们的后尘呢?尽管,我们模仿伟大的人物、步着他们的后尘,今生也可能成就不了他们那样的伟大,但是,我们绝对不会成为一般人,一定能够成为一个卓越不凡的人。”

人生多歧路。与优秀人士交往,你的人生之旅将更加顺畅与通达。

低调为人成大器

富兰克林有一次到导师家去拜访，进门的时候，由于门框比较低，他的头被狠狠地磕了一下。出来迎接的前辈微笑着对富兰克林说："很疼是吧？可是，这应该是你今天拜访我的最大收获。你要记住，要想平安无事地活在这人世间，你就必须时时记得低头。"从此以后，富兰克林把"记得低头"作为处世的座右铭。

人的一生当中，不可能总是一帆风顺，总会遇到各种各样的困难和挫折，有的是客观困难，有的则是人为障碍。要想顺利地跨越这些障碍，有时候需要拼搏，有时候则需要智慧，要适时低头，才能绕过障碍。如果非要昂起自己的头，逞匹夫之勇，不仅于事无补，还会碰得头破血流。只有懂得适时低头的人，才能避免无谓的牺牲、减少风险，为自己创造更好的发展机会和条件。为人处世，要知进退，适时弯腰，避免正面冲撞，才是正确的选择。特别是遇到比自己强的对手，更要懂得让步，以退为进。

适当的时候低低头，并非委曲求全的懦弱，而是大智若愚的谦卑。但也不是无原则的妥协，而是理智地忍让与忍耐，是"留得青山在，不怕没柴烧"的深谋远虑。人生当自强，但不能逞强。必要的时候示弱，是一种策略运用，是特定条件下的隐忍，能够避开危险的冲撞，有利于自己的长远发展。勾践卧薪尝胆、韩信胯下之辱，都诠释了"小不忍则乱大谋”的低头智慧。在这个处处充满激烈竞争的社会里，为了实现自己的理想，让生命开出绚丽的花朵，该低头的时候必须低头，该忍的时候一定要忍。忍得一时的无奈，学会暂时的委曲求全，才能避免无谓的牺牲，赢得最后的成功。“君子所取者远，则必有所待；所就者大，则必有所忍。”看事通透，适时退让，当你举重若轻地从危机中走出来时，你会发现，一次善意的低头，其实是一种难得的境界，是清醒中的一次嬗变经营。

低调的人是生活中的智者，他们的低调，源于谦和的品格，是在清醒的自我认识基础上衍生出的人生态度。他们志存高远、清净内敛，才高而不自诩。一个人的内心越是深邃丰盈，表面就越淡然安宁、平和恬静。正因为如此，他们才避免了许多不必要的干扰与纷争，远离了是非旋涡，专心于自己的事业，进而取得骄人的成就。在利益和是非面前能笑着低头的人，都是聪明人。你不妨留意观察，不论在任何地方，能够持久、良性发展的人，往往都是谨言慎行、恪守低调作风的人。

人都有自尊心。与人相处时，都希望平等交流，不喜欢别人高高在上。当你摆出教导人的样子时，会让人不舒服，即使你说得再正确，别人也会反感。现实生活中，有的人自命不凡，以为自己懂得多，好为人师，喜欢对别人评头论足。其实，这样的人未必有多少知识，只是喜欢卖弄罢了。《孟子·离娄上》中说：“人之患在好为人师。”意思是说，人的弊端在于喜欢当别人的老师，挑剔别人以显示自己博学。一个人如果喜欢张扬与卖弄，不管他多优秀，一定会遭到明枪暗箭的打击。高调会让别人不舒服，容易使周围的人产生危机感，无形中就给自己树立了敌人。何况，人多少都有嫉妒心，看到比自己强的人，心里难免不平衡，进而无端生恶。“满招损，谦受益”，有才华但喜欢炫耀的人，往往吃大亏而不自知。曾国藩说:“为君藏锋,可以及远;为臣藏锋,可以及大;讷于言,慎于行,乃吉凶安危之关,成败存亡之键也!”自古成大事者都是小心谨慎、隐藏锋芒的人,真正的有钱人从不露富,真正有学问的人从不招摇。“出头的椽子先烂”,喜欢卖弄和炫耀的人,注定是要倒霉的。

人都希望得到别人的认可与尊重,都在自觉不自觉地维护自己的形象与尊严。与人交往中,如果你爱出风头、喜欢炫耀,则会损害别人的利益。如果你盛气凌人、妄自尊大,总想显示你的能耐和优越感,实际上就是在蔑视别人的自尊,自然会引起别人的排斥与敌对心理。小学一年级的时候,放学集合时轮流举班牌领队,每人一天。你偏要多举一天,为此还与同学发生了冲突。这是小孩子性情,虽不值得大惊小怪,却说明你压制了别人的表现空间,人家就会不依不饶。小孩子不会隐忍,当场发作,成年人虽会隐忍而不发作,但心里一定会产生不满与忌恨,二者本质上并无不同。所以,一定要明白低调做人的道理,任何时候都不要张扬,对抛头露面的事谦虚礼让、不争不抢。无论你取得了多么大的成绩,都不要把自己看得太重。

应当承认,人是有嫉妒心的。看到别人强过自己,心里就会酸溜溜的不是滋味,从而产生羡慕、怨恨、失望甚至愤怒的复杂情感。你的学问好,就让别人觉得浅薄无知;你长得漂亮,无形中就显得别人丑;你若精明强干,就置别人于无能;你若一身名牌,就显得别人寒酸。你有任何的好,都可能会让别人相形失色,招来别人的嫉妒,从而给自己带来不必要的麻烦。一个人的光芒过于炫目,或多或少总会刺伤别人,尽管那并非你的本意。所以,你千万不能有嫉妒心,那对自己是一种伤害。如果自己在某个方面不如人,就应向人家学习,化嫉妒为动力,努力赶超。如果你在某个方面比较优秀,则应谦虚低调,夹着尾巴做人，以不引起别人的嫉妒之心。古往今来，死于锋芒毕露、个性张扬的人不胜枚举。低调藏拙、韬光养晦才是做人的智慧，能够避免不必要的伤害，远离是非和各种算计，减少前进的障碍。

不要说行为高调、盛气凌人，即使你在言行上表露出优越的心理，就会给别人造成压力，引起别人的反感。有一个真实的小故事：英国大文豪萧伯纳一天下午闲暇无事，同一个不相识的小女孩儿玩耍聊天。黄昏来临时，萧伯纳对小女孩儿说："回去告诉你妈妈，说萧伯纳先生同你玩了一个下午。"没料到小女孩儿马上回敬一句："你也回去告诉你妈妈，就说玛丽和你玩了一个下午。"萧伯纳听后感触良多，后来他常对别人讲：人，切不可把自己看得太重。

尤其要注意的是，在一个单位里，如果你的能力强过别人，而自己又不注意收敛和低调，那就比较危险。当你的光芒太过耀眼时，会使领导和周围的人相形见绌。一旦他们起了嫉妒之心，则你必有麻烦。所以，低调是最好的防身术，是明哲保身的最佳策略，能避免许多麻烦。明朝的思想家洪应明说过："君子之心思，天青日白，不可使人不知；君子之才华，玉韫珠藏，不可使人易知。"聪明人一定要学会隐忍，懂得低调，不要过于显露自己的才华，甚至应有意识地掩饰自己的才能，千万不能恃才傲物。谦虚谨慎是低调做人的首要因素，不管你能力多强，都不要逞能，谦虚能赢得别人的尊重。生活中没那么多你死我活，懂得在不伤害大原则下低头与谦让，懂得为别人的成功喝彩，人际关系自然和谐，前进的路上自然会少许多坎坷与障碍。

西塞罗说过："当我们走鸿运、事事如愿以偿时，切不可忘乎所以，盛气凌人。因为成功时趾高气扬与遭厄运时悲观丧气，都是一种浅薄和脆弱的表现。而在任何情况下都保持一种平静的心情、恒定的态度和同样的面孔，则是一件好事。"做人谦虚稳重，不骄不躁，在人际关系中更容易得到认可与信任，对自己也是一种很好的修炼，更彰显一个人的深度与内涵。初涉世事的年轻人，个性张扬，率性而为，觉得自己了不起，凡事都要抢风头，结果到处碰壁，这种例子很多。其实，这样的人不见得有多大能耐，他们的高调与张扬，恰恰暴露了自己的浅薄与无知。你千万不要重复他人的错误，做人要沉稳持重，杜绝浅薄和无聊，处事淡定从容，拥有沉稳而儒雅的风度和人格魅力，平稳顺畅地走好人生之路。

低调的姿态源自低调的心态，低调做人不是故意示弱，更不是任由别人欺负，而是要理解低调的道理，知道个人的局限与渺小，懂得“山外有山，天外有天”，敬畏一切永恒与博大。人有了大格局，才能知道自己的不足，从而从内心深处选择低调。相对于浩瀚的知识海洋，我们知道的不过是皮毛。“吾生也有涯，而知也无涯”，学无止境，即使你比较优秀，那也只是在某一个方面，而且仅仅相对于一个小群体，实在算不了什么，比我们有能耐的人多得是。考试得了满分，那是应该的；工作取得了成绩，受到领导表扬，那也是应该的。即便取得了突出的成绩，那还是应该的，不值得骄傲。即使将来功成名就，也要有这样的心态和认识，常怀戒惧、兢兢业业，保持平和冷静。何况，“尺有所短，寸有所长”，你一定也有不如人的地方，不能总以己之长比人之短。所以，眼界要开阔，要知道自己的缺陷与不足，切忌浅薄，莫做井底之蛙。要学会用平和的心态看待一切，有了这样的心态，卑微时可以安贫乐道、豁达大度，显赫时持盈若亏、谦虚谨慎。古语说：“天不言自高，地不言自厚。”如果自己真有本事，事实自会说话，根本用不着刻意的夸张与表演来博取别人的眼球。

在做人的姿态上要低调，要学会谦卑待人。谦卑是为人处世的黄金法则，懂得谦卑，秉持与人为善的原则，自然会得到人们的尊重。成熟的人低调温润，但一点也不影响别人对他的肯定与尊敬。亚里士多德说过：“高标准的目标和低姿态的言行和谐统一，才能造就厚重而辉煌的人生。”与人相处时摆正自己的位置，不争先、不越位，谦恭待人。无论是强者还是弱者，也无论是尊贵的人还是卑微的人，都要尊重。做任何事情都要审时度势，收敛锋芒，把握尺度。不要夸大自己的能力和功劳，不出风头，不过多表现自己，避免引火烧身。在公众场合不要急于表现自己，需要自己发言或做事的时候，也要用恰当的语言和方式，态度委婉，言辞低调，把握好分寸。《道德经》中说：“是以圣人后其身而身先，外其身而身存。”告诉我们谦虚退让反而能保持名声，炫耀高调往往适得其反。

需要注意的是，低姿态不是要你放弃内心的自信与傲气，也不是自贬自损，而是不要张狂和傲慢，以便潜心于自己的事业，避免被嫉妒的暗箭所伤。低调不是埋没自己，时机成熟的时候，必须抓住机会，展现自我。《易经》上说：“君子藏器于身，待时而动。”展露自己不是炫耀才华，而是厚积薄发、顺势而为的处世之道，是积极向上、奋发有为的人生态度，当你有了一定的积累之后，要勇于适时展示自己，以便不失时机地实现自己的人生理想。

言辞上要低调。得意时要少说话，不要有骄矜之态，不可得意忘形。面对别人的赞许与表扬，应谦和有礼，以显示君子风度，淡化别人的嫉妒心理。即使得到上级的表扬，也要压制内心的激动，表现出谦虚的良好品质。与人交往中，吹牛的话不说、伤人的话不说、没把握的事不说，不逞一时口舌之快。对长辈、师长、上级说话要放低姿态，谦恭有礼。对同事和下级说话，更要平等相待，态度认真，谦虚礼貌。你不必担心如果低调了，别人就会忽视你的存在。要知道，在人际交往中，人们最讨厌那种傲慢的腔调和趾高气扬的神情，而谦虚的态度和深刻的思想，才能让人心悦诚服。古往今来，高调的人也许能拔得头筹，赢得先机，但终获成功而笑到最后的，都是懂得韬光养晦、安于低调的明智之士。

萧伯纳出名后赢得许多人的尊敬和仰慕，但他年轻时说话尖酸刻薄，谁和他说话都有受奚落之感。他的一位老朋友一天私下对他说："你出语幽默、风趣，但是大家都觉得，如果你不在场，他们会更快乐。因为他们比不上你，有你在，大家便不敢开口了。你的才干确实比他们略胜一筹，但这样一来，朋友将逐渐离开你，这对你又有什么益处呢？"老朋友的话使萧伯纳如梦初醒，他立下誓言，再不说尖酸的话了，要把精力和才华都用在文学上。

不懂得低调的人，实质上是没读过多少书，知识和修养都有所欠缺，因而流于浅薄。生活反复证明，越没本事越高调，越有本事越低调。高调是希望生活在别人的世界里，而低调是为了生活在自己的世界里。真正有本事、道德高尚的人，内心安静，表现出虚怀若谷的谦虚品格，才高而不自诩，位高而不自傲。待人接物非常谦和，与人说话特别客气，让人备感亲切。他们对别人的尊重是发自内心的，对别人的诉求非常认真，总会给予积极的回应。"谦谦君子，卑以自牧也"，他们乐于把自己放得很低，却依然展现出巨大的人格魅力，让人不得不景仰。低调貌似藏拙，实际上是超然的自信和高贵的自我。一旦遇到必须面对的事情，他们绝不推脱，甚至能力挽狂澜。本事是拿来用的，不是为了炫耀。该藏则藏，该露则露。他们无须哗众取宠，无须招摇过市，高尚的道德情操和丰厚学养的绝妙融合，足以让他们熠熠生辉，光彩照人。

庄子说："天地有大美而不言。"低调的底色是谦虚，而谦虚源于对生活的通透。越是卓越者越谦虚，一个人越有修养、越是有学问，也就越明白自己的不足，越懂得充实和修炼自己，因此就更谦和、低调和稳重。他们满腹经纶、志存高远、静水流深，崇高的使命感使他们心无旁骛，潜心砥砺前进。他们不喜欢被关注，不喜欢被商品化。他们愿意守住自己那一份宁静，心甘情愿地默默无闻，唯有这样，才能踏踏实实做自己喜欢的事，充分享受和咀嚼美好时光。因为他们知道，生命的真谛不是热闹和虚荣，而是奉献社会与启迪未来。

以恕己之心恕人

人都生活在群体里，总要与人打交道。如何与人相处，是人生的重大课题，不仅关系到人生是否快乐，也影响到一个人对生命的理解和他的生存状态。

由于性格、出身、成长环境和受教育背景的不同，造就了每个人独特的成长经历。人们从自身的生活和社会背景出发，形成了对生活和人际关系的不同应对方式。对同一件事，考虑问题的角度不同，必然决定了处理方式的不同。遗憾的是，人们总是按照自己的理解去处理事物，用自己的看法去对待他人，自我意识强烈，遇到问题总是指责和批评别人，从不替对方着想，由此便产生了纷争与矛盾。

同学之间发生了冲突，被老师找去谈话，许多人都是指责对方，而极力为自己辩解，谁都不肯认错。对别人的过失洞若观火，甚至添油加醋，对自己的错误轻描淡写、百般掩饰，是人们争吵时的不变模式。《增广贤文》中说："以责人之心责己，以恕己之心恕人。"要求人们在批评别人时，想想自己做得是否够好，宽恕自己的时候，也应想到不能对别人太苛刻。如能做到这一点，朋友自然越来越多，自己的过错就越来越少。但我们的做法常常不是这样，甚至正好相反，有了问题，不是反躬自省，而是指责别人，对人对己采用两种标准，导致许多不愉快事情的发生。

人性中的自私，使人们在出现问题时本能地自我防卫，推卸责任，借以维护自信与自尊，减少内心的焦虑与内疚。这种自私，决定了原谅自己很容易，原谅别人就很难。对人严而对己宽，观人错易，察己过难，不仅无助于问题的解决，还可能使矛盾升级。对人对己的态度，是一个人威望与影响力的基础，更是道德修养的体现，还关系到人的情绪和生活质量。如果一味恕己责人，势必难以进步，还影响人际关系。生活原本存在多种可能，在遇到矛盾时，宽容与体谅，才是最容易走的那条路。人心如路，越计较路就越窄，而越宽容路就会越宽广。汪国真说："宽容与刻薄相比，我选择宽容，因为宽容失去的只是过去，刻薄失去的却是未来。宽容者让别人愉悦，自己也快乐；刻薄者让别人痛苦，自己也难受。"孔子说："躬自厚而薄责于人，则远怨矣。"遇事多检讨自己，少责备别人，就能够避免他人怨恨，化隔阂为理解，化矛盾为友谊。

同学们在一起相处，难免会磕磕碰碰，大部分都是无心之错，即使有不友好的欺负和伤害，也是极个别的。出现这种情况时，要宽容大度，不要情绪激动，更不能睚眦必报。遇事就怪别人，不仅不能解决问题，还会陷入无休止的怨恨中。如能在第一时间和第一现场反省和检讨自己，而不是指责别人，就能息事宁人，还会收获友谊。谁都有犯错的时候，你也一样，要懂得将心比心、换位思考。宽容就是不计较，是宅心仁厚，也是寸心高洁，体现的是宽阔的胸襟和崇高的境界。何况，指责别人是徒劳的，只会引起毫无意义的争辩。对不会克制自己的年轻人来说更是危险的，因为伤害了别人的自尊，会带来怨恨和矛盾的升级。可见，责备别人是一件愚蠢至极的事，它对人带来的伤害和对事情本身的损害，往往是人们始料未及的。你要相信，人因善恶之心而守义，因是非之心而知耻，如能大度地宽恕别人，更能引人向善，远比责备更有力量。

虽然人们知道应该换位思考，实际上却很难做到，这是因为我们太习惯从自己的角度看问题。我们之所以一次次原谅自己的过失，却对别人无心之过不能原谅，说到底，是缺少严以责己、宽以待人的心。宽容之所以难，难就难在不能以公正之心反思自己，不能将心比心，不会站在别人的立场上看待事物，不懂得从大局出发考虑问题。所谓宽恕，是维护大局的友善忍让，是推己及人地化解矛盾的妥善办法。严于律己，就是对自己要严，不轻易放过自己，这样才能有效提高道德修养。《孟子》上说："行有不得，反求诸己。"意思是说自己的行为得不到预期效果时，就应当反过来检讨自己。事情做得不成功，人际关系不好，遇到困难和挫折，都应当自我反省。自省才能自明，人的成熟与进步，必须从改变自己开始，是一切从自己身上找原因开始的。当你的修养与认识达到足够高的高度时，你会觉得身边的人都是好人，就不会再抱怨别人。

遇到别人冒犯或者无意的伤害，采取还击的办法，以怨报怨，看似公平又解气，但伤害和愤怒不仅没有减轻，反而会加重。报复只会带来短暂的快感，而伤痛却会长时间持续，还可能导致更大的仇恨。如果用道义指出别人的错误，以直报怨，义正而不辞严，则能避免事态的扩大和挑衅的再次发生。大度地宽容对方，为彼此留下进退的余地，则能息事宁人，化解矛盾与仇恨，让个人魅力焕发出光彩，并赢得别人的钦佩与尊重。能得到别人的谅解和宽容是快乐的，对别人宽容同样是快乐的。正如美国作家哈伯德所说："宽容和受宽容的难以言喻的快乐，是神明都会为之羡慕的极大乐事。"你务必要明白，得人心者昌，失人心者亡，人心不能靠权势和霸道去征服，只能靠宽容和爱去赢取。在冲突和矛盾中，即使你有理，也要适可而止，用一颗宽容的心，包容和理解对方，是最明智的做法。得理又饶人，是人情的储蓄，给别人留一条路的同时，也给自己铺了一条路。任何人都会犯错误，将心比心，当你犯错的时候，同样希望得到别人的理解和原谅，既然如此，就原谅别人吧。宽容改变不了过去，却能改变未来。放人一马，人家心存感激，日后自会图报。即使不报答，也不会再与你为敌。

人的愤怒情绪和挫败感，是在自认为吃亏或受伤害的情况下产生的，由此便心生不满，甚至想进行报复。但很少有人去反思自己的错误，如果自己有错还要发脾气，那就太不应该了。即使自己没有错，为了一点小事而记恨别人，甚至睚眦必报，也太没意思了。不能原谅伤害你的人，你的心里就装进了怨恨与愤怒，就会很痛苦。日常生活中，有时候吃点亏，受点委屈，都算不了什么。你有很多事情要做，没必要计较那些鸡毛蒜皮的小事。量小失友，度大聚朋。宽阔的胸怀和恢弘的度量，才能争取和团结人，赢得大家的信任和尊重。其实，如能诚恳地检讨自己，就会发现许多事情并不像想象的那样，原本都是可以妥善解决的。

话又说回来，有的人总是惹上是非，这与他的为人有关。一个谦虚、稳重、厚道的人，谨言慎行，凛然不可犯，与人冲突的概率就很低。即使有了矛盾，要么隐忍不发，要么诚恳道歉，及时化解。而一个爱闹腾的人，举止不稳重，喜欢对别人说三道四，就容易被人招惹和冒犯。元代的史弼说："不自重者取辱，不自畏者招祸。"为人做事，还是要多一点持重，少一点轻浮，能够避免不必要的麻烦，清净自守。

宽恕别人的无理和错误，说起来容易，真正能做到却并不简单。对一个气血方刚的男孩子来说，忍让不是一件容易的事。但你务必要明白，忍让看似软弱，却能以柔克刚，是一个人成熟的表现。这里面有胸怀问题，更是建立在清醒和理智上的智慧，折射出的是一个人的处世经验与涵养。所以，宽容不仅是一种雅量，更是人生的境界。当你学会了宽容，远离抱怨和仇恨，并能形成自觉的行为意识，你就学会了处世，就有足够的智慧走好人生之路。纵观历史，气量对人生的功名事业至关重要。俗话说“宰相肚里能撑船”，凡成大器者，都是胸怀宽阔，从不计较小事，不争一日之短长。“绝缨夜宴”的故事虽然古老，但它阐述的道理却很深刻。楚庄王的大度，唐狡的知恩图报，演绎了一段宽容大度的佳话，也形象地诠释了宽容的巨大作用和力量。托马斯·卡莱尔说：“伟人是从对待小人物的行为中显示其伟大的。”伟人通常都具有宽恕别人的博大胸怀，这也是他们受人尊敬并取得成功的原因之一。如果你也想成为杰出人物，就应当用积极、欣赏的眼光看待他人与世界，保持宽阔的胸怀，不仅对身心健康有利，更有助于你取得成功。

忍耐、理解与宽容，是平安之道，也是为人处世的法宝。谁都需要别人的理解和尊重，你也一样。推己及人，与人相处就应当豁达一点，不能只按照自己的好恶和标准去评判别人，要尽量去体谅和理解别人。不能理解的时候，就试着去谅解。不能谅解的时候，就平静地接受。因为有些事情并不像你看到的那样，很多时候，在你看不到的地方，别人也有难言的无奈和痛苦，也有心情不好的时候。能理解这一点，你就理解了生活，就能够做到原谅和包容。

宽容不是不讲原则，更不是有意放纵。宽容是对是非了然于心的厚道，是建立在理智基础上的智慧。古人说“怨在不舍小过”，不肯原谅别人微小的过失就会产生怨恨。子贡问孔子：“有一言而可以终身行之者乎？”孔子答：“其恕乎！己所不欲，勿施于人。”孔子其实就说了一个“恕”字，就是宽容、不计较。当今社会，竞争如此激烈，人与人之间的误会与冲突在所难免，如果睚眦必报，你将整天沉浸在仇恨之中，势必没有朋友，变成孤家寡人。宽容不是懦弱，而是不屑于计较的大度，是没工夫计较的志存高远。宽容来自理解，理解来自换位思考。事实一再证明，总是站在自己立场上看别人，所得出的结论永远都不会是好的。谁都有疏忽的地方，也都有情绪不好的时候，对别人的无心之过，或者虽有意但已诚心悔过的伤害，不妨宽容一点。而换位思考，设身处地考虑对方感受，才能理解对方，从而相互体谅。即使是恶意的攻讦，也要淡然处之，不与计较，因为宽容所产生的道德震撼远比报复更为强烈。对别人的小过失，大度地给别人一个改正和反省的机会，必要的时候，甚至替别人遮掩与承担一下，才是高明的处世之道。

《古尊宿语录》中记录了两位禅师的一段对话，寒山问拾得："世间谤我、欺我、辱我、笑我、轻我、贱我、恶我、骗我，如何处之乎？"拾得说："只是忍他、让他、避他、由他、耐他、敬他、不要理他，再待几年你且看他。"这段禅语包含了许多人生道理，告诉人们要学会宽容，懂得忍让。抱怨与报复，都是不明智的。也劝诫人们遇到小人的欺侮，"最高的轻蔑是无言"，不与计较，要站得高一点，保持风度，不要降低自己的道德水平。那种欺侮别人的小人，生活总会教训他们的。

《菜根谭》中说："处世让一步为高，退步即进步的张本；待人宽一分是福，利人实利己的根基。"宽厚能够化解怨气，培养和气，修养大气。与人相处之中，包括朋友与亲人之间，有时候自己的切身利益和自尊心难免受到伤害，但无论如何一定要学会忍让，学会了忍让就是学会了做人和生活。王蒙说过："对待人际关系，我们宁失之糊涂，失之疏忽，也不要失之精明，失之盘算太精太细。"确是至理名言呀！

美国前总统林肯的办公室曾挂着这样的条幅："宽容比批评更能改变人。"林肯的宽容精神，得益于继母黛丝的教诲。林肯年轻时曾听继母讲过一个故事，并为之深深感动，继母就此告诉他："你要学会宽容别人，这样才能使自己的路越走越宽广。要不然，你在社会上就会到处树敌，很难成功。”林肯对此牢记于心并身体力行。对别人的过失与不敬，宽容大度，雅量高致，是一种高贵的品质，是退一步海阔天空的豁达，更是小不忍则乱大谋的睿智。有了这样宁静致远的沉稳和海纳百川的气度，你的人生之路必将更加顺畅与通达。

《无名氏忍箴》中说：“富者能忍保家，贫者能忍免辱，父子能忍慈孝，兄弟能忍义笃，朋友能忍情长，夫妻能忍和睦。”生活中，需要忍让的地方无处不在，更无人不需。发生矛盾时，为了求得安宁，为了不浪费时间，不影响心情，宽容和忍让是最明智的选择。忍的结果是让，让了，就相安无事了。得理时宽容，得势时谦让，是为人处世的智慧。心底留一份善意，对别人多一份体谅，可以减少人与人之间的隔阂，彼此多一点体贴与关怀，能够解决许多棘手的问题。做人厚道大气，不计较小的利益，肯吃亏，宁让三分也不伤和气，反而能养成大的格局和气度，为自己积累了人脉与福气。诚如清朝宰相张英撰写的家训《聪训斋语》中所说：“每思天下事，受得小气，则不至于受大气，吃得小亏，则不至于吃大亏。”

要做到容人之过，还要做到容人之功。要宽容他人的缺点和过失，还要尊重他人的优点与才华。现实生活中，有的人心胸狭窄、缺乏气量，别人哪怕有一点胜过自己，他就不舒服，就嫉妒。而看到别人遇到困难和麻烦时，他又幸灾乐祸。这种人，做人做事都不会成功。一个真正大度的人，能摈弃个人的好恶与偏见，发现别人的长处，真诚地褒扬他人的优点和才华，体现了包容的气量和恢弘的气度，必能有所成就。

宽容是一种美德，但不是一个人的义务。别人可以把包容的美德送给你，但你没有权力去随意索取。所以，你要懂得尽可能避免接受别人的宽容，尽量在言行上不失礼、不犯错，更不能有了过失后理直气壮地要求别人原谅。如果别人一时难以原谅，自己还不高兴，那就实在太不应该了。

除了容人之过与容人之功外，还必须认识到，这个世界很多元，要允许差异性的存在。任何人都不能改变别人的生活方式和处世态度，更不能统一别人的世界观，不能强迫别人和你一样看待和处理问题。再说，我们在考虑问题时，总是习惯从自己有限的经验出发，其实很多时候，我们的经验并不适用。所以，别人与你的看法不同，不同只是不同，并不代表不对。了解了这一点，就要学会尊重别人的看法，求同存异，不把自己的看法强加于人。

很多年轻人初入社会，对一些不合理的现象看不惯，对单位里一些人的做派也看不惯，由此便产生了愤世嫉俗的心理。毋庸讳言，这个世界确实有许多不公平，有的人的嘴脸也确实比较龌龊，但没有办法，我们改变不了。你可以不欣赏甚至鄙视一个人的品行，但不能用以牙还牙的方式去对待，只能用不计较的平常心去适应，学会与人和平共处。否则，很难得到别人的接纳与社会的认可。毕竟，在这个利益原则决定价值取向的年代，每个人都有选择生存方式的权利，只要不违法，别人也无可奈何。

北宋宰相范纯仁，是范仲淹的次子，文学才华虽不如乃父，但雅量非凡，被人冤枉时，不肯出一言为自己辩解。他为人处世不仅为当世之人所称颂，也为后世之人所景仰。他有一段名言，可以概括他为人的宗旨："吾平生所学，得之忠恕二字，一生用不尽，以至立朝事君，接待僚友，亲睦宗族，未尝须臾离此也。"他告诫子弟时曾说："人虽至愚，责人则明；虽有聪明，恕己则昏。尔曹但常以责人之心责己，恕己之心恕人，不患不到圣贤地位也。"说得何等深刻啊！

《韦弦自佩录》中说:“量隘者福不广,气轻者禄不厚,志卑者功不崇,行短者寿不永。”意思是说,气量狭小的人没有大福,轻浮的人当不了大官,志向卑下的人立不了大功,眼界短浅的人不会长寿。“观德于忍,观福于量”,看一个人有没有德行,就看他能不能忍辱。看一个人有没有福气,要看他有没有度量。可见,度量是一个人取得成功的重要因素,度量大,就能容忍不如意的人和事,不受外界的干扰,集中精力做好自己的事。而平安与幸福也取决于一个人的度量,量小福小,量大福大,这是生活的不变法则。心宽一寸,路宽一丈。如能做到心宽似海,你的生活必定充满阳光。

人际交往利弊谈

人是一种群体动物，注定要与他人一起生活，由此就有一个彼此如何相处的问题。

人与人的交往既是人的基本生存能力，也是社会生活的需要。人与人之间信息的相互传递，情感的相互交流，思想的相互启迪，困难时的相互帮助等，构成了所谓的人际关系。人际关系是一种简单又复杂的社会现象，对每个人都关系重大，美国总统罗斯福说过："成功的第一要素是懂得如何搞好人际关系。"这是因为人际关系对谁都不可或缺，但又极具两面性。人与人之间的相互帮助与关爱，不仅使人感到温暖和愉悦，而且有助于事业的成功。人与人之间的坑蒙拐骗和明争暗斗，不仅会导致人际关系的紧张，甚至会威胁到身心健康乃至人身安全。

世界著名的潜能激励大师安东尼·罗宾说过："人生最大的财富便是人脉关系，因为它能为你开启所需能力的每一道门，让你不断地成长、不断地贡献社会。"所以，要充分认识和重视人际关系的重要性，这是生活的意义和成功的基础。卡耐基说："一个人的成功，15%靠他的专业知识，而85%则是靠他的人际关系和处世技巧。"一个人如果人际关系好，事事就比较顺达。困难时有人帮忙，迷茫时有人指点，关键时有人提携，心情自然舒畅，事情自然好办，前途自然光明。如果人际关系不好，难免处处碰壁，办事不顺，无人关照，不仅影响心情，还会丧失许多宝贵的机会。由此说明，必须恰当地利用社交能力去营造和调适人际关系，才有可能达到你所期望的目的与结果，使你的人生取得成功。

不管是有意编织还是无意为之，事实上每个人都有一张人际关系网，只不过大小因人而异。这张网尽管看不见、摸不着，却关系着我们的喜怒哀乐和人生成败，每个人都在里面闪转腾挪，把许多精力、时间和钱财都花费在经营这张网上。现在的人们，都说活得累，这种累，不是那种腰酸背疼、筋疲力尽的累，而是心累，多半都拜人际关系所赐。

良好的人际关系是人们生存和发展的必要条件，既是人生幸福的需要，更是事业成功的需要。正因为如此，人们都很重视它，都想拓展和经营好自己的人际关系，但许多人不知道怎样才能处理好，甚至错误地认为拍马屁、说好话、请客送礼就能搞好人际关系。

处理好人际关系，说简单也简单，说复杂也复杂。换位思考、善解人意，是处理人际关系的第一原则。遇事不能光考虑自己，也要考虑别人。人们遇事往往先想到自己，先考虑自己的利益，如果个人利益与他人利益发生冲突，也会毫不犹豫地选择保全自己的利益。人际关系中的冲突和不幸都是由于个人主义的自私所引起，人与人之间，说白了就是利益决定立场，立场决定态度，态度决定嘴脸。如果没有利益掺杂其间，彼此还可以心平气和地沟通。一旦有利益冲突，矛盾就不可避免。人都习惯从自己的角度观察问题，自己的利益、自己的情绪和习惯，决定了你处理问题的立场和方式，很难去理解别人的想法。一切双边的、多边的人际关系冲突，也包括团体之间，原因都是如此。由此不难看出，要处理好人际关系，最重要的就是改变从自我出发的单向思维与认识，学会从对方的角度去看待问题，设身处地替对方着想。不会换位思考，就很难处理好人际关系。

自我中心意识是人际交往的大忌。有的人自我中心观念太重，凡事都希望满足自己的要求，却置别人的愿望于不顾，强烈维护自己的自尊，不关心别人的痛痒，缺乏自省意识和同情心。总想把自己的意愿强加给别人，即使别人是正确的，也不愿意改变自己的态度。对给别人带来的痛苦和不适，毫无愧疚之感，难以从价值观的层面上与人交流，必然与别人造成对立。小学的时候，你们班一个同学就是这样，无论是打篮球还是班级其他活动，他都要说了算，根本不顾及别人的感受。六年级重新分组的时候，哪个组都不要他，令他十分难堪。他若与同学发生冲突，即使是别人先动手，大家也异口同声地说他先打人。你看，对一个人的讨厌程度，竟然到了枉顾事实的地步，真是无以复加了。自我为中心的另一表现，是把自己的喜怒哀乐一个劲地向别人抛洒，根本不管别人的感受，强迫别人成为他情感的宣泄对象。其实，深到骨子里的教养，是有边界感。你的喜怒哀乐只是你自己的事，你的情绪只是你的情绪，与别人无关，别人还有别人的事，不要试图得到天下人的呼应与同情。

人际关系的建立与加深，都源于对他人的尊重与付出。在人际交往中，无论对方的地位、身份如何，都必须尊重，即使是肩挑背负的小贩和清洁工，也有做人的尊严，同样应受到尊重。尊重，是对他人的人格与价值的肯定。无论你多么强大，都必须顾及别人的尊严，凡事都要留情面，面子的本质是尊严，就是受到别人尊重与认可的心理需求。与人打交道，自己要谦卑一些，把别人放到受尊敬的位置。作为社会人，人们都追求平等，从心理学的角度看，人类追求平等只是追求社会心理平衡而已，而不是身份、地位的相同。从这个意义上说，不管你与对方的身份、地位差距多大，只要让对方心理平衡，满足他的社会心理需求，就一定能建立并保持良好的关系。对人有礼貌，是尊重他人最基本的表现，也是人际间文明交往的前提。尊重，不光是社交场合的礼貌，而是内心深处对一个生命的理解与敬重。

人生百忌，其中之一就是不给别人表现机会。人际交往中，要懂得替别人着想，能站在对方的角度去考虑问题，才是更好的尊重。不要过多地自我表现，要尽可能多让对方说话，多给他人表现机会。有的人在交往中滔滔不绝，不给别人插嘴的机会；唱卡拉 OK 时，把着麦克风不放，成了个人演唱会。凡此种种，都是犯忌讳的。不要让别人委屈自己去迁就你，适当地提供机会，以满足他人的表现欲望，让人感受到受重视，就会在心里铭记你，认为你值得交往。

孟子曰："爱人者，人恒爱之；敬人者，人恒敬之。"体谅与对等的回应，也是人际交往的重要原则。人与人之间伤情的事，莫过于对方热情付出时，你却冷面以对，就像民间所说"热脸贴了冷屁股"，既伤情又伤自尊，后果一定不好。比如你给别人发微信，别人根本不回应，你心里一定不高兴。将心比心，体谅别人，用最真诚的心与别人相处。不过，需要注意的是，与人交往不能过分热情，不要随便走进别人的私生活，别不拿自己当外人，即使再好的朋友也不行。热情过头，是对别人边界的侵犯，是缺乏教养的表现。周国平说："一切交往都有不可超越的最后的界限，而一切麻烦和冲突都源于想要突破这界限。"

要建立良好的人际关系，最重要的莫过于真诚。真诚地关心别人，替别人着想，换位思考，学会付出。有的人平时不怎么来往，事到临头急于求人，或者只注重与自己眼前利益相关的人际关系的处理，这种功利性的交往，效果不会好，路也会越走越窄。一切事业的成功，都离不开人与人之间的合作，而真诚的合作在于良好的沟通、诚信的态度和切实的互利互惠，而不是"临时抱佛脚"。人际关系是一项长期工程，要着眼于长远、着眼于平时，真诚付出，不能有功利之心，不能只追求短期效应。

宽容，是建立良好人际关系的秘诀。与人相处中，一定要宽厚，不要随便指责别人。人，不管有多笨，指责别人时都洞若观火。不管多么聪明，宽恕自己时却常常陷入昏庸。心理学家席莱说过：“我们极希望获得别人的赞扬，同样地，我们也极为害怕别人的指责。”指责，是站在自己的角度，带着敌意和负面情绪去埋怨对方，是对他人自尊心的极大伤害，必然引起别人的强烈反感。当你指责或抱怨别人时，别人的第一反应是应激而产生的防备和对抗心理，而绝不会考虑你的指责是否有道理，于是不快甚至争吵便会产生，即使亲人之间也概莫能外。所以，一定要抛弃挑剔的眼光和思维，用宽容的心态对待一切。因为你看到的永远只是表象，别人的生活到底发生了什么，你根本不知道。换位思考，宽容体谅，是人与人之间最善良的沟通方式。还有，生活中难免有人背后说你坏话，当你有可能知道是何人所说时，我劝你最好不要知道，因为不值得与过去为敌，不值得与小人为敌。难得糊涂，也是为人处世的一种智慧。

与人交往，还有一点非常重要，就是凡事不可把好处占尽，不要非占上风不可，要懂得让一点好处和风头给别人。“将欲夺之，必固与之”是古人为人处世的智慧，强调的是先利他后利己的策略与行为。这种做法的实质，听起来有点人情债的味道，就是让别人先得到好处，迫使别人不得不偿还于后。任何人都不好意思总是占便宜，你让他先得到好处，下一次他就会让给你，或者在你有求于他时不会被拒绝。

古人历来倡导“出入相友，守望相助”的人际交往原则。别人有困难或需要的时候，如果你有能力，一定不要吝啬对别人的帮助。正如《论语》中所说：“欲人施于己者，必先施于人。”人与人的交往是一种平等互惠关系，你对别人怎样，别人也会对你怎样。你能主动帮助别人，别人也会帮助你。何况个人的力量总是有限的，一个人永远无法解决生活和工作中的所有问题，谁都离不开他人的帮助与合作。所以，为他人着想，乐于助人，不仅你会感到很愉快，而且还会使你的生活变得轻松而多彩。

人际关系中，道德规范虽然起一定的作用，但利益的考量往往超过道德的抽象力量，这是人趋利避害的本性所决定的。别人有困难时，能帮就帮一把，但千万别指望回报。你帮了别人，他会感谢你一阵子，但不要期望他感激一辈子。为人处世，只要无愧于心就可以了。人与人之间的交往，势利可以说是常态，不必大惊小怪，更不要义愤填膺。忘恩负义甚至恩将仇报的例子历来不少，否则，人们就不会感叹人情冷暖与世态炎凉了。

“己所不欲，勿施于人”，这是人际关系中金科玉律，意思是一定要将心比心，不把自己不想要、不想做的事情强加于人。那么，自己所欲的东西是否就可以强加于人呢？同样不可以。因为你认为好的东西，别人不一定认为好，这是立场、利益、爱好等所决定的。大到国与国之间、小到人与人之间，都是一样道理。一个强国认为他的制度好，便要用武力去改造别的弱国，这是强盗逻辑，当然不能容忍。一个人认为自己的意见对，非要别人接受，强迫别人按自己的想法办，同样行不通。明白了这一点，当你与人意见相左时，你尽可以去解释自己的观点，以求得别人的理解与赞同。但当解释无效时，便不应强求，要尊重他人的独立人格和精神自由。

真诚的态度，友善的言行，得体的举止，优雅的风度，永远是打开别人心扉的钥匙。真诚固然很重要，但在初相识时并不适用，必要的观察和适当的试探，是与陌生人交往的恰当方式。真诚并不是不设防,把自己的隐私和没必要告诉别人的私人关系和盘托出,是不成熟的表现。俗话说:藏不住事,难成大事。自己的隐私一旦为别人所掌握,很可能成为你日后的致命伤。有的人为了炫耀,把自己有权势的朋友关系告诉别人,殊不知这很可能成为得罪人的缘由。还有,如果人家对你好,除了珍惜和感恩之外,还要留个心眼。因为凡事都是有原因的,对你好并不意味喜欢你,在搞清楚原因之前,不要贸然把对方当作朋友。

我希望你处理好人际关系,是要你学会整合与动员社会资源来帮助你,这对你的成长极为重要。但若做得不好,容易演变成适应和顺从这个并不完美的世界,使自己的意志与精神世俗化。更不是要你学得世故与圆滑,不是要你扭曲自己以适应尔虞我诈,或者以原则和人格去换取利益与名声。著名学者周国平说过:"许多人的所谓成熟,不过是被世俗磨去了棱角,变得世故而实际了。那不是成熟,而是精神的早衰和个性的夭亡。真正的成熟,应当是独特个性的形成,真实自我的发现,精神上的结果和丰收。"

人际交往固然重要,但一定要明白,所有的人际关系都是建立在自己价值的基础上。所以,聪明人尽量把时间掌握在自己手里,让自己强大起来,而不是把宝贵的时间花在无谓的社交上。"花香自有蝶飞来",你如果没有两下子,缺少交往的资本,再怎么圆滑世故,也会被人弃如敝屣。人际交往的本质是互利互惠,是人与人之间的价值交换,没有价值的人脉只是一种短暂的求助关系。你的水平越高,个人价值越大,愿意与你交往并帮助你的人就越多。换言之,人脉不是你认识多少人,而是有多少人认可你;不是你和多少人打交道,而是有多少人愿意主动与你打交道。所以,不要盲目去扩大自己的朋友圈,要压缩那些无效也无用的社交,减少时间和精力消耗,多花点时间读书学习，这才是提升自己的正确途径。有的人朋友一大堆，整天忙得不亦乐乎，其实是一种虚假繁荣。有的人有好多个微信朋友圈，每天花大量时间去回复或点赞，生怕错过了什么。实际上，你对于他们、他们对于你，根本没那么重要，完全不必花费那么多宝贵时间。

需要说明的是，朋友之间讲的是感情和友谊，彼此知心，情趣相投，三观相合，没有功利色彩，没有价值互换。人脉关系体现的是你的社会属性和能力，也就是你的价值。交往的出发点与初衷不同，不要把二者混为一谈，不要把什么人都当成朋友，真正能做朋友的人没有几个。

英国心理学期刊曾发布一项关于人类学的研究，研究发现，与挚友互动越多，人就觉得越快乐。而一般意义上的社交越频繁，人的生活满意度反而越低。聪明人往往很少交朋友，他们与多数人保持友好，却只重视与两种人深交：一种是“重要人士”或是同等级的聪明人，另一种是亲人。这两类人，基本上满足了他们在事业和情感上的全部需要，这就是聪明人的聪明。

社交是极其耗费精力和时间的事，过节要走亲串门，平时要打点关系，隔三岔五还要和老朋友、老同学聚一下，此外，还要和一些不熟悉但又必须应酬的人一起假装热情。如何对待社交，还是李嘉诚说得对：“在你还没有足够强大、足够优秀时，先别花太多宝贵的时间去社交、参加各种各样的聚会。应花点时间读书，提高专业技能，多见见你的客户。放弃那些无用的社交，提升自己，你的世界才能更大。”实际上，对优秀的人来说，上述那些社交都是浪费时间，优秀的人之间不需要互相客套，也不需要象征性的世俗礼节，他们愿意做更有价值的事。

我不知道你将来会处在什么样的群体里，只想提前给你打个预防针：在一个大部分人都追求庸俗的环境里，保持庸俗无疑是最安全的，因为追求上进反而可能会遭到冷嘲热讽。倘若因此而放弃努力，最终倒霉的还是自己。所以，躲避这样的环境才能保证优秀，不能为了和大家搞好关系，追求所谓“合群”，就把时间浪费在低质量甚至是有害的社交上。勒庞在《乌合之众》中说：“人一到群体中，智商就严重降低，为了获得认同，个体愿意抛弃是非，用智商去换取那份让人倍感安全的归属感。”所以说，追求合群，其实是在被平庸所同化，容易丧失独立思考能力，最后湮灭在芸芸众生中。你不必担心孤独，成功者都是孤独的，走得越是靠前，越是路广人稀。一个人的心智越成熟，内心越强大，对他人的情感依赖就越少。周国平说得好：“比较优秀的人大概更愿意独处，与人际关系远一点。”

张爱玲说：“装扮得很像样的人，在像样的地方出现，看见同类，也被看见，这就是社交。”人固然需要朋友、需要社交，但不能把整个人生都变成社交。因为在社交中，你固然能从别人身上学到一些好东西，但必然也在乎别人对你的评价，在乎别人的感受和想法。这样，你会自觉不自觉地装扮自己，按照别人喜欢的方式表现，从而在一定程度上迷失自我，甚至泯灭自己的思想，这是需要警惕的。

人生路上说选择

人生苦短，转瞬百年。由于精力和时间的原因，再加上主客观条件的限制，一个人想要在各方面都取得成功，几乎是不可能的。古人说：“术业有专攻。”人生有限，对于一个想干成一番事业的人来说，必须根据自己的爱好和特长，慎重选择自己的事业。

俗话说：“男怕入错行，女怕嫁错郎。”“男怕入错行”，意思是说一个男人，就怕选错了职业，进了自己不喜欢或不适合自己的行当，就可能使人生价值大打折扣。从这个意义上说，人生的选择就是寻找人生定位，寻找最适合自己的人生道路。

人的一生面临很多选择，选择幼儿园、小学、中学、大学，专业、工作、对象、朋友、环境，等等。除了小时候的一些选择是被动的以外，其他都是自主选择。每做一次选择，都会对你的人生产生这样或那样的影响，所以要非常慎重，不能匆忙与草率。因为只有正确的选择，才能确保你走上成功之路，实现你心中的梦想。

《创业史》的作者柳青说过：“人生的道路虽然漫长，但紧要处常常只有几步，特别是当人年轻的时候。”人生的选择固然很多，但重要的是关乎命运的几项，诸如升学、交友、择偶、选择专业和工作等，必须慎之又慎，千万不要让选择成为遗憾。无论是学业上的，还是工作和情感上的，每一次选择，都难免使人彷徨和踌躇。有时候，当你面临多种选择时，不知道该选哪一种最好。更多的时候，人们往往不是选择自己喜欢的，而是选择有把握的。造成这种结果的心理因素，是对未来不确定性的担忧。选择喜欢的却怕没有把握，从而放弃了，也就错过了机会。所以说，很多时候，选择都是被我们先入为主的担心所左右。还有一种情况，就是心里其实已经有了选择，但在别人的劝说之下又改变了主意，从而导致不同的命运。

人生充满选择，生活需要选择，每一种选择都可能通向不同的可能性，导致不同的结果，关键看你要到哪里去。其实，正确的选择只有两个标准：一是你真心喜欢的，二是你能为你的选择负责到底。成功的途径固然有多种，人生的道路也不止一条，但可以肯定的是，心甘情愿的选择，才是最好的选择。按照你内心的意愿，能使你的主动性和创造精神得到充分发挥，不仅使你能最大程度地发挥自己的聪明才智，获得人生的成功，你还从中得到幸福与满足。比尔·盖茨在谈到他的成功经验时说："我的成功在于我的选择，如果说有什么秘密的话，那么还是两个字——选择。"做自己喜欢的事，选择自己想要的人生，对每个人都十分重要。有兴趣的指引和天赋的基础，再加上刻苦与勤奋，必将奏响人生最美妙的乐章。

俗话说："三百六十行，行行出状元。"每个行当的状元之所以能成状元，就在于他们选择了能展示其才华的事业。而有的人之所以不成功，并不完全是能力问题，而是他们选择了自己并不擅长的工作，入错了行。清代的顾嗣协写过一首《杂兴》诗，流传很广："骏马能历险，耕田不如牛。坚车能载重，渡河不如舟。舍长以就短，智者难为谋。生才贵适用，慎勿当苛求。"就是告诫人们要扬长避短，了解并发挥自己的长处。从这个意义上说，是正确的选择成就了成功的人生。著名诗人洛威尔说过："做我们的天赋所不擅长的事情往往是徒劳无益的。

在人类历史上，因为做自己所不擅长的事情而导致理想破灭、一事无成的例子不胜枚举。”选择，反映的是一个人的爱好，折射的是志向与追求。每个人都有自己的天赋与爱好，把事业种在天赋与兴趣的土壤里，做自己擅长的事，才不失为明智之举。选择之后就是坚持，记住那个你选择的理由，辛勤耕耘，永不放弃，假以时日，必将硕果累累。

这个世界上总有你喜欢的事业，总有能让你的聪明才智充分发挥的地方。如果你寻觅和选择了这个适合自己的职业和地方，你会每天都感到充实和快乐，终日忙碌也不知疲倦，即使遇到千难万险也不会退缩。如果你在某项工作中感觉不开心或者力不从心，那很可能这个行当不适合你，与这个职业好不好没有关系。所以说，成功的因素有很多种，但有一条是最重要的，那就是兴趣与坚持。

需要注意的是，很多时候，选择都披着诱惑的外衣，或者带着现实的无奈。要客观地认识和寻找自己的兴趣和禀赋，明白自己拥有怎样的资质，光凭一腔热忱是不够的。不要把家人和朋友的喜欢当成爱好，不要把时髦当成爱好，要遵从内心的意愿，做自己喜欢的事，不在别人的经验和劝告中迷失自己，这是面临选择时要特别注意的。不管别人怎么评说，选择自己想要的人生，才是快乐又幸福的，也才最有可能实现自己的人生价值。

我们不妨看看现实情况。大学本来是一个人事业的出发之地，你选择了一个专业，就等于选择了今后的人生之路。但当初这个专业的选择，可能是你的爱好，也可能是家长和老师的建议，也可能是赶时髦的结果。既然选定了一个专业，也会尽心尽力，至于是不是真正的兴趣所在，人们就不再去想。即使当年的热门专业后来变得不再时髦，人们也无可奈何。就这样，一个带有盲目性或者说并不清醒的选择，就决定了一个人一生的命运。

人的能力和精力都是有限的，谁也不可能样样精通，所谓优秀人物，其实都只是在某一个具体领域里的优秀。比如说文学家、科学家、艺术家、考古学家，等等。这些称谓已经界定和概括了他们的专长和贡献，除此之外的领域，他们很可能是外行。但尽管只是一个领域，却已足够伟大与辉煌，因为他们在这个领域做出了世所公认的伟大成就。就像袁隆平和屠呦呦，一个发明了杂交水稻，一个发现了青蒿素，非常具体，却为人类做出了伟大的贡献！所以，在你步入事业的门槛前，先要认真思考自己的兴趣和擅长，还有能力与环境，分析自己的优势。而思考和选择的全部理由，就是你的爱好、理想与追求，不要用利益标准去衡量，而要凭兴趣去选择，确保事业与兴趣的一致性。利益的标准会有变化，而兴趣则更加稳定。这种选择会带有不确定性，甚至会牺牲某些当前的利益，但只要是你的真正爱好和追求，就是给生命的航船确定了一条最佳航线，给自己的人生找到了一个最合适的落脚点。

有些选择其实无所谓对与错，只是适合不适合的问题。选择前多权衡，长远考量，从兴趣和梦想出发，就是正确的选择。人生的诀窍就是经营好自己的长处，成功的意义就是把自己的所长充分发挥出来。在人生的坐标里，如果站错了位置，没有用自己的长处去经营人生，很可能会在失意中沉沦，即使比别人更加勤奋，也终难有大成就。很多时候，有的人情愿放下自己的优势，却用十倍的努力和勤奋去弥补自己的缺陷，从而失去了发展优势的机会和时间，缺陷也没有得到很好改善，这是非常可悲的。其实，对于某些方面的缺陷或不擅长之处，没有必要去弥补，有些东西不是勤奋所能弥补的。就像你不擅长绘画一样，如果花力气恶补一番，或许能有改善，但肯定也好不到哪里去。所以，不擅长就不擅长，不喜欢就不喜欢，不把它当作营生就是了，没必要在短板上花力气，重要的是发现并经营好自己的长处。

选择，固然十分重要，但谁也不敢保证每次选择都绝对正确。只要你的选择与人生大方向一致，与你的兴趣爱好一致，就不会有原则性错误。比如考大学选专业，拿理科来说，包含了很多专业，每个专业又有许多分支，不可能一开始就选得那么细，只能在深入学习中进一步发现与探索，只要大的领域和方向正确就行。在科技飞速发展的今天，人本来就需要不断学习，大学里所学的知识，远不足以帮你打开宽阔的视野，何况世界变化又太快，你必须养成不断更新知识和随时随地跨界学习的习惯和能力，不断探索知识的新边疆。

纷繁的世界，我们有太多的选择。有一些人，总是不断变换选择，一会儿干这个，一会儿干那个，要么随波逐流，要么浅尝辄止，看似忙忙碌碌，实则劳而无功。陷入不会选择、不坚持选择和不断选择的尴尬境地。如果一个人连自己想要什么都不知道，换再多的工作也没有用。不是说人生只能有一次选择，而是说不能在同一件事上反复，陷入选择、放弃、再选择的怪圈，也不能毫无理由地换来换去，根本不知道自己想要什么。人生的成功，正确的选择固然重要，但更重要的是选择后的坚持。人生的意义，就在于选择了一条你喜欢又能够坚持到底的路，无论路上遇到什么样的困难，你都能勇往直前，直至胜利的终点。

选择与放弃，就像十字路口一样，会不时出现在生命的旅途中，等待人们做出决断。能不能做出正确而明智的选择，取决于人的认知能力。认知能力，简单地说就是一个人对外界事物的认识、理解和判断能力。认知水平决定一个人的决策能力和行动力，认知水平高，能认识到自己的不足，乐于学习，善于提高自己，面临选择时就能做出正确而明智的决断。认知水平越低，想法越单一，越缺乏判断力，思考问题简单而偏激，自以为是，这是一个人最致命的短板，能无形之中拉开人与人之间的距离，就算再努力，也难以有所作为。认知水平低的人，最明显的表现是固执己见，自以为是，所有正确的建议对他们都不起作用，总是固执地寻找理由。此外还有难以接受新事物，拒绝学习，不愿意改变自己。本来，人看到的往往是自己想看到的一面，如果因此再演变成偏执，就成了一种人格缺陷，势必掉入低水平认知的陷阱。

人与人的区别，就在于认知，在于你如何看待世界，如何看待自己与别人。认知能力是一个人的核心能力，它决定了人对事物的判断是否正确，因而也决定了事情的成败。看法不同，行为也不同，产生的结果自然不同。认知水平决定一个人的选择与行动，继而决定他的人生轨迹和走向。不可否认，有些选择在当时的认知水平上，可以说是正确的，但随着时间的推移和情况的变化，随着阅历的增加和认知的丰富，后来发现还有更好的选择，这是认知水平提高的结果。但囿于种种原因，当初的选择已经无法改变，这或许就是生活带给人许多无奈的原因吧。所以，一个人最重要的是要多读书，加强知识储备，掌握思维方法，善于总结，多与高人交流，方能提高认知能力。只有这样，遇事才能有更正确的选择，才会有更精彩的人生。

人生方向的选择固然重要，人生态度的选择则更重要。现实生活中，没有选对专业和道路的人不少，选对了喜欢的工作而毫无建树的也大有人在。选择就是取舍，而取舍的核心则是价值取向，这就关系到人生态度问题，也就是人生观和价值观的问题。人生态度是人生观的表现和反映，正确的人生观使人积极乐观地对待学习、工作、事业、爱情、健康等人生课题，正确处理得失、苦乐、善恶、荣辱等人生矛盾，积极进取，珍惜时间，不怕困难，保持较高的行动效率，努力实现最大的人生价值。消极的人生态度则是悲观、懒散、懈怠，得过且过，无所追求，不思进取，对自己和他人不负责任。奥斯特洛夫斯基说："人的生命可能燃烧也可能腐朽，我不能腐朽，我愿意燃烧起来！"一个人想成就什么样的人生，是领风骚于绝顶还是混迹于社会底层，是受人仰望还是遭人白眼，很大程度上都取决于他所选择的人生态度。

对人生终极目标和人生态度的选择固然重要，生活中每天遇到的许多细小选择同样不可轻视与随意。如何对待生活中一些简单细微的小事，体现的也是人生态度。这些事情虽不至于一下子就决定了人生的命运，却能让人逐步发生变化，从而对人产生决定性影响。一些习以为常的不良习惯，实际上隐藏着极大的危害，日久必成大患。如不省察与改变，势必带来严重后果。就像每次做一件事之前，都可以选择做还是不做，是积极主动做还是消极被动做，是尽可能做得完美，还是应付了事，所体现的都是一种观念与态度。看似一念之间，似乎无足轻重，却是十分严肃的话题。

说得具体点，写作业的时候是认真书写、规范正确，还是应付差事地胡乱涂鸦；上课的时候，是选择认真听讲，还是心不在焉；放学后，是选择看电视、打游戏，还是看书学习，巩固并拓展知识；工作后，是选择得过且过，还是把工作做完美；晚饭后，是选择躺在沙发里看电视，还是在书桌前挑灯夜读……生活每天都在给你选择的机会，每次选择都是改变人生的契机，怎么选择都是你自己的事。你有什么样的选择，就有什么样的人生。有些选择虽不是立竿见影，但都在潜移默化地影响着你，日积月累，一定会带来截然不同的结果。你要想出人头地，就必须确立正确的人生态度，就不能在最该刻苦学习的年纪选择安逸；你要想优秀，就必须选择正确的做事态度和方法，把每一件该做的事做好，而不是不负责任地敷衍。人生苦短，蹉跎不起。青春蕴含着巨大的力量，青少年时期是人生最宝贵的年华，就该释放青春激情，追逐青春梦想，刻苦学习，以“不到长城非好汉”的拼搏精神，绽放出青春的光彩。否则，将来你的妻儿老小需要你的时候，你一无所有。当你回首往事的时候，除了遗憾，你还是一无所有。

面对选择，能不能做出正确而明智的决定，体现的是眼光与智慧，反映的是一个人的人生态度。人生最难的是选择，最容易的也是选择。最幸福的是选择，最后悔的可能也是选择。许多人都想重新选择，选择却不给他们这样的机会。没有所谓的命运，只有不同的选择。所以，面对生活中大大小小的选择，都要三思而行、慎之又慎，要做出无愧于初心的正确选择。

总之，你的选择就是你的人生。过去的选择造就了现在，现在的选择决定未来。无论如何，保持积极向上的人生态度，正直善良，刻苦勤奋，锐意进取，这才是关乎命运的正确选择。

学会拒绝

人生在世，经常会遇到各种要求、请求或邀请，有的来自同事，有的来自亲朋，是接受还是拒绝，常令人纠结。

在我们这样一个人情社会里，面对一些邀请与要求，有时碍于情面，觉得却之不恭，尽管不情愿，还是答应了，但心里总觉得不舒服，因为你支付不起昂贵的时间和物质代价，浪费了你本不打算浪费的时间，花费了你本不打算花费的钱财，还打乱了自己的生活节奏。倘若不区分情况，一概加以拒绝，又不近人情，可能影响到人际关系。所以，一事临头，要权衡利弊，才能做出妥善的决定。

面对一件事，接受还是拒绝，首先体现的是一个人的情趣与志向。人生苦短，精力有限，只有排除干扰，才可以真正沉潜下来，集中精力干点正经事，避免不必要的自我消耗。不然的话，经常被一些心不甘、情不愿的事情所拖累，白白浪费掉宝贵的时光，损失的只能是自己。很多时候，别人请你帮忙，并不是他们真正需要你，而是他们想偷懒。或者他们觉得孤独无聊，想找人陪伴，而善良的你，正好成了他们选择的对象。如果一个人没有自制能力，常为外界的诱惑所动心，终将一事无成。人生要做的事很多，学会拒绝才是善待自己，是真正意义上的抱负，是更高层次上的进取。坚定你的人格理想，保持精神上的独立和自由，才能有行动上的清醒和坚定，才能成为一个真正成熟的人。

著名学者钱锺书生性淡泊，不喜应酬。特别是到了晚年，他几乎谢绝了所有采访、宴请、演讲和兼职，专心著述。对于种种名目的宴请，他干脆这样拒绝：说自己不愿“花些不明不白的钱，吃些不干不净的饭，见些不三不四的人，说些不疼不痒的话”，先生这样说话，尽管不够委婉，但其清高狷介的境界，毅然决绝的态度，跃然纸上。话都说到这个份上，谁也不好意思再登门约请。

黑格尔说：“一个志在有大成就的人，他必须知道限制自己。”一个心中有大目标的人，往往把主要精力都集中到了事业上，心中有强大的定力，甘于寂寞，不受外界的干扰，对与自己的事业不相干的事情不感兴趣，对时间的安排愿意掌握主动，不希望被别人随意占用。他们能保持精神的恬淡与安宁，保持心灵的高贵，是真正志存高远的人。

生活中却有另外一种人，帮别人的忙比做自己的事情还积极，别人一找就答应，靠满足别人来体现自己的价值，靠屈从别人来维持友谊，把别人的需要和感受看得比自己还重要。别人一有要求就照办，恭顺与懦弱让他既不敢拒绝，也不会拒绝。因为害怕得罪别人，就一直委屈自己去成全别人。前些年春节晚会上有个小品《有事您说话》，小品里的郭子是个“烂好人”，抱着铺盖卷夜里去车站排队，替别人买火车票，还自己搭钱，第二天拖着疲惫的身体给人家送票，仍不忘说“有事您说话”。每天揽一大堆别人的事，来者不拒，把自己搞得焦头烂额，活得特别累，无非是想显示自己有能耐，让别人看得起。这样的人，不懂得拒绝，一味逢迎与妥协，还得不到别人的尊重，活得很窝囊，因为对方早已习惯了你的顺从。

作家毕淑敏在她的《行使拒绝权》一文中说：“古人说，有所不为才能有所为。这个‘不为’，就是拒绝。人们常常以为拒绝是一种迫不得已的防卫，殊不知它更是一种主动的选择。”文章还说，“拒绝对我们如此重要，我们在拒绝中成长和奋进。如果你不会拒绝，你就无法成功地跨越生命。拒绝的实质是一种否定性选择。”她告诉我们，拒绝是我们的权利，我们有权利为了捍卫自己的利益去行使拒绝权，拒绝是时刻伴随我们的一种选择，这种选择有时候很重要。

日常生活中，被人要求或约请的事情五花八门：吃饭喝酒、消遣娱乐、帮人办事、逛街购物、看戏看电影，等等。对于这些约请，哪些应该接受，哪些应该拒绝，不好一概而论，但总应把握一些原则，总应优先保障自己的工作和生活秩序。你不是随叫随到的跟班，你的时间是有价值的，不能随便浪费。为人处世中，不能无原则地接受别人的请求，无论什么事情别人一说你就答应，别人就越来越不把你当回事。更为严重的是，一次次的退让，一次次的答应，只会让自己远离初心，什么事也做不成。

每个人都有自己的事情要做，必须为心灵守候一方净土。生活中还有许多可有可无的应酬、名目繁多的聚会、虚情假意的亲朋、捧场助兴的邀请，等等。对于这些，能谢绝的就谢绝，或者干脆拒绝。有时候，事情来得突然，难以断然拒绝，但只要你觉得这件事不能做，还是要用适当的方式加以拒绝，甚至不妨编造善意的托词和借口。不会拒绝别人的人，内心都有讨好型人格的一面，为对方考虑太多，觉得别人对自己的喜爱很重要，因此照顾别人的情绪也很重要。这种讨好型人格，成全了别人，却委屈和耽误了自己。帮助别人是善心，但随意帮助，可能也是一种纵容。如果一个人给人的印象很随和，就会不断有人要求你帮助，其实这是一种道德绑架。理直气壮寻求帮助的行为，都不应该被纵容。该拒绝的时候坚决拒绝，是对自己负责的表现，也是给对方的适当提醒。勉强接受别人的要求，势必打乱自己的安排与计划，长此以往，你将无法保持完整的自我。三毛从另外的角度进行了分析，很有道理，或许能降低你拒绝时的不忍心。她说："不要害怕拒绝别人，如果自己的理由出于正当。因为当一个人开口提出要求的时候，他的心里根本预备好了两种答案，所以给他任何一个其中的答案，都是意料中的。"别不好意思，别人提出要求时，一般都是试探性的。

保持自尊，是学会拒绝的第一要义。对于一些庸俗的人和庸俗的事，更应当学会拒绝。有的人不求上进，格调不高，喜欢吃喝玩乐，和这样的人不能走得太近，要适当保持距离，他们约请你参加的活动，原则上都应拒绝。还有一些格调不高的活动，比如喝酒、唱歌、打牌打麻将等，组织者可能也是好意，但这些活动容易滑向负面的结果，或者导致不愉快的事件。何况，一些诱惑正是隐藏在这些活动的幌子下，稍不注意就有掉入陷阱或步入歧途的危险。有的人利用你的善良或不忍心，拿你凑数或当陪衬，压榨你的劳动力、压榨你的金钱和时间，满足了他们，却给你造成损失，这种情况必须予以拒绝。要知道，人的精神世界，需要健康的生活方式予以支撑和涵养，没有健康的生活方式，高尚的情操就是一句空话。

乐于助人固然是一种美德，但不能没有底线和原则，不能放下自己的事不做，专门去帮助别人。相互体谅是相互帮助的前提，有的人只图自己方便，一点也不考虑别人的感受，这样的忙不帮也罢。生活中，并不是什么忙都能帮，也并不是什么请求都应当接受。对于那些超出自己能力或违背自己意愿的事，都应坚决加以拒绝。拒绝是一种生活智慧，学会了什么时候该拒绝，以及该拒绝什么，你就能主宰自己。

适当行使拒绝权，是一种明智的自我保护，是有立场和有态度的表现，也是完善人格的重要组成部分。每个人都有自己的学习和工作安排，不能总是被别人的事情所牵绊，成了可以被随时召唤上场的替补队员。还需要注意的是，人是经不起恭维的，在别人的夸奖和称赞面前，很容易答应为别人做事，这是虚荣心在作怪，有的人在求人帮忙时就常采用这个策略。鬼谷子说："心软之人便是无福之人。"如果不忍心拒绝，总是无原则地照顾别人的情绪，你的生活将被搅扰得一塌糊涂。抛弃爱面子的心理，别让不好意思害了你，合理的拒绝并不会得罪人。学会拒绝，顺应本心的呼唤，是保障自己按照优先秩序去生活，意味着你学会了把自己放在首位，更意味着你要成为你想成为的人。

人生活在群体里，总有相互帮忙之责，总有友情需要维系，总有一些关系需要照顾。同事、朋友之间的一些忙，该帮的还得帮，不能不近人情，不能一概拒绝。譬如领导交办的事项、朋友的急事难事、会影响关系的捧场祝贺和公益活动等，都不应推委拒绝，即使你不得不放下手头的事，也要义不容辞去做。此外，人都有人情世故，故交新朋、亲朋同事之间的必要来往，是不能拒绝的，不过那只占你生活的很小一部分。

美国作家福克纳创作了《喧哗与躁动》和《我弥留之际》等优秀作品，并获得诺贝尔文学奖，成为一代大师。获奖后，总统肯尼迪想宴请他和其他获奖作家，但福克纳拒绝了，他说："我老了，不能去那么远的地方跟一帮陌生人吃饭。"俄国大文豪托尔斯泰的拒绝方式更别具一格，他的《战争与和平》《安娜·卡列尼娜》相继发表后，轰动了世界文坛，名声大振。各种采访、宴请和签名活动接连不断，使他应接不暇，备感苦恼。当时，他正准备写一部揭露和抨击沙皇专制制度的长篇小说《复活》，为了能专心致志地写好这本书，他想出了一个好办法。一天，他把佣人叫到跟前说："从今天起，我'死'了，'死'在我的房间里。

不过，别忘了给我送饭。”从此，托尔斯泰把自己锁在屋子里，集中精力进行写作。每当有人来拜访，佣人便显得十分悲伤的样子对客人说：“先生死了，死在谁也不知道的地方。”渐渐地，社会上开始流传托尔斯泰神秘死去的消息，来访者也慢慢绝迹了。9 年过去了，1891 年，世界文学史上的巨著《复活》终于面世，托尔斯泰自然也同时“复活”了。以至于后来高尔基在谈到托尔斯泰时曾说：“《复活》是托尔斯泰‘死’后写出来的，也是这部伟大的批判现实主义巨著成功的原因之一。”

拒绝一般性的事物，似乎并不是多么困难。但要抵制欲望，拒绝金钱和美色的诱惑，可不是一件容易的事。但为了自己的理想，无论如何都要抵挡得住不良诱惑，即使心痒难耐，也要保持清醒，不为所动。因为在欲望面前失去自己，哪怕只有一次，也会陷入万劫不复的深渊。除了拒绝欲望之外，还要学会远离一些人和事。世界很复杂，到处充满诱惑，有些诱惑能够看出其庸俗与丑恶的实质，如果你没有勇气去指斥，也无力制止，那就远离它。比如一些恶势力与坏人，选择远离总是明智的；再比如有些利益就在眼前，唾手可得，但只要你伸手就等于自取其辱，必须明智地选择远离；还有一些品位低下的人，与他们接触没有任何好处，只会受到负面影响，同样必须远离。假如你不能远离那些本该远离的人和事，很可能会付出沉重的代价。所以说，拒绝不仅是胆量，也不仅是利益方面的权衡，更多的还是道德与操守的指引。

拒绝是一门学问，也是生存艺术。直截了当地拒绝，甚至粗鲁地拒绝，会使对方难堪甚至恼怒，给以后的关系造成伤害。而巧妙地拒绝，花一点辗转腾挪的功夫，以智慧和巧妙的方式去应对，才不会伤害别人。应当注意的是，拒绝的时间要趁早，以便对方另做安排；拒绝的态度要坚决，不给对方留下希望的空间。但不要傲慢地拒绝，不要气愤地拒绝,也不要随便和轻易地拒绝。语言要婉转,态度要和善、诚恳,不伤害对方的自尊。拒绝的理由要让对方理解和信服,才能使被拒绝者不至于失落和尴尬,也不至于影响彼此的关系。

唐代诗人张籍拒绝李师道的故事堪称典范:中唐之后,藩镇割据现象严重,李师道是当时割据藩镇之一的节度使,官封“检校司空,同中书门下平章事”,相当于宰相,势力强大,不听朝廷指挥。为了拥兵自重,独霸一方,他四处罗致人才,张籍就是他要拉拢的对象。张籍是韩愈的大弟子,其政治立场和他的老师一样,主张维护统一,反对割据分裂。面对李师道的收买拉拢,张籍左右为难,他不愿为李效力,但如果直接拒绝,怕有后患,毕竟对方权倾一时,得罪不起。思前想后,他写了一首《节妇吟》的诗“寄东平李司空师道”,巧妙地予以拒绝,委婉地表达了自己忠于唐王朝的立场。现将这首诗抄录如下:

君知妾有夫,赠妾双明珠。感君缠绵意,系在红罗襦。妾家高楼连苑起,良人执戟明光里。知君用心如日月,事夫誓拟同生死。还君明珠双泪垂,恨不相逢未嫁时。

据说当李师道读到这首情词恳切、委婉动人的诗后,并没有动怒,还很感动,也就没再勉强张籍。你看,这样的拒绝方式委婉而又坚决,还不得罪对方,确实很高明。

学会拒绝,不是要你变得冷漠或不近人情。作家马德说:“会拒绝,不轻易使用。在良知和道义的层面,你始终是一个乐于施与的人,这样才算最妥帖地理解了拒绝。”对于别人急需帮助的困难,或者举手之劳的事情,能帮还是要帮一把。学会拒绝,是说要把自己的学习和工作放在主导地位,有自主意识。同时还要区分对象,对于一些比较庸俗的人、名声欠佳的人或不熟悉的人，无论约请你干什么，都不能轻易答应。再就是区分事情的性质，分清好事与坏事，分清高雅与低俗。在接受与拒绝之间把握好一个度，掌握几个应予拒绝的原则：手头有紧急或重要的事情要处理；别人要求你做的事情是你不情愿做的；没来由的钱财或好处；可以明显判断出不是什么好事；超出了自己的能力范围；有可能被卷入到他人的矛盾之中，等等。凡此种种，不要太爱面子，不要太在乎别人的想法，该拒绝时坚决拒绝。

学会拒绝，很难，人情不能不顾，诱惑实在太多，压力也确实不小。学会拒绝，其实也很容易，只要懂得自尊、学会自重、保持自我就可以了。因为说到底，你是在对自己负责。

心到静处人自雅

当今的时代，社会深刻变革，各行业的竞争激烈，工作的快节奏，生活的高要求，给人带来了巨大的压力。每个人都步履匆匆，一路追赶。再加上传媒过于发达，各种信息泛滥，搅得人心浮躁。面对这样浮躁的社会，人们很难静下心来梳理一下自己的心灵，很难做到平和与淡然，甚至也难以保持理智与清醒。

对于社会的喧嚣，很多人不但看不透热闹的真相，还喜欢凑热闹。有些人亦步亦趋地沉醉于时尚潮流，在纷繁而又陌生的变化中随波逐流。其实，热闹就是浮躁，就是折腾。尽管生活很热闹，你千万不可被这种热闹所淹没。因为这种热闹很无聊，是人们浮躁、不安和灵魂寂寞的表现。如果你喜欢热闹，很可能是你的心灵感到寂寞，需要用喧嚣来填补。相反，如果你不喜欢热闹，而喜欢安静地独处，则说明你内心丰富而充实，不需要别人介入。喧闹与安静，隔开了尘世的粗鄙与优雅。人在这个世界上走一遭，要想做点有意义的事，必须远离热闹。无论是学知识还是搞研究，都需要静下心来，否则便一事无成。钱锺书先生拒绝应酬，专心著书立说，人淡如菊，心静似水，在文学创作和学术研究方面取得了卓越成就。更为大家所熟知的，是那些为国家做出巨大贡献的“两弹”元勋和火箭专家们，长年身居大漠，甘于寂寞，默默奉献，把不朽的事业写上了蓝天。

诸葛亮在《诫子书》中说:“夫君子之行,静以修身,俭以养德。非淡泊无以明志,非宁静无以致远。夫学须静也,才须学也,非学无以广才,非志无以成学。”这是一位父亲对儿子的殷殷教诲,更是一位智者处世立身的智慧结晶。通观全篇,诸葛亮着重强调了一个“静”字。因为只有内心宁静,才能养成定力。有了定力,才能安心学习、增长才干,才能思虑深远。“板凳要坐十年冷,文章不写半句空”,这是成大事的宁静。人要想成就一番事业,实现人生的追求与价值,需要戒除浮躁、远离尘嚣,潜心读书做事。因为只有当一个人心境安宁时,才能使心力、灵感和潜能得到最佳程度的发挥。反过来说,凡能守静者必定胸有大志。纵观历史,那些有大成就的人,都是静下心来读书做事的人,都能以宁静来涵养德行,砥砺节操。所以说,能不能守静,不仅可以看出一个人品格与境界的高下,还决定了他能不能做出点成就来。邹韬奋 1928 年在《生活》周刊上发表过一篇题为《静》的文章,他写道:“有担任大事业魄力的人,和富有经验的人,富有修养的人,总有一个共同的德行,便是‘静’。我们试细心体会,可以看出一个人的学问、魄力、经验、修养等等的程度,往往和他们所有的‘静’的程度成正比例。”

真正的静,来自内心。当今社会,热热闹闹的场合太多了,庸庸碌碌的人也太多了,你实在没必要去凑那份热闹,因为那都和你没有关系。人如果能耐得住寂寞,便可获得清净,也少受许多痛苦,少出许多洋相。许多人的痛苦和洋相,都是因为不甘寂寞,都是太想表现自己所致。不是世界太喧嚣,是人的内心太吵闹。《菜根谭》中说:“热闹中着一冷眼,便省许多苦心思。”面对乱哄哄的社会,我们不是去逃避,也无法逃避,而是要用坦然来坚守内心的安宁,有一种寻求和保持安宁的自觉意识。只要保持内心的宁静,不被周围的热闹扰乱你的心绪,你就会多出来许多时间,所读所学的效率会更高。心真正静下来,才能寻找到生活背后的真谛，才知道自己究竟该干什么，才不会傻乎乎地去凑热闹。所以，即使你没有办法改变身边人的闹腾，但你起码可以为自己营造一个安静的小环境，保持一分恬淡宁静的心情，而不是把自己搅和到喧嚣中去。这种平静不是空洞与苍白，而是内心的井然有序，是对自我的自觉控制。比如找一个安静的地方读书，到图书馆去学习，这点自觉你总是应该有的，也是不难做到的。

现在的人，总是太在意外面的世界，太关心那些与自己毫不相干的人和事，却忽略自己的内心是否丰盈。要么自己跟着别人转，要么别人跟着自己转，很少能静下来，也没有一点独自拥有的空间。人的所有烦恼都藏在热闹里，一个人如果喜欢凑热闹，那么在喧闹之中很容易浮躁，于是烦恼来了、不安来了，内心变得不再平静。人的心理能量是有限的，如果杂务干扰过多，对八卦新闻太感兴趣，势必心绪烦乱。心如果涣散，无论是学习还是做事，自然难以专注，必定严重影响效率。无法保持内心平静的人，心里总像长了一堆毛毛草，乱糟糟的，头脑不清醒，行动不自觉，不仅做事效率不高，活得也不轻松。有些人之所以一事无成，不是败于懒，而是败于毫无意义的瞎忙。

人最重要的能力是保持内心的平静。我们的身边每天都在发生许多事情，但基本上都和你没有关系，用不着你操心。如果任由外界的因素来搅乱我们的心绪，并且久久不能放下，那是什么事也做不成的。要拥有一颗宁静的心，就必须正视心中的负能量，就是那些妨碍你静下心来的乱七八糟的东西，彻底驱赶它们，在宁静中安顿自己的心，以静制乱、以静制躁。要做到这一点，就必须耐得住对无聊琐事的好奇，耐得住无度的娱乐，耐得住莫名的指责与流言。说到底，就是要耐得住寂寞，不要被外面的热闹搅乱了你的心，守护心灵的宁静。心不能静便无所安，只有在宁静中，人才能触摸到深藏的灵魂，拥有宁静致远的精神家园。否则，我们很容易在眼花缭乱的虚幻中迷失自我，在空虚的热闹中消耗自我。不知你是否有这样的体会：有时候，总是静不下来，刚坐下来就感到烦乱，可站起来之后又不知道要干什么，这就是魂不守舍。没有内心的平静，就没有外在的安宁。心乱，一切都乱。如果不能拥有宁静淡泊的心志，尘世的浮躁就会迷乱内心的沉静，你的焦躁只会不停地消耗自己，最终导致什么也做不好，什么也干不成。

我们所说的"静"，是指心静，不仅让身体安静下来，更重要的是让心灵安静下来，使自己能进入一种专心致志和深思远虑的状态。《大学》中说："定而后能静，静而后能安，安而后能虑，虑而后能得。"心只有完全静下来，才能排除杂念，沉淀浮躁，在冷静的观察中审时度势，做出理性的判断。只有心灵宁静，才能使思想变得敏锐，境界才能远大宏伟，才能唤醒内心的强大意识，这就是所谓"心宁则智生，智生则事成"。心态平稳静谧，不为杂念所左右，才能专心致志，有所作为。如果是读书，才能对书中的知识进行审问、慎思和明辨，才能进行提炼与归纳、联想与感悟，从而融会贯通，举一反三。如果是工作，才能缜密思考，通盘谋划，确保质量。即使是遇到突发情况，也能沉稳应对，妥善处理。当宁静成为一种习惯，你便能时时感受到心灵的呼唤，也就能感受到生活的美好，即使遇到困难和坎坷，你依然可以轻松地回归到心中那片净土。我再强调一下，所谓"静"是指心静，你尽可以为了学习、工作和生活在这个世界上奔波，你的心情也尽可以随着外界的环境而起伏变化，但你的精神世界中，一定要有一个宁静的内核。

心到静处人自雅。据说英国女皇从小接受仪态训练，她五六岁的时候，吃饭之时，保姆会故意在她身边把杯子或碟子掉到地上，起初她会扭头去看，后来就处变不惊，镇静如常。孩子，像你这样的年轻人，身处这个浮躁的社会，学会"养静"尤其重要，一定不要跟着别人瞎起哄，不要凑热闹，不要关心与掺和那些与你无关的事，不要不走脑子就信口开河，不要不假思索就盲目去做。所有这些，都是成长的大忌，更是成功的大忌。更重要的是，你要主动避开繁华喧嚣之地，远离各种尘世干扰，不管外面多么热闹，都要静下心来做自己该做的事，这样，才会比一般人更懂得取舍与感悟。唯有心灵的安静，才有人性的优雅。能拥有一颗宁静的心，你才能拥有一份超然的清醒，才能拥有一个自由的天地，一个美好的世界。

保持平静的心，决不是无所用心。恰恰相反，而是保持一种心理上的冷静与清醒。静，是一种厚积薄发的蓄势，是与轻浮焦躁全然不同的人格修养。清代学者王之春在《椒生随笔》中说："天地间真滋味，唯静者能尝得出；天地间真机栝，唯静者能看得透。"这确是走向成功的至理名言。一个人的独处方式，决定了他的层次。只有通过自我约束与修炼，达到内心的宁静，才会有高质量的思考，才能清醒认识自己的现状与努力的方向。"水静则清，人静则明"，说的是人只有摈弃纷繁的意念，才能有冷静的头脑，把事情思虑透彻，确保自己的行为得当。更重要的是，当你处在宁静的环境中时，心真正静下来后，你就能够更加客观与理性地看待事物，而不掺杂任何情绪和偏见。然后才能没有偏私地审视自己的内心，梳理思绪，检点得失，深刻领悟，使自己的认识与境界都得到提升。就说你吧，最需要克服哪些缺点？对你最有诱惑力的东西是什么？你在哪些方面亟待加强？具备怎样的条件才能成功？你将来最适合做什么？等等。所有这些问题，对你来说都特别重要。而对这些问题的认知与明晰，需要静静地思考，需要正确剖析和认识自己。如果没有冷静的思考，行动上就难以自觉，容易在滚滚红尘之中迷失自我，还容易受别人消极情绪的影响，扰乱你的思想和精神定力。

静，是欲成一番事业者必备的一种境界。懂得把自己从喧闹和纷扰中解救出来，保持清醒的自我认知，是志存高远的自然体现，是沉稳与智慧的必然状态。尼采说："谁终将声震人间，必长久深自缄默。"欣然于孤独和寂寞，是一个人不同凡响的标志。进德修业，最重要的就是要耐得住寂寞和无聊。心之所以能静，是因为有所恃，有能够静下来的动力，这就是你的理想与追求。内心宁静永远来自对自己的深刻了解，了解自己的真实想法以及这些想法背后的动机。能耐得住寂寞的人，肯定是有思想的人。能忍受孤独的人，肯定是有理想的人。一个有远大目标的人，往往是一个思想深刻的人，不管遇到什么困难，都不会惊慌失措，都能保持镇静的心态和俯视的目光，寻求良策，使自己变得更加干练与成熟。而一个在浮躁喧嚣中为追逐物欲而焦虑亢奋的人，不仅会使自己曾经的理想荡然无存，还会将生命变得毫无意义。你不妨看看那些整天混在朋友圈里的人，他们往往失之于浅薄与无聊，未必能有多大出息。而那些甘于寂寞、默默耕耘的人，却能够创造出辉煌的业绩。

佛家告诉我们：静生慧，慧生觉，觉生定。遇事不慌，处世不躁，精心打理好自己的生活与学业，你的生活便会从容而有意义。当你忙碌了一段时间之后，静静地坐下来，认真反思和总结这段时间的学习与工作，检点得失，分析原因，思考下一步的打算，在宁静中历练思深虑远的本领，对你的进步和提高将大有裨益。我知道你会同意这种说法，但我希望你能把它变成一种自觉，变成行动与习惯。

保持内心的沉静，目的是寻求内心的清醒与澄明，你要学会时不时地独处一阵子，静思内省，感受自我，让灵魂彻底净化。环境的静谧与精神的自由，不仅能还原真实的自我，还能在悠然遐思中灵光闪现，获得独特的感悟。古人很重视独处，认为独处静坐之中，清明之气方能从孤独处生出来。独处，实际上就是寻求这种清明，有了这份清明，无论是学业还是为人处世，才能清醒而自觉。宁静致远，反映的是做人的态度，蕴含的是人生观和价值观。在宁静中反省自己，自己与自己对话，不仅是对庸常生活的救赎，还能给你一种无形的催人奋进的力量。所以说，孤独能塑造一个人的内在价值，是一种最昂贵的自由，要么庸俗，要么孤独。孤独才能出众，而不是热闹与合群。

明代张萱在《西园存稿》中说："一日不读书，便觉面目可憎，语言无味。一日不见客，便觉胸怀开涤，日月清朗。一日不出门，便觉清虚自来，滓秽自去！"进德修业，最重要的是要耐得住寂寞与无聊，心要静下来，你不妨好好揣摩一下这三句话中的意蕴。

独处是一种能力，是能够静下来与自己对话的能力，是一种更深刻的自我成长。缺乏这种能力，说到底就是缺乏思考的内在需求，因为没有独处就不会有深刻的思想。这种能力的获得，只有读书与思考。读书与思考能让你跳出眼前的琐碎之事，去感悟与思索人生，这正是精神人格养成的必经之路。如果你渴望人生有所作为，就要学会独处，只有孤独才是灵感的源泉和智慧的摇篮，才能更深刻地了解自己、了解你的追求与期盼、了解你内心的敌人，从而唤醒内在意识，激励你不断走向强大。有的人自以为很忙碌，甚至没时间去思考自己所做事情的最终目的和价值，结果使自己陷入空虚和茫然。胸无大志的人，往往难以忍受寂寞，一生的大好时光就在热闹中消耗殆尽。人生需要安于寂寞的静守，又需要审时度势的清醒，那是一种待机而动的等待。没有独处能力的人，自然没有这份清醒，注定在看似忙忙碌碌、实则浑浑噩噩中终其一生。

独处，必须是高质量的独处，而不是说只要静静待着或者无所事事就行了，这样内心依然无聊和空虚。所谓高质量，是说给自己一角安宁和清净，对平时纷杂的思绪进行梳理，进而反省沉思。或者直面自己内心的渴望，搞清楚自己究竟想要什么样的生活，孕育自己的梦想和希望，并为此去顽强拼搏。用独处的时光守住内心的宁静，是一个人走向成熟的标志，也是一个人内心强大的体现。能够在独处时安然自得，才会在喧嚣时淡然自若。懂得高质量独处的人，会赋予自己巨大的精神力量，鼓起克服困难、勇往直前的风帆，才是真正自立自强的人。

喧闹既有物质的，也有精神的。物质的是各种噪声和外界的喧嚣，精神的则是不停地上网刷屏，胡思乱想或者没完没了地看电视，等等。特别是有些人对手机上瘾，这些被称为“低头族”或“僵尸”一代的人，整天抱着手机看，不停地刷屏，内心起伏翻腾，时刻被网上的或圈里的信息所搅扰，遑论平静？要保持内心的宁静，无论物质的还是精神的喧闹，都必须躲避。如今是一个信息泛滥的时代，到处都是电子屏幕、明星八卦、爱恨情仇、是非恩怨、流言蜚语……各种信息如大河流淌，无止无尽，每个人都生活在这张信息的网络中。你要想将来能有所作为，就必须保持一颗宁静的心，从这张网中突围出来，否则，就可能是这张网中的一条鱼，永远无法游到浩瀚的大海。

一个人灵魂的高贵，必定包含着安静、自律和孤独。明末大儒吕新吾说：“安重深沉是第一美质，定天下之大难者此人也，任天下之大事者此人也。”静气是人生的从容之态，是精神不可或缺的家园，它促人思考，给人以智慧和力量。你要有意识地学会沉静与稳重，多涵养几分静气。耐得住寂寞，才能守得住芳华，才能持久专注于自己所热爱的事业。成功者之所以成功，伟大者之所以伟大，就是他们具备保持心灵宁静的能力。

人生所有的欲望都在热闹里，所有的平庸也都在热闹里。喜欢与追逐热闹，终将在喧嚣中迷失和沉沦。我国著名学者和思想家王元化说过一句话：“一个人太热闹，这个人就完了。”记住这句话吧！

“人情练达即文章”

你上学的时候，长辈和老师教导你的，是要好好学习、掌握知识，以便将来在社会上立足。当你步入社会，面对错综复杂的人和事时，你会感到所学的书本知识用不上，从而产生迷茫和困惑。到那个时候，你才会意识到，书本知识与现实生活所提出的问题，根本就是两码事。而应对社会上错综复杂问题的智慧，是课堂上无法学到的。

《红楼梦》中有两句话：“世事洞明皆学问，人情练达即文章。”“世事洞明”讲的是识见，“人情练达”说的是处世。这两句话的意思是说，把人情世故弄通弄懂就是大学问，善于应对和处理人际关系就是大文章。

离开大学的校园步入社会，才是人生的真正起点。告别了那诗情画意、憧憬无限的学生生活，开始接触社会，你会突然发现，社会上的许多东西都与学生时代的想象有天壤之别。社会不像家庭，并不充满爱，也没有包容，而是充满了矛盾与竞争，奉行的是适者生存的“丛林法则”。世事与人情，就如同深奥的典籍，不是读了大学就能弄明白的。

书本知识固然重要，但对于为人处世则远远不够。如果不懂得与世界和谐相处，所有教育都是徒劳的。刚走出校门的年轻人，天真烂漫，懂“事理”而不明“世事”，固执地坚持事物的合理性，浑然不知社会的复杂性，直来直去，待人真诚却不注意方式方法，处事坦率却不讲究策略，难免常常碰壁。现代社会中，人与人之间有着各种利益关系，还有微妙的情感关系和复杂的历史背景，不了解这一点，便做不好事。对人情世故的了解和认识，只能从现实生活中得来。在校的任务是读书，进入社会则必须读人，读人的目的是明白该如何做事和如何做人。所以，对人性的了解与书本知识的学习同等重要。读人，需要用你所学的书本知识去引导和分析，还需要洞察和领悟。既要从成功人士身上读出坚强与智慧，还要从普通人身上读出善良、质朴与勤奋。当然，在读出善与美的同时，你还必须从某些人身上读出微笑背后的阴险，读出热情背后的陷阱与虚伪。只有这样，才能从表面繁纷复杂的各种事情和形形色色的面孔上，读出真相与实质，从而气定神闲，步履从容。

人是丰富的，人性是复杂的，人的丰富与人性的复杂构成了社会的纷繁多姿。我想强调的是，书本知识固然重要，但单凭知识还不能成就事业，还需要对人情世故有洞察能力。历史学家张舜徽说："天地间有两种书：一是有字书，二是无字书。有字书，即白纸黑字的书本；无字书，即是万事万物之理，以及自然界和社会上的许多实际知识。除书本外，还应多读'无字书'以扩大求知领域。"无字书的内容十分广泛和深奥，意旨纷繁、学问广博，需要你好好阅读、用心感知，方能有所体悟。读有字书需要苦读，读无字书则需要用心感悟，方能读得好一些，从而增长才干并少吃苦头。一个人必须经过社会大熔炉的锻造，才有可能读懂社会与人生，才能俯仰天地，洞察人性，认识社会。

心理学的最新研究表明，一个人的智商高并不意味着一定成功，真正决定一个人能否成功的因素是情商，即一个人如何认识自己和他人，以及如何适应社会的能力。这就告诉我们，洞明世事与人情练达是成功不可或缺的条件。如何处世的确是一门艺术，会处世的人，进退自如，左右逢源；不会处世的人，到处碰壁，举步维艰。清醒认识和深刻洞察人性，掌握为人处世的技巧，能为自己赢得更多的成功机会，也会使自己生活得更愉快。

我希望你踏入社会以后，不能像在学校一样到处“指点江山”，要丢掉书生气，变得现实一点，多洞察人情世故，学会与人打交道。卡耐基说过：“一个人的成功，约有15%取决于知识和技术，而85%取决于沟通——表达自己意见的能力和激发他人热情的能力。”在社会生活面前，你随时都需要与别人打交道，去处理各种工作与生活问题。要想在交往中游刃有余、把事情办好，进而取得事业成功，除了正直、善良的品质外，还需要策略与技巧，需要洞悉人性的特点。如果你太书生气，便会遭人白眼。如果你精明于功利，则会被人瞧不起，缺少合作者。如果你太耿直，缺乏沟通、妥协和迂回的现实主义态度，很多事你不仅办不成，还会吃苦头。其实很多时候，人的谦恭或强硬与骨气并无关系，那不过是一种适应环境的生存智慧而已。不是说要你八面玲珑，而是要你了解为人处世的智慧与禁忌，学会与人打交道，妥善处理各种问题。

做人是一门讲究细节的艺术，每个人都有受尊重、被重视的需求与渴望，如果让人觉得你对他很重视、很欣赏或者很尊重，他就会对你回报巨大的热情，进而成为你的朋友。所以，与人交往中，要注意自己的态度、神情、口气、语调、姿态、眼神等，如果你通过这些细节，让别人感觉到你不重视他、不尊重他甚至轻视他，尽管没有任何矛盾和冲突，他也一定会成为你的对立面。所以，与人接触与谈话，无论对方是谁，你都要热情而真诚，彬彬有礼，认真倾听，切忌心不在焉，对领导和长辈更应如此。倾听的本质是对别人的尊重，越是善于倾听的人，也越能得到别人的尊重。在倾听中思考，在思考中判断，在判断中取舍，在取舍中提高，才是正确的做法。

人际关系中，“听”比说重要，要关注话语背后的情绪诉求，才能不被表面意思所扰，听出真意或弦外之音。明朝吕坤在《呻吟语·修身》中说：“人生惟有说话是第一难事。”这个“难”，其实就是心里想的与嘴上说的有时候不一致，也不必一致，为什么呢？因为情况很复杂，不少人都是用一副假面孔与人打交道，嘴上说的并非心里想的，但又不能不说。真话？假话？正话？反话？让你不得不去揣测他们的真实想法与意图。我曾读过这样一段文字，很有道理，不妨说给你听听：听一个人说话，他表达的不一定是他的真实想法。但如果你留意他说话的方式，就能知道他的真实意图。因为人的表达方式与思维方式有关，要想隐藏真实观点比较容易，隐藏思维方式却很难。不过，你如果揣摩透了对方的真实意思，千万不要说破，不要忘了三国时期杨修的遭遇。能看破而不说破，这不是世故，而是尊重世俗，悲悯人性。能识破，是精明；不说破，是厚道。看破不说破，知根不亮底，才是处世的智慧。如果自作聪明说破了，脸皮也就撕破了，结果是于人无益，于己有害。虽然没有说破，却含蓄地暗示自己知道，借以卖弄自己，那更是蠢上加蠢。另外，人的认识和语言都有很大的片面性和局限性，要学会倾听，否则，很可能每天都活在自我欺骗和被人欺骗中。

不可否认，人人都喜欢听奉承话，但奉承的话不一定都是真心的，只不过是为了取悦你，目的是索取高额回报。不要因为别人说了你想听的话，就相信他们的话，进而信任他们。有的人对你特别礼貌殷勤，要小心，礼多必诈，背后一定有目的。趋炎附势，是世人的常态。认识到这一点，就应当看淡人情的变化。失意时受到冷落，也不必骂人“狗眼看人低”。得意时受到追捧，也不要飘飘然，还要留一点清醒。对那些不请自来的嘘寒问暖，要保持警惕。对待小人，要怀着尊重而谨慎的心，勤打招呼少说话，不主动来往也不拒绝来往，尊重他的人格，他想保有你对他的尊重，便会放弃邪念。

心口不一不见得就是虚伪与狡猾，有的人碍于面子而撒谎，有的人是迫于情势而没讲真话，有的则有难言之隐而不能讲真话。对这些情况你要理解和体谅，不能当面戳穿，宁肯装糊涂也不要自作聪明。从更高层次上讲，“难得糊涂”是一种做人的智慧，也是生存之道。这个社会从不缺少把聪明写在脸上的人，但大智若愚的人却不多。你步入社会后，凡事要权衡利弊，以决定自己该怎么做，不要小聪明，以免“聪明反被聪明误”。

为人处世，凡事都要给他人留点面子。“人活脸，树活皮”，面子的本质是尊严，是得到认可与受人尊重的心理需求。托尔斯泰说：“人们常常想用发现别人的缺点来表现自己，但他们用这种方式表明的只是他们的无能。”与人交往中，千万不要批评人，不要好为人师，别人做错事的时候，如果你不能给出合理的建议和正确的方法，就不要简单地去批评人，大道理谁都懂，关键是怎么做。意见不一时，即使你再有理，也一定要给别人留面子，千万不能伤及对方的自尊。要适当满足别人的虚荣心，有时候你说了真话，却得罪人，因为你戳穿了事实。有人把这叫作“面子定律”，这条定律不仅适用于人际交往，同样也适用于家庭成员之间。《孔子家语》中说：“与人交，推其长者，讳其短者，故能久也。”是说要多称赞别人的长处，不谈论人家的短处，关系才能长久。不要随便评论别人，置身事外，谁都可以评头论足。置身其间，谁还能淡定从容？不评论别人，是因为你不在其中。

与人交往，难免有人情往来，这方面你要明事理、重情谊。人敬我一尺，我敬人一丈。他人有困难，能帮时要尽量帮一把，特别是别人的急难，但“救急不救穷”的古训也不可忘记。在别人揭不开锅的时候你送他一碗米，是一种情义，是悲悯和关怀。而大量地、经常性地送米，就变成了你的义务与责任。情义与义务是完全不同的两回事，处理不好二者的关系，把情义变成了义务，只会费力不讨好。俗话说：“升米恩，斗米仇。”说的就是有的人习惯天上掉馅儿饼而贪得无厌，或者因为看到彼此的巨大反差而产生不平衡心理，不仅不思报答，反而产生仇恨。有这样一个故事：一家早餐店老板看到环卫工人和流浪汉经常吃不上热饭，就免费给他们每人三个包子。施舍行为持续几个月后，情况发生了变化。有人提出不要包子，要馄饨。还有的提出不要包子，要求把三个包子的钱给他们，早餐店不得已取消了施舍活动。结果那些人义愤填膺，把早餐店给砸了。帮人百次不感恩，一次不帮就记恨。这种现象，在人世的常理中是找不到答案的，但在复杂的人性中可以找到。英国作家萨克雷说：“如果一个人，身受大恩之后又和恩人反目的话，他要顾全自己的体面，一定比不相干的陌路人更加恶毒，他要证实对方罪过才能解释自己的无情无义。”助人是美德，但帮出怨恨的教训，也要警惕。《处世悬镜》中早就说过：“恩不可过，过施则不继，不继则怨生。”永远也不要去试探人性，它会让你失望的。

说到这里，不妨说一说感激与尊重或者感激与依赖之间的差异。你将来有能力去帮助别人的时候，别人自然会尊重你。但很多的尊重，都是因为你有用。假如你什么都不是了，所有的尊重也就烟消云散。西班牙的巴尔塔沙·葛拉西安在《智慧书——永恒的处世经典》中说：“智者宁愿他人时刻需要自己，而非感激自己。保持他人的希求是智慧的，期望别人的感激是愚蠢的；期盼让人牢记，而感激让人忘却。受人依赖，比受人恭敬更有益。人，解了渴之后，往往转身离开井边；橘子一旦榨干，便会被人从金盘子中扔到垃圾筐里。当人们对你的依赖消失，良好的品行和尊敬也会随着消失。努力保持人们对你的渴求之心，且不使其得到完全满足，这是最重要的人生经验之一……但是不要做得太过分，以免误入歧途，也不要为了一己之私而让别人陷入病入膏肓的绝境。”

古人说：“害人之心不可有，防人之心不可无。”做人固然要坦诚，但也不能随便遇到一个人就掏心掏肺，你把人家当朋友，人家觉得你是傻瓜。现实生活中，见风使舵的常有，落井下石的也不少，对这些人你要当心，有所防范，但方法要高明。《菜根谭》中说：“觉人之诈，不愤于言；受人之侮，不动于色。”发觉被人欺骗，不要在言谈举止中显露出来，遭受别人侮辱时也不要怒形于色。为一点小事而大动干戈，显然是不智之举。在力量对比还比较悬殊的情况下，或者不隐忍便会影响自己的大局，就不要为一时之气而做出错误的举动。不要公开与人为敌，心中有数就可以了。有时候，该吃亏时就吃点亏，该忍让时就忍让，宽恕不仅能息事宁人，更重要的是养德。能有吃亏忍辱的胸襟，这辈子将受益无穷。

春秋时，晋国的文子遭人陷害，为逃避朝廷抓捕而出逃。在经过一个县邑时，恰好县令啬夫是文子的昔日好友，已疲惫不堪的随从建议在此休息一下，也等等落在后面的车子。文子坚决不肯，他说，这个啬夫是个靠不住的小人。当年我爱好乐器，他就送我上等的好琴，是个很会投其所好的奸佞之人。如去见他，我担心他会出卖我再去讨好别人。果不其然，文子一行刚离开，啬夫就扣押了后面的车子，献给了晋国国君。看透人情世故，重要的是要洞晓人性，再加上善于思考的头脑，方能举措得当，避免吃亏和无谓的牺牲。

在人生的旅途上，难免会有或明或暗的竞争对手。要适当隐藏自己的实力，不与人公开为敌。在与对手的较量中，如果你有幸赢得一时的胜利，也一定要善待对手，赢得对手的心，使对方心悦诚服，才是真正的赢。即使对方已成输家，也必须尊重和维护对手的尊严。因为对对手的任何轻慢和侮辱，到头来都会落到自己头上。三国末年，吴主孙皓向北方的西晋投降，孙皓被押到洛阳，晋武帝设宴招待他。席间，晋武帝想羞辱孙皓，便指着下首的座位说："我设此位等你，已经很久了。"孙皓回答："我在南方也设了这样一个位置等你。"令晋武帝尴尬不已。

你生活在这个世界上，为了自己的抱负而努力拼搏，却又不能不受制于复杂的人际关系。如果你不管不顾，只凭着自己的性子来，会碰得头破血流，纵然你才高八斗，也难以施展。只有洞察人情，懂得进退，才能应对裕如，走出浅薄带来的困境。人活在这个世界上，无论做人与处世，都要刚柔相济、外圆内方。内方是做人的根本，说的是原则与规矩。外圆是处事技巧，圆是圆通，是机变与灵活，也是通达与策略。"随方就圆"是古人做事的智慧，指的是处事能顺应情势的变化，待人随和而不固执，但并不因此而丧失原则，当方则方，当圆则圆。既坚持原则，又灵活变通，圆融自如。如果做人做事一根筋、认死理，事事计较，往往行不通。所以，与人交往，要宽容友善，谦和圆通，豁达洒脱。方正做人，圆通处世，人情练达，自然能成就圆满人生。

应当说，谙于世故的人都是聪明人。这种人处世圆润，甚至八面玲珑，但多半是"滑头"，容易让人瞧不起，自保有余，成大事则不足。我希望你参透人情世故，目的是避免因自己的鲁莽或浅薄而吃苦头，而不是要你学得圆滑。知世故而不世故，才是最善良的成熟。做人的最高境界，是世事洞明、宽容大度、以和为贵。所以，不要刻意追求练达，还是要保持抱朴守拙的忠厚作风，以善良和坦诚赢得尊重。太过于练达和圆滑，会失去本性，也会遭人讨厌。鲁迅先生说："人世间真是难处的地方，说一个人‘不通世故’，固然不是好话，但说他‘深于世故’也不是好话。”人生在世，难能可贵的是不失去自我，进而成就自我。既懂得人情世故，又能跳出世故之囿，方正做人，低调做人，才是人生的智慧。

能洞悉人情世故，固然很好，但毕竟只是被动认识与应对。从更高层次上说，则应像曾国藩那样，引导和利用人性，“集众人之长，补一己之短。”“合众人之私，成一己之功。”曾国藩早年不谙世故，给咸丰帝上了个奏折，差点引来杀身之祸。办团练的初期，他嫉恶如仇，批评同僚，与地方官员也搞不好关系，孤军奋战，屡战屡败，羞愧之余还差点自杀。后经高人指点，告诉他：“统领世故人心，永远都脱不了一个‘和’字，和光同尘，你才能得到千人之智、万人之力的相助，从而达成自我的众星捧月的辉耀！”曾国藩听罢如醍醐灌顶、豁然开悟，他再次出山后，遍访湘赣官员，上至朝廷大员，下至七品县官，一一拜访。他礼贤下士，网罗人才，幕府聚集了一大批人才。他不再责人之短，而是扬人之长。对有功劳和有才能之人，则大力提拔或上书保荐。经他推荐的人有千人之多，官至总督、巡抚者就有四十多人，以至于时人总结说“国之重臣，悉出曾门”。他甚至一次次地向朝廷推荐与自己有宿怨但有才能的人，始终以一“和”字来处理人际关系，破解世故之囿，终于建立了盖世奇功。

务必要学会思考

如今是一个信息泛滥的时代，面对过量的信息，人们只能匆匆浏览，无暇思考也懒得思考。大部分人拥有的只是获取信息的能力，而不是思考的能力。不爱思考的人，正慢慢失去思考的能力，变得越来越肤浅，越来越缺乏内涵。

获取信息的快速与便捷，使一些年轻人越来越懒得思考。有什么问题到网上搜一下，答案应有尽有。即使是写论文、写作业、写报告等，都可以从网上轻易拿来，完全不用动脑子。这种轻易获取知识的方式，使人们忽略了真正弄懂一个问题的重要性，忽略了思考的重要性。对网络的过度依赖，使一些年轻人对知识不再刻意去领会和掌握，即使是基本的汉字书写，也是提笔忘字。人们已经习惯了照搬别人的知识，拿来就用，从不加以思考。其实我们知道，只有经过大脑思考的知识才是自己的，不费吹灰之力从网上搜来的“知识”，也会轻易地从记忆中抹去。因为任何有价值的东西都不可能轻易获得，恰恰相反，只有努力与耐心，才能培养出能够改变人生的能力。不得不说，科技改变了生活，提高了幸福感，但也为懒惰打开了方便之门。

这个世界上，很多人都在随声附和，重复着别人的生活，其原因就是缺少独立的思考，导致认知水平低下。哲学家罗素说过：“许多人宁愿死，也不愿思考，事实上他们也确实至死都没有思考。”当今社会，每个人都拿着一部智能手机，没完没了地接收信息，却依旧脑袋空空，受人摆布。网上一条八卦新闻，也信以为真，忙不迭地转发，甚至以讹传讹。对信息的真实性与价值，根本不做任何判断，成了地地道道的传声筒。越不思考，就越不会思考；越不会思考，就越懒得思考。长此以往，人必定成为生活的奴隶。

美国哈佛大学教授迈克尔·桑德尔说："学习的本质，不在于记住哪些知识，而在于它触发了你的思考。"思考是内化知识的必要途径，老师教授再多的知识，如果不用心理解和思考，便不能真正掌握和运用，再多的知识也是别人的，和你没一点关系。因为学到的知识不经过消化，便无法构建自己的知识体系，也无法提高自己的认知水平。正如爱因斯坦所说："学习知识要善于思考、思考、再思考，我就是靠这个学习方法成为科学家的。"学习、理解、掌握，融会贯通，举一反三，这是学习知识的过程。如果只知道机械地做题，却对所学知识没有透彻理解，缺乏思维的深刻性，深度学习便压根儿没有发生，看似很勤奋，成绩却不一定理想。高尔基说过："懒于思索，不愿意钻研和深入理解，自满或满足于微不足道的知识，都是智力贫乏的原因。这种贫乏通常用一个词来称呼，这就是'愚蠢'。"学习是知识的积累，而思考则是将知识升华，升华的意义远高于盲目的积累。不经过思考的知识不是自己的，思考后再实践，实践中再反思，才能内化成自己的知识。没有思考，就没有感悟。没有感悟，就没有对知识的掌握和思想的火花。

罗曼·罗兰说过："放弃独立思考，是一切不幸的核心。"人与人之间的最大差距是思想的差距，而这种差距的原因就在于能否独立思考。思想决定人生，思想决定命运。同样的学习环境，同样的经历和条件，人与人之间之所以会出现差异，原因固然很多，但核心是思想的差异。人的思维如果一味在常识和感觉的轨道上奔跑，他所能看到和了解的必定是有限而陈旧的。有人问牛顿成功的秘诀，他回答说："我的成功归功于静心地思考。"不可否认，现在这个时代，我们大多数的思考和大多数人的思考都是一种抄袭，电脑已成了年轻人的百科全书和大脑，照搬照抄，自然难以进行正常的逻辑思维，也就阻碍了理性的发展，容易受到蛊惑或被人操纵，产生"羊群效应"，从而变成一个没有主见、没有思想的人。正如学者周国平所说："每个人都睁着眼睛，但不等于每个人都在看世界，许多人几乎不用自己的眼睛看，他们只听别人说，他们看到的世界永远是别人说的样子。"由于不肯思考，人们往往只看到事物的一个方面，导致人们的观点、言论乃至处理事情的方法越来越雷同。

卢梭说："在儿童时期没有养成思考的习惯，将使他从此以后一生都没有思考的能力。"思考是思想的起源。思考的能力要从小培养，"学起于思，思起于疑"，疑问是思考的起点，首先要学会提问题，遇事多问个为什么，用不断提问、不断思考的方法逐步揭示问题的实质，不但要知其然，还要知其所以然。独立思考的能力是学习能力的核心要素之一，要善于分析各已知条件之间的关系，善于从不同角度进行分析，还要善于观察事物的变化和发展规律。一个不爱思考的人，总会对接踵而至的问题长吁短叹，而善于思考的人总能找到解决问题的办法。你要特别注意加强这方面的训练，养成善于思考的好习惯，提高学习能力，这样必将为你创造出有无限机会的未来。

我们不妨看看原本的一些"尖子生"和"学霸"，他们在校期间都是佼佼者，但步入社会以后，许多人并无特别之处。造成这一现象的原因固然很多，其中一条就是在应试教育的体制下，人们习惯于按照书本寻找标准答案，习惯于不懂就问老师，重复别人的见解。我们不缺乏记忆和模仿型人才，但缺少有独立思考能力的创造型人才。学生只会死记硬背，有读无思，有记无思，独立思考能力没有得到很好训练，书本知识没有转化为能力，不会思考和解决问题。所以，光有书本知识是不够的，必须克服思维惰性，学会正确思考。强化对知识的理解需要思考，解决人生的各种问题需要思考，迷茫的人生更需要思考。思考，决定一个人的能力和未来。遇到问题，学会追问，然后寻找原因，发现本质，最后总结规律，这样就能不断提高逻辑思维能力。

事实上，我们所接受的许多知识和信息，都来自别人的教育，或者是书本与环境的影响。你怎么理解和接受，要看你如何看待和选择。就像读书，很多人并不用脑子思考，只是跟着作者的思路走，用别人的结论来解释自己的疑惑，重复别人的见解和思想，没有质疑，没有追问，所以阅读起来才比较轻松，以至于有人把读书当作休闲与消遣。思考是阅读的深化，是需要花费力气的，是把书读透、读活的关键。只有学会独立思考，激发好奇心，启迪想象力，才会有创造性和批判性思维，由此你才会与众不同，获得属于你自己的成就。知识固然很重要，但思考能力、想象力、逻辑推理能力、联系实际的能力更重要。同样是读了很多书，有的人只不过是个书呆子，一事无成，有的人则功成名就，原因就在于此。所以，你不仅要多读书，更要学会思考，切忌有读无思，力戒人云亦云，努力构建一个属于自己的知识体系。把知识转化为精神财富，把你的观察与思考转化成智慧，自然就会成为一个杰出的人。

思想是人的思维活动的结果，也是人一切行动的基础。一个人无论成功还是失败，都是自己思想作用的直接结果。人的思维具有定势，习惯用经验思维、从众思维和权威思维去看待和解决问题，一旦形成习惯，便没有了自己的思考。所以，法国生物学家贝尔纳说："妨碍人们创造的最大障碍，并不是未知的东西，而是已知的东西。"成功的人，是善于独立思考的人。有思想的人善于思考，有突破性思维，总是带着觉醒的意识看待世界，对解决工作和生活中的问题有思路、会谋划，这样才能创造属于自己的命运。人生重在思考，你要学会突破固有习惯和观念，主动思考、正确思考、深入思考。思考成就未来，你会思考，就有能力正确取舍，就能掌握主动。所以，遇事你要保持头脑清醒，用常识和理性去鉴别，用思想和质疑去审视各种问题，做生活中的强者。这样，就能让学习更轻松，工作更有效率，也能让生活更和谐、更惬意。爱迪生说："一个人年轻的时候，不会思索，他将一事无成。"不会思考的人，不过是习惯的奴隶，是他人观点的奴隶，其认知水平很难提升档次，遇事没有主张，不会谋划，没有洞察力，注定难有建树。

我们生活的时代，是一个复杂而多元的世界，骗局和陷阱很多，必须冷静观察、深入思考，方能少走弯路，避免上当。学会独立思考，并不是要你的思想多么珠圆玉润，但绝不是遇事不动脑子，只会按照本能行动。在知识爆炸和大数据时代，评价一个人的能力，不是单看知识储备，更重要的是看思考能力。你思考的深度，才真正决定你未来的层次。人们常说"三思而后行"，是说遇事要反复思考，才能做出正确的选择。思考的时候，要注意正向思维、逆向思维和综合思维，既对某一件事的好处、优势和机会进行思考和评估，还要从反面思考，对这件事的问题、弊端和后果进行分析。从正面去想，再反过来想，会有不一样的思路和结果。然后结合正、反两方面系统考虑，从而得出最佳方案。特别是逆向思维，往往能使我们想明白很多事，更容易找到事情的根源和解决办法。多一些逆向思维，摆脱教条的束缚；多一些批判性思维，突破桎梏的羁绊；多一些换位思维，避免以自我为中心；多一些系统思维，消除片面的误区；多一些前瞻性思维，掌握对事物的主动权。如能养成"三思而后行"的习惯，就能培养起全面、客观的理性思维和负责精神。现在的一些年轻人，做事往往从感觉和兴趣出发，难以形成自我负责的精神，这对他们为人处世很不利。你要有意识加强思维训练，特别是逆向思维训练，这样不仅会减少你与他人的矛盾，还会极大提高你的决策能力，使你处理问题更加成熟和圆满，同时还能发现别人容易忽视的方法和机会。

人的思维能力，从智力方面讲，包括思维的敏捷性、灵活性、深刻性、独创性和批判性。从非智力方面讲，包括思维的主动性、积极性和勤奋程度，如能在学习和工作中勤于思考，熟练运用分析与综合、归纳与演绎，发散与收敛、想象与联想等思维方法，必能提高决策能力，从而事半功倍，步步领先。

学会思考并不难，你不妨对身边发生的事情多加注意，多想想其中的因果关系。对不同的声音，要用逻辑、常识、经验和科学的方法去分析，就能看出其中的缘由。有些事情，表现出来的不一定是真的，真实的东西未必表现出来，我们的思维如果执着于表象，就会看不清问题的本质。面对人世的纠葛和纷争，设法弄清楚各方的利益是什么，你就能得出正确的结论，因为所有纷争全是利益的交集。任何事物之中都包含着逻辑与道理，即使你所学知识中一些结论性的东西，也是这样，要分析和掌握这些逻辑内涵，不能光死记硬背。所以，遇事多想想为什么，对习以为常的做事方式，多考虑改进的办法，这对于提高认知能力大有裨益。“行成于思毁于随”，你要养成先思后行、谋定而动的习惯，遇到问题多思考，在复杂的社会里保持清醒的头脑，这样才能应对裕如、进退有度，走好人生之路。

学会独立思考，必须防止“定式思维”，不要让那些格式化的思维和习惯性思维封闭了自己的视野，从而把自己关进思维的死胡同。美国心理学家威廉·詹姆斯说：“很多人以为他们在思考，其实他们只是在重新整理自己的偏见。”观察问题要多角度，思考问题要全方位。禁锢在自己固有的思维中与迷失在别人的评价里一样，都足以毁掉一个人。独立思考而不吸纳有益的意见，容易偏执；一味听取别人意见而不思考，则容易迷失。当众说纷纭的时候，要认真聆听和分析别人的观点，然后做出自己独立的判断。思维方式真的能决定人生的方向，更决定人生的高度。当你面对两难选择时，当你遭遇困境而无所措手足时，你不要被思维定式所束缚，不妨换一种思维方式，或许就会迅速摆脱困境，找到解决问题的办法。当你学会了开启思维这扇大门时，便能够获得无尽的宝藏。

要学会独立思考，但不能怀疑一切、否定一切。打着独立思考的幌子，否定别人正确的意见，大家说对的你偏说不对，别人说错的你偏说不错，这是非常有害的思想倾向。如果没有科学的思维，逻辑混乱，故意抬杠，以此显示自己与众不同，那就大错特错了。学会独立思考，并不是处处与人作对，更不是故意特立独行来标榜自己。而是在面对复杂的世界时，你要拥有思考的深度和广度，能够透过现象看本质，不盲目听信于人，不被假象所蒙蔽，从而遇到问题时能够做出正确的决定与选择。

法国心理学家勒庞在其心理研究经典《乌合之众》中说，一个人独处的时候，判断能力和价值观很难受到外界的影响。但只要进入一个群体，其观念就会不知不觉地与群体同化，原有的价值观很容易被改变，从而做出错误的决定。何况，在网络发达的今天，有形与无形的群体太多了，人们很容易受到环境和群体的影响，我们不假思索地顺着环境的大河漂流着，根本用不着思考，因为根本不觉得还有思考的必要，这是一件很可怕的事情。面对群体中的这种倾向，你要多思多想、坚守自我，而不可人云亦云、随波逐流。

亚里士多德说过："人生最终的价值，在觉醒和思考的能力，而不只在于生存。"不可否认，我们大多数人都是按照一种固定模式在生活着，日复一日地重复着自己的工作和生活，没有思考，没有追问，让岁月淹没在机械的忙碌之中。这种模式从很小的时候就开始了，早已成为一种定式，固定在我们的习惯里，很容易抑制或消磨我们的思考兴趣，使人变得麻木，不再去思考自己所面临的人生问题，这是一件很可怕的事情，对此你要保持警惕，不要让这种定式阻碍你的思考，制约你的思想高度。

每个人都是自己思想的产物，我们的思想造就我们这个人，我们的态度决定我们的命运。你有什么样的观念，就有什么样的行动。观念不同，思路不同，看待世界的视角不同，解决问题的方法不同，由此便会产生截然不同的人生。人生路漫漫，你究竟能走多远，取决于你怎么思考，更取决于你思想的深度和高度。

孩子，学会思考吧！只要有独立思考的意志，日积月累，你必将与众不同！

言谈举止见教养

人的言谈举止与礼貌规范，和人的品行一样，是构成一个人优秀品质的重要部分。温文尔雅，落落大方，彬彬有礼，已成为现代人的文明标志，更是一种无形的财富。当你开始理解这个世界并思考人生的时候，就要注意自己的仪表和言谈举止，因为这对你的人生至关重要。一个人的言谈举止，反映出来的是修养素质，对人际交往和事业发展关系甚大。千万别相信所谓“谋大事者不拘小节”之类的话，也不要模仿少数年轻人怪异的服饰、发型和打扮，那种把怪异当“潇洒”的行为，只不过是少不更事，或者是为了掩盖心灵的空虚。

《论语》中说：“君子不重则不威，学则不固。”如果不庄重就没有威严，就会轻佻，流于散漫，心不能自守，所学的知识也不会牢固。一个人动辄就一惊一乍，表现出慌乱、浮躁和冒失，是很难得到别人敬重和信赖的。言谈举止庄重大方、威严深沉，方能给人以稳重可靠之感。事实上，一个人如果不自重，言谈随意，举止轻佻，根本无威严可谈，甚至可能还会自取其辱。自轻者人更轻之，自重者人方重之。人生在世，应该保持必要的庄重与矜持，言谈举止要稳重大方，不能轻佻与随意。以恭敬之心自持，以庄重之色临人，无形中就会透出一种凛然难犯的气象，让低级趣味和歪门邪道的东西不敢靠近你。这是保护自尊的需要，更是拒绝诱惑、洁身自好的需要。

贾谊在《新书·卷九》中说："夫一出而不可反者，言也；一见而不可掩者，行也。故夫言与行者，知愚之表也，贤不肖之别也。是以智者慎言慎行，以为身福；愚者易言易行，以为身灾。"意思是说，说出来的话就收不回去，这就是言语；做出来的就掩盖不了，这就是举止。言语与举止，是智慧和愚蠢与否的表征，是贤与不肖的区别。所以智者言行谨慎，从而给自己带来福分；愚者言行轻浮，从而给自己带来灾祸。

良好的仪态和风度，是一个人全部内涵的外化，展示的是自己的形象，体现的是为人处世的态度。风度是装不出来的，装腔作势，穿名牌衣服，或者故意端着一副架子，都丝毫没有用。好学深思、宽宏博大、谦虚自信的人，才会透出不凡的气质和优雅的风度。气质是一个人相对稳定的个性特点和风格气度，要提升气质，就要不断提高自己的品德修养，不断丰富自己的文化知识。提升修养和文化品位，主要靠多读书，丰富自己的思想。曾国藩说："人之气质，由于天生，很难改变，唯读书则可以变其气质。"徜徉在书海里，与先贤对话，与智者沟通，会受到熏陶和浸润，展现出与众不同的精神风貌。一个人的内在修养达到一定程度时，通过言谈举止，自然而然就展现出独特的气质和魅力。现实生活中，对有的人尽管你只是匆匆一瞥，或者短暂接触，便会引起你的注意或产生好感。而对有些人即使相处很久也没什么印象，原因就是不同人的人格魅力所致。人格魅力，是指一个人在性格、气质、道德品质、能力等方面吸引人的力量。这种人格魅力既蕴含在言谈举止中，又超乎言辞行动之外。透过一个人的外表、神情、谈吐、举止，我们就能感受到一个人的人格魅力。

如何培养良好的形象和提升人格魅力？我们不妨从《容止格言》说起。天津南开中学是 1904 年由著名教育家张伯苓创办的，该校东楼的过道旁，有一面大镜子，上面镌刻着四十字的《容止格言》，后得名

《镜箴》，流传至今："面必净，发必理，衣必整，纽必结。头容正，肩容平，胸容宽，背容直。气象：勿傲，勿暴，勿怠。颜色：宜和，宜净，宜庄。"要求学生对镜自鉴。南开校规还明确规定："体态松懈，言语蛮横，奇装异服，光彩华丽，凡一切惹人注目之行为装饰，皆行禁绝。"时至今日，《容止格言》依然悬挂在多个建筑的大厅内，彰显了南开独特的历史传承和价值取向，不仅规范了一个人外在的仪容仪表和行为举止，更重要的是在行为习惯和道德修养方面对学生提出了明确的要求，具有丰富而深刻的教育意义。

毕业于南开中学的周恩来总理，他有着独特的高尚品质、超群智慧和渊博知识，而且思维敏捷、胸襟宽阔，仪表风范，堪称楷模。联合国前秘书长哈马舍尔德 1955 年在北京与周恩来会见后，说了一句广为流传的话："与周恩来相比，我们简直就是野蛮人。"美国前总统肯尼迪夫人杰奎琳也说过："全世界我只崇拜一个人，那就是周恩来。"美国前总统尼克松评价周恩来时说过这样一段名言："在过去二十五年里我有幸会见过一百多位政府首脑中，没有一个人在敏锐的才智、哲理的通达和阅历带来的智慧方面超过他，这些使他成为一位伟大的领导人。他是我所结识的具有非凡天才的人物之一。"著名英籍女作家韩素音说："拿周恩来和世界上许多伟人如拿破仑、罗斯福做比较，我只能说就人格品德而言，这些人都不能望其项背。"这些名人对周总理的评价，足见他令人折服的修养、学识、气质与风度。

优雅的气质和风度，除了天生的因素外，主要来自严格的后天训练和陶冶，来自丰富的知识和深厚的文化素养，更来自自觉自省的品德修养。在平时的交往中，你只要稍加留意就不难发现，有的人衣着得体而不奢华，言谈举止儒雅斯文，与人交谈时神情专注，善于聆听，谦虚而不做作，谈吐不凡，思路清晰，展现了深厚的学养。在这样的人面前，让人不由得肃然起敬。

年长一点的人都知道，演员王铁成扮演的周恩来非常逼真，人们都感到很神奇。央视的《艺术人生》节目有一次播出了对王铁成的采访，他揭示了成功扮演周总理的秘密。他着重谈了周恩来的修养，正是因为他深刻理解并把握了这一点，才能够演得出神入化。人们常说站有站相，坐有坐相。一个人走路，慢了就显得不够精神，快了就难免慌乱。周恩来自幼受名门家教，练就了有节拍标准的步子，不疾不徐，姿态端庄，沉稳自信。王铁成说完当场演示，果然形神兼备，令人叹服。

礼仪是一个人内在素质和外在形象的具体体现，是教养的外在形式。正如歌德所说："一个人的礼貌就是一面照出他肖像的镜子。"与人交往时，注意自己的形象和举止，确能给人留下好的印象，有利于沟通和交往。简单地说，就是要注重文明礼仪，得体大方，彬彬有礼。古人说："不学礼，无以立。"是说一个人不懂礼仪，就无法在社会上立足。礼仪是为人处世的行为规范和准则，是人际交往中必须遵守的律己敬人的习惯形式，体现的是一个人的精神风貌和道德风尚。你对一个人再怎么尊重，都必须通过一定的形式才能表现出来。和蔼的表情、热情的态度和得体的举止，会给人高贵而亲切的感觉。而虚伪的表情、轻浮的动作和粗俗的谈吐，一定会给他人留下不好的印象。所以，人际交往中要特别注意礼仪，懂得向别人表达敬意，才能获得他人的尊重与好感。

要注重自己的仪表、仪容和仪态，仪表是指人的外表，包括人的容貌、服饰、个人卫生和姿态等，这是一个人的精神风貌的外在体现。仪容是指人的容貌，也是仪表的重要组成部分。日常生活中，要注重自己的形象，杜绝不修边幅的陋习，衣着整洁、得体，举止优雅、自然，养成稳重、文明的习惯。仪容风貌体现的是一个人的教养和品位，展示的是对别人的尊重和重视程度。注重仪容仪表，会让人产生好感，即使是去商店买东西，你也会受到热情周到的服务。友善的目光，整洁的服饰，亲切的微笑，文雅的谈吐，得体的举止，都是礼仪的具体反映。与人初次见面，一个人的仪表风度给人留下的第一印象，会直接影响到今后的交往。

服饰可以含蓄、间接地向人们传递许多信息，不仅表露了一个人的修养、情感与职业，体现着一个人的特质，还以无声的方式，把人的个性、品位甚至社会地位告诉他人。衣着重在得体大方，入令即可，不一定是名牌。服饰打扮不仅能够展现一个人的仪表，还可以提升气质，改变人的心情。在社交场合，得体的服饰更是一种礼貌，体现的是对他人的尊重。需要说明的是，如果不注重读书和修养，没有内敛的和气与沉稳，像一些一夜暴富的有钱人，只注重外表服饰，一身名牌，但没有多少文化积淀，也难掩内在的贫瘠。

仪态，是人们在交往中所表现出来的各种姿态和风度，主要是站、走、坐、表情、言谈等。言谈举止有美丑之分、雅俗之别。动作姿态是一个人思想感情和文化修养的外在体现，展示的是这个人的道德品质、礼貌修养、人品学识、文化品位等，潇洒的风度，优雅的举止，能树立良好的自我形象，给人留下深刻的印象。人们常说，站有站样，坐有坐相，就是要保持良好的仪态，仪态美好，意味着良好的生活态度和教养。教养是表现在行为方式中的道德修养，是家庭教育、学校教育和个人修养的结果。说到底，教养就是善待他人，礼貌对待他人、认真倾听他人、真实感受他人，让人感到愉悦和舒服。稳重大方，温文尔雅，言谈举止之间透露出来的文雅与沉稳，体现的是对他人的尊重，传达的是良好的道德修养和文化品位。

与人相处，要真诚自然，热情大方，让人感觉到你的亲切随和。待人接物以及行为姿态要落落大方，文明礼貌。不管见什么人，无论是领导还是清洁工，都要“出门如见大宾”，像接待贵宾一样，有庄重的气象，给人以礼貌和尊重。让礼貌和优雅成为习惯，你会发现尊重别人就是尊重自己。你应从日常言谈举止的每一个细节入手，自觉履行良好的文明礼仪，养成好的习惯。

与人握手时，要热情大方，力度合适。既不可对领导和女士过于用劲，以示热情；也不可对陌生人或你瞧不起的人太敷衍。与人落座谈话，坐姿一定要得体，不可抖腿，自己独坐也不可抖，“男抖穷，女抖贱”。不可跷二郎腿，不能歪着身子，两条腿不能叉开，更不能一张一合，要自然并拢。如果要打喷嚏，一定要把头扭到一边，并用纸巾捂住鼻子。更要注意不能旁若无人地挖鼻孔、掏耳朵、打哈欠，或者两个手指下意识地在茶几或沙发上敲击，或者满头头屑、眼角有眼屎、衣服上有油污、头发乱蓬蓬。所有这些，都会令人生厌。如果有漂亮的女士在场，更不能总是打量人家，那会给人留下轻浮的印象。另外，与人同行时，切记不可勾肩搭背，不可牵手。

交谈作为表达思想、交流信息和抒发感情的基本方式，一向受到人们重视。与人交谈时，微笑是最好的语言，态度要诚恳、亲切，语言要谦虚、文雅，语调要平和、沉稳。说话要注意逻辑性，表达严谨，思路清晰，才容易让别人听明白。说话时情绪要稳定，避免兴奋和激动，避免语速过快，那样对思考很不利，不能很好地表达自己的思想。吐字要清楚，冷静平和地表达自己的意思。对于你不熟悉的领域和话题，不要妄加评论，把话留给行家去说。越是自己熟悉的领域，越不要急于开口，要抑制自我表现的冲动，让德高望重者先讲。不要试图用滔滔不绝和高声的语调来吸引别人，任何企图成为谈话中心的想法都会令人讨厌。如果意见与人不一致，不要轻易说“不”，在非原则问题上不要轻易否定别人，否定就是伤害。此外，还要考虑其他在场人员的情况，不要涉及可能会让其他人尴尬或不舒服的话题。另外，不要总喜欢表达自己的意见，特别要学会倾听，把说话的机会让给别人，因为倾听体现的是对他人的认可与尊重。

在社交场合，不能放声大笑，不要喧闹嬉戏，不能插科打诨，或者总爱讲笑话，因为那样的人顶多就是一个逗乐的人，不会受人尊重。适当的幽默是可以的，但一定要高雅得体，不能有亵玩之语。

“腹有诗书气自华”，外在形象是内在素养的反映。曾国藩在谈如何看人时，说过这样几句话：“端庄厚重是贵相，谦卑含容是贵相。事有归着是富相，心存济物是富相。”他把“端庄厚重”放在第一位，是说一个人如果很端庄、很厚重的话，这个人就会很尊贵，就会很有地位。明代思想家吕坤在《呻吟语》中也说：“深沉厚重是第一等资质，磊落豪雄是第二等资质，聪明才辩是第三等资质。”端庄厚重，重是根本。重，就是稳重、厚重、庄重、持重、自重。一个有成功潜质的人，最大的特点就是从容稳重。曾国藩说：“稳当从容，可当大事。”判断一个人能否做成大事，能否承担大的责任，就看这个人做事是否稳当、从容不迫，是否具有厚重的品质。重，是指一个人由内到外散发出来的厚重品质，就是一个人学识、胸襟与修养的外在体现。不仅是神态和仪态的庄重，更是内心的深沉、庄严与持重。唯有内心的庄严，才会有外表仪态的庄重。方正持重的人必然理智而沉稳，懂得忍耐和把握轻重，能对事物做出合理的选择与取舍，不会娇纵狂妄。举止端庄沉稳，不轻浮，说话严谨不轻佻，是一个人德性成熟的表现，也是成就一番事业的必备素质。相反，一个人如不能居静持重，必然心浮气躁，散漫肤浅，难当大任。

教养让人脱离粗野，走出卑俗。教养是长期养成的，是平时行为习惯的结果，养成之后就不会轻易改变。人的行为反复多次以后，就渐渐演化成难以改变的秉性。一个不经意的动作或习惯，常常能让人看出你的教养与品行。所以，千万不要小看你觉得无伤大雅的第一次，不要轻视那些所谓偶然，因为重复多次之后，就成为生命的必然了。就像一个练过舞蹈的女孩子，从小受过严格的形体训练，长大以后，举手投足之间依然是那么优雅，那么得体。而一个从未受过这样训练的女人，则完全不是那么回事。

一个人的素养，是通过训练和实践而获得的道德修养，表现为善良、丰富、内敛、温情、优雅，谦谦君子，如兰在野。所以，平时要有意识地训练自己的行为方式，衣着、坐姿、走路、说话、情绪、手势、表情等，各方面都要严格要求自己，不能苟且和随意，慢慢培养起优雅的风度。让优雅成为习惯和自觉，通过礼貌、礼节和礼仪的文质彬彬，保持和升华对美好生活的追求与向往。

曹雪芹在《红楼梦》里这样评价一个人的气质："才华馥比仙，气质美如兰。"修炼这样的气质要靠多读书，加强自省，涵养德行，升华境界。读书多了，便增加了静雅之气，人会变得清澈灵秀。古人说："惟书有色，艳于西子；惟书有华，秀于百卉。"多读书，久而久之，自会养成一种书卷气，一个人的言谈举止都将在无形中改变。

管控欲望得自在

人要生活，就有欲望，这是人生存的需求，是人的本能。欲望与人的希望和追求密不可分，不管我们是否意识到它的存在，欲望人人都有，而且无时不在。追求美好事物的欲望是人类进步和社会发展的原动力。人有了欲望，才会有追求，并在追求中推动社会与文明的进步。正如弗洛伊德所说："欲望是生命最积极的推动力。"纵观人类的文明史，任何一项进步都是欲望推动的结果。

人的需求或者说需要，是生命的必要条件。就像人要呼吸、要吃饭喝水一样，否则便无法生存。生命固然需要一定的物质条件，但这种需要是有限的，超出这种自然需求的物欲并不是生命的真正需要，可能还是有害的。就像吃饭，满足人体所需的营养，饭菜可口一点，也就可以了。如果顿顿大吃大喝，山珍海味，反而对健康有害无益。不仅如此，如果超出了需求，物欲就是无止境的，甚至会变成贪婪。比如，一个人有一套房子供安居，一辆汽车以代步，这是需要。如果有好几辆豪华轿车和好几栋高档别墅，那就不是需要，是过度的物欲，是炫富和虚荣心在作怪。

由此可见，需要如不被满足就会产生欲望，欲望如不加以控制，会变得贪得无厌，永远无法得到满足。太多的欲望不仅使人身心疲惫，而且导致危险重重。司马光说："侈则多欲。君子多欲则念慕富贵，枉道速祸。”告诉我们奢侈就会增加贪欲，君子欲望多了就贪图富贵，招致祸患。人除了自然属性之外，还有虚荣心和占有欲，以此获得心理满足。这些年反腐揪出来的贪官，他们本来就高官厚禄，生活不成问题，却贪污受贿几千万、几个亿的钱财，结果把自己送进班房。有的人品德低下，放纵情欲，作风腐化，等到东窗事发，不仅臭名远扬，还使父母妻孥蒙羞。不难看出，过度的欲望必然催生贪婪，而贪婪则容易把人的劣根性释放出来，这是造成许多悲剧和罪恶的根源。欲望的满足必须建立在良知之上，“君子爱财，取之有道”，人可以追求物质，但不能迷失本心。要守住底线，用背弃良心的方式获得财富，内心终将不得安宁，通过邪恶手段获取的利益，早晚会失去。

欲望虽能激发人的动力，但欲望不能逾矩，更不能损德。渴望物质的富有，追求事业的成功，谋求仕途的发展，争取人生的精彩，这些欲望都是正当的，但都应通过正当手段诚实地获得，而不能走歪门邪道。

清人钱德苍编辑的《解人颐》一书中，收录了关于欲望的《不知足诗》，对人性欲望的弱点做了形象的刻画：“终日奔波只为饥，方才一饱便思衣。衣食两般比具足，又想娇容美貌妻。娶得美妻生下子，恨无田地少根基。买得田园多广阔，出入无船少马骑。槽头拴了骡和马，叹无官职被人欺。县丞主簿还嫌小，又要朝中挂紫衣。若要世人心里足，除是南柯一梦西。”讽刺有的人欲壑难填，贪得无厌，如果任由欲望无止境地膨胀，必将后患无穷。

人生的物质追求极限总有一个定数，除了基本的衣食住行的物质条件，再多的物质只能是一种累赘、一种消磨人意志的无用摆设，甚至是一种罪恶。古希腊的伊壁鸠鲁说过：“超出自然需要以上的欲望是造成痛苦的根源。”物以足用为度，任何事物都有一个“度”，既是合理的程度，也是极限。超过了极限，事物就会起变化。人的欲望不能过分膨胀，不能违犯规矩，更不能触犯道德和法律的底线。生命的价值并不以占有物质的多少来衡量，精神、智慧和追求，始终是决定一个人崇高与平庸、充实与空虚的分野。古人说："恶莫大于纵己之欲。"过度的欲望，既背离了生命的合理需求，也脱离了良知和道德，必定使人堕落。人要想平安又坦然地生活，必须对自己的欲望加以审视和控制，把那些不必要的和有害的欲望拒之门外。

我们做任何事情都是有目的的，一切目的的源头就是欲望。管理好欲望，远离不良诱惑，对成长中的青少年来说，是一件特别重要的事。这个世界五光十色，无奇不有。我们周围有很多的诱惑，既有美好的诱惑，激励我们去追寻，但也有许多干扰我们成功、影响我们幸福生活甚至危害身心健康的不良诱惑，这些不良诱惑能让人自愿上当，不知不觉地成为它的俘虏。对完美人格的追求、对知识的渴望、对荣誉的向往等，会激励我们严格要求自己，奋力拼搏；对金钱的追求、对游戏的喜爱等，这些诱惑只要正确对待，并不会影响我们的健康成长。但是，有一些诱惑却有着极大的危害，需要特别警惕。如毒品的诱惑、赌博的诱惑、色情暴力信息的诱惑、酗酒与网吧的诱惑等，这些东西毒害人们的心灵，诱发犯罪，具有极大的危害性。所以，人生的一个重要课题，就是务必学会辨别并自觉抵制不良诱惑，这样才能有健康幸福的生活和不负初心的人生。否则，不仅美好的理想将化为乌有，甚至还会为之付出沉重的代价。

欲望的善恶，不仅取决于欲望本身是什么，而且取决于产生欲望的人的生活态度和生活方式，更与一个人的思想境界有关。一个人眼中的欲望，在另一个人看来也许根本算不了什么。就像一些学生喜欢玩游戏，一玩就是几个小时，但在学霸看来，那简直是辜负青春和浪费生命;有的人喜欢下班后找几个朋友玩,比如唱歌或者打麻将。但在有追求的人眼中,业余的几个小时,正是提高自己的宝贵时间,他们选择钻研业务或者秉烛夜读,日积月累,终将使自己脱颖而出;有的学生早恋,把大好的青春时光随意抛洒在花前月下,但在志存高远的学生看来,这种颠倒生命节奏的行为,无异于浪费青春、自毁前程。

欲望可以使人坚定地走向既定目标,激发人的激情和动力。对上大学的渴望,使多少莘莘学子刻苦攻读,不惜三更眠五更起;追求事业成功的渴望,使无数有志者百折不挠、顽强拼搏;对挣钱养家的责任感,使数亿农民背井离乡、抛妻舍子涌向城市……但欲望也能令人迷乱彷徨,失去理智和明辨是非的能力,以至于在选择上改变了初衷,行动上背离了原本的志向。有的人因为贪图钱财而毁灭,有的人因为贪恋美色而沉沦,有些原本成绩很好的中学生,因为早恋而未能跨入大学的门槛,由此葬送了美好的前程,彻底改变了人生的轨迹。

大仲马在他的名著《基督山伯爵》中说:“人类的错误,在未犯之前,总觉得自己有很正当的理由,是必须的。于是,在一时的兴奋、迷乱或恐惧之下,过错铸成了。”人在做某件不该做的事之前,总要为自己找一个说得过去的理由,以便对自己有个安慰与解释,但正是这种自欺欺人的理由,使自己付出了沉重的代价,走上了错误乃至罪恶的不归路。

黑格尔说过:“一个志在有大成就的人,他必须知道限制自己。”现实生活中,形形色色的欲望太多,人们躁动的心一不小心就会被俘获。正因为有太多的诱惑,因此也就有了太多欲望不能满足的痛苦。要想以清醒的头脑和从容的步履走过岁月,就必须学会选择,管束自己的心猿意马,杜绝不应有的欲望。古人所谓“伐欲以炼情”,是说只有控制了欲望,才能磨炼自己的性情,坚定自己的志向,走好人生之路。

人在各个年龄段会有不同的欲望，这本不是我们的错，我们的错，在于不能把握欲望的临界，不能使自己的欲望接受理智的规范和约束。在紧张的工作、学习之余，娱乐消遣一下，本没有什么错，错是错在痴迷和不节制。另外，对一些正常的或者谈不上对错的欲望，只要不发生在错误的时间和地点，也没什么错。比如闲暇时间看看小说，或者娱乐休息等，都是无可厚非的。但如果上课看小说、玩手机，上班时间上网炒股、玩游戏，开会时说话、睡觉等，便是错误的。从理论上说，人越任性，越容易被欲望支配；越理性，越能克制欲望。所以，必须加强自律，志存高远，严格要求与约束自己。正如康德所说："自律使我们与众不同，自律令我们活得更高级。也正是自律，使我们获得了更自由的人生。"青少年时期的学习阶段，课堂上应当克制任何杂念，心无旁骛，专心听讲。学生时代，应当克制谈情说爱的欲望，不把宝贵的时光浪费在终将后悔的青春萌动里。工作时，应当克制享乐的欲望，不可吊儿郎当，力争把工作做好。做一件具体的事时，克制还想做另一件事的欲望，专注地把事情做得完美。

处在人生花季的青少年，充满好奇，缺乏自制能力，面对一些不良诱惑，往往觉得新鲜好奇，意欲尝试一下，或者因为不知深浅而被坏人诱导。出于强烈的好奇心和盲目的从众心理，某些青少年还可能跟着别人参加一些有害的活动，如吸烟、吸毒、赌博、看不健康的书刊、痴迷电子游戏等。总之，稍不注意，就可能误入歧途。年轻人渴望自由，但须知自由的本质不是放纵自己，不是随心所欲，而是自我主宰，是懂得有所为有所不为。

许多年轻人不明白，快乐其实有两种：一种是短暂的，这种快乐很容易得到，只要满足那种原始的本能欲望，人就觉得快乐，就像放下作业不做去打游戏那样。但这种快乐有时是有害的，会把人困在短暂的享受中无法自拔，从而失去追求美好人生的动力。还有一种是长期的，需要先付出，忍受开始时的痛苦，用理性去克制原始的本能，但付出后的获得，会使自己的人生变得更加精彩。相比于短暂的快乐，你更应当追求长久的幸福。生活就是这样，满足本能欲望的短暂快乐没有意义，生命的意义只体现在更长久的价值上。何况，没有多少人关心你是否快乐，所有人都只看你是否成功。

必须承认，当今人们追求的许多东西，并不是生命本身的真正需要，而是社会风气的不良导向刺激出来的，是为满足攀比之心而滋生出来的。就像有的人，手机换了一个又一个，功能还是那些，只不过款式越来越时髦。汽车买了一辆又一辆，目的还是代步，只不过车子越来越豪华。花费的是自己的钱财，只为图个面子，本质上是虚荣心作祟。他们不知道，人生的幸福从来不是物质上的奢侈，而是灵魂的高贵与丰盈。

欲望虽然有积极意义，但始终无法得到全部满足。叔本华说："欲望是人痛苦的根源，因为欲望永不能被满足。我们离理想越远，自然就会离欲望越近。在现实生活中，我们常常迷失在理想与欲望之中，将欲望的东西当作理想，这是因为它们有时实在太近，近到只有一线之隔。或者说欲望是感性的，而理想是理性的。"人作为理性的动物，其本质在于反思和选择。否则，一味顺从于欲望的诱惑，听命于本能的冲动，尊严与人性便荡然无存，更何谈理想？一个优秀的人，对于外在的东西，必须能分辨出哪些是不可或缺的，哪些无关紧要，哪些是有害无益。对于成长中的青少年来说，提高辨别能力和学会自律尤为重要。青少年有许多欲望，也渴望自由。但自由是相对的，欲望是需要约束的。否则，不仅最初的梦想将化为泡影，而且结果恐怕是灾难性的。作为中学生的你，如果渴望真正的成功和荣誉，向往鲜花与掌声，就要学会克制欲望，坚决抵御不良诱惑，坚定自己的远大理想，不受外物的诱惑与牵绊。克制，看起来是控制自己，实际上是给自己创造更多的自由和更大的空间。面对欲望，想要做出正确的选择，需要的是理智。用理智支配欲望就是律己，能否严于律己，体现的是一个人的志向和道德修养。

除了坚定理想和意志外，还要远离那些滋生欲望的温床，避免受到干扰和诱惑。清朝道光年间，刑部大臣冯志沂酷爱碑帖字画，但他很少对人吐露，以防有小人投其所好。一下属探得其嗜好，特将一本宋拓名碑帖献上，他触目自警，眼皮都不抬一下便坚决予以退还。有人劝他，看看何妨，何必一点面子也不给，冯则不以为然地说："这种古物乃稀世珍宝，我一旦打开，就会爱不释手，索性不打开，封其人眼，断其诱惑，其奈我何?"对容易让自己产生诱惑的东西，保持距离，不听不看，甚至想都不想，权当不存在，不失为一个好办法，在诱惑面前始终保持清醒，比刻意隔离诱惑更难能可贵。当然，在你专心学习和工作时，让手机远离你，让一切干扰你的外在因素远离你，也是好办法。如果做不到，那就改变环境，躲开那些容易分心的地点与事物，寻一清静之地，也是正确的选择。

当本能与理智发生冲突的时候，理智控制本能的能力，是一个人是否优秀的重要标志，由此也可以大体判断出他的未来。生命的深层意义，在于面对诱惑时能保持心灵澄澈，不为浮华所动。能够控制自己的欲望和情绪，本身就是一种强大，是一种了不起的素质。比方说，看着别人穿名牌衣服、用最新款式的手机，你能安之若素，不为所动；当别人兴致勃勃地玩游戏的时候，你能心如止水，专心于自己的学业；当朋友拉你参加某些对你没什么实际意义的活动时，你能礼貌而坚决地予以拒绝；面对那些没完没了、情节跌宕起伏的电视剧，你会适时起身离开；当你一个人独处时，你能清心自持、笃学不倦。凡此种种，都是自律能力和意志力的体现。当今社会，物欲横流，如果你有超越别人的自我控制能力，能够排除干扰和拒绝诱惑，专注于自己的学业，那么可以断言，你将来必定不同凡响！

人生路上，既充满了艰难险阻，也充满了各种诱惑。玩物丧志，贪欲败身。你唯一要做的，就是把握住自己的内心，坚守理想高地，不把生命浪费在一定会后悔的地方。只有这样，才不会在人生的征途中迷失方向，才能朝着理想的目标勇往直前，去谱写人生的优美乐章！

“言为心声”谈说话

说话，是人生存的必须技能，也是日常交流和开展社会活动必不可少的能力。谁都会说话，但要说得好却并不容易。朱自清说过：“说话并不是一件容易的事。天天说话，不见得就会说话；许多人说了一辈子话，没有说好过几句话。”

我们每天都要与人打交道，谈话交流。如果不注意说话的态度与方式，就无法正常沟通，甚至产生隔阂与矛盾。所以，学会做人，首先要学会说话，尊重他人，谦虚礼貌，才能顺利实现与人交流的目的。

说话是为了表达与交流，得体与有效就成为对说话的最高要求。首先是要好好说，要用谦和的语气、礼貌的言辞和尊重的态度，心平气和地与对方说话。说话的语气谦虚、态度和蔼，能体现出真诚与认真的态度，增加亲和力，有助于事情的圆满解决。人，无论是大人还是孩子，都渴望获得尊重。所以，好好说话的所有技巧，都离不开一个核心，就是让对方感受到尊重。“良言一句三冬暖”，古人留下的许多谚语，都是劝导人们要好好说话。说话客气礼貌，就能善结人缘、诸事顺利，避免许多不必要的麻烦。

现实生活中，有些人不会说话，不尊重他人，为了一丁点儿小事便出言不逊，张口便带挑衅性和侮辱性，摆出一副找碴儿的架势。轻则令人厌烦，导致彼此不愉快，重则引起争吵和冲突，甚至拳脚相加，造成难以预料的可怕后果。

说话的内容重要，语气也很重要。你说话的语气里，隐含着你对人、对事的态度，语气不对，说话白费。与人说话，语气要平和真诚，不可自高自大，不可得意扬扬。无论是以命令的语气还是谄媚的口吻，都会让人不舒服。说话让人舒服的程度，某种程度上就是你的修养程度。会说话、嘴巴富贵的人，更能收获尊重与友谊。规劝别人时，态度要诚恳，语气要婉转，不能直来直去，不能抓住对方的缺点无情讽刺，那只会伤害人。即便你真心为别人好，也不能用埋怨、批评和讽刺的口吻。否则，效果将适得其反，对方不仅听不进，还会记恨你。

说话还要特别注意情绪，情绪不对，内容会被扭曲。没有好的情绪，说再多也没用，充其量只是一种发泄。有的人说话不注意情绪，明明是关心人，偏偏用抱怨的方式，令人不愉快。比如你不小心磕疼了头，人家却硬邦邦甩了一句："你没长眼啊!"让你很窝火。可见，对于别人的困难和麻烦，要理解别人的感受和心情，抱着同理心和同情心去安慰，而不能用批评和抱怨的方式去表达，这样才会有好的效果。不要以为亲人之间就可以说话无所顾忌，正因为是亲人，朝夕相处，如果不注意，任何小问题都可能影响关系。现实生活中，许多家庭悲剧都是由于当事人不能好好说话引起的，以至于夫妻反目、家庭破裂。

古人认为，嘴有多贱，命就有多贱。《心相篇》中说："愚鲁人说话尖酸刻薄，既贫穷必损寿元；聪明子语言木讷优容，享安康且膺封诰。"佛家认为，因缘果报都在嘴巴上，好好说话，就是改变命运。即使遇到困难，怨天尤人的话也不要说，而要多从自身找原因。如果说话能做到积口德、懂慈悲、常感恩，便是将财气、贵气、福气收于己身。说话尖酸刻薄，不厚道，日积月累，即使没做什么缺德的事，福气也会跑掉。

言为心声。一个人的学识与教养仅靠外表是很难看出来的，最直观的方法是听他说话。英国诗人本·琼森说:“语言最能暴露一个人,只要你说话,我就能了解你。”语言从来都是思想的载体,一个人说的话就是他心里所想的,讲话水平的高低,反映了讲话者的思想境界与胸襟学识。现实生活中,不难见到有的人“口出万言,胸无一策”,他叽里呱啦说了半天,谁也不知道他想表达什么,杂乱无章,说明这种人没有思想。正如高尔基所说:“如果一个人说起话来长篇大论,这就说明他也不甚明了自己在说什么。”

人是偏爱自我表现的,总想以自己的思想和看法去影响别人。正因为如此,有的人喜欢高谈阔论,但思想和智慧从不以话多话少为评判标准。那些夸夸其谈的人,往往没有内涵,话说得不少,可惜空洞无物。海明威说过:“大多数时候,我们说得越多,彼此的距离却越远,矛盾也越多。在沟通中,大多数人总是急于表达自己,一吐为快。却一点也不懂对方。两年学说话,一生学闭嘴。”现在的青年学子或刚走出校门的年轻人,面对即将踏上的工作道路,踌躇满志,胸中激荡的多半是睥睨一切的倨傲,渴望“指点江山,激扬文字”,让他们少说话,实在不是一件容易的事。他们要学会说话,恐怕是吃过苦头以后的事。

朱伯庐说:“处世戒多言,言多必失。”告诫人们要少说话,话说得多,难免有不恰当或错误的地方。《周易》上说:“吉人之辞寡,躁人之辞多。”意思是说,有修养的人说话言简意赅,不会胡乱发议论。而缺乏修养、性格浮躁的人则喜欢夸夸其谈,大话连篇。你初一的时候,老师夸你口才好,对此你反倒要警惕,不要夸夸其谈,切忌逞口舌之利。说话的目的是表达思想或与人交流,言在精而不在多,应当抓住问题的实质,把话说到点上,千万不要东拉西扯,不着边际。不多说话,做到自我控制,本质上是一种临事不纠缠、少惹事的行动智慧。

语言贵凝练,文章忌冗长,这是古今中外的至理。要想把话说得简明扼要，条理清楚，靠的是一个人的素质能力。莎士比亚借哈姆雷特之口说：“简洁是智慧的灵魂，冗长是肤浅的藻饰。”说话简短凝炼，说起来容易，做起来却没那么简单。要把一件事或一个问题用简洁、精练的语言说清楚，没有清晰的思路和严密的逻辑，是很难做到的。这种素质能力需要长期的积累与历练，决非一朝一夕之功。

2005 年，美国耶鲁大学举行 300 年校庆盛典，校长登台致辞，人们原以为堂堂耶鲁大学的校长会长篇大论，把学校好好夸赞一番。不料这位银发老人只用了不到一分钟，便绝妙地概述了这座世界名牌大学 300 年的辉煌。这篇演讲译成中文，实在是简短又精彩，不妨全文照录如下：

“今天，我们不要只说耶鲁的历史上出了 5 位美国总统，包括近几十年来接踵入主白宫的老布什、克林顿和小布什；也不要只说耶鲁是造就首席执行官最多的摇篮。我们更应该记住，耶鲁的毕业生中有 3 位诺贝尔物理学奖、5 位诺贝尔化学奖，8 位诺贝尔文学奖和 80 位普利策新闻奖、葛来美等奖项的获得者。耶鲁，我们的耶鲁，自始至终坚持为人类文明和社会进步服务的理念！”

“震天下者必震之于声，导人心者必导之于言。”说话是传递信息的重要方式，把话说到点上，讲到要害，有见地，别人才喜欢听。这就要求讲话的人要有较深的思想理论功底，有较强的逻辑思维能力，还要有较高的文学修养水平。除此之外，还要熟练掌握大量的词汇，有高超的表达能力，能灵活而准确地调动和把握语言文字。就像《中国诗词大会》的主持人董卿，在那样一个高手云集、万人瞩目的场合，主持优雅得体，语言优美准确，展示了她深厚的文化底蕴，赢得了观众的喝彩。

说出去的话就像泼出去的水，难以收回。所以，慎言十分重要。

重要的话要深思熟虑，想好了再说。俗话说“祸从口出”，就是告诫人们说话要谨慎。生活中的大部分矛盾，都是从说话开始的，尤其是在人际交往的过程中。如果说话不分场合、不讲方法、口无遮拦，看似痛快淋漓，其实是不成熟的表现。轻则让人难堪，重则惹下祸端。曾国藩说：“古来言凶德致败者约有二端：曰长傲，曰多言……历观明公巨卿，多以此二端败家丧命。”言语是用来表达意见看法的，如果对某件事不了解情况，或没有研究，或思维不周密，就不要说话。另外，对人对事不要随便评论，少讥评，少嘲讽，可以免灾少祸。“群聚守口，独处守心”，若干人在一起时，往往说者无心，听者有意。千万不要随便多说话，不要哗众取宠，要守住自己的嘴。《道德经》中说：“多言数穷，不如守中。”一个人话太多，往往会使自己陷入困境，不如保持虚静沉默，把话留在心里。知无不言，多半是情商不够，能把嘴边的话咽回去，才是一种练达。

据“二十四史”记载，山东琅琊王家，从东汉到明清的1700多年间，先后培养了36个皇后，36个驸马，35个宰相，186位文人名士，被称为“中华第一望族”。这个家族如此显赫的原因，竟是六个字的家规：“言宜慢，心宜善。”王氏的始祖王吉在险恶的官场能顺利度过各种难关，十年间从一个知县成为朝廷重臣，靠的就是一位老人传授他的秘诀——“言宜慢”，就是认真思考后再说，这样才能更加谨慎、冷静和稳重。其次是说话要舒缓，听的人才会感到受尊重，也更亲切和舒服。十年后王吉在返乡途中再次遇到那位老人，老人再传他三个字——“心宜善”，教他做事要清正廉明，胸怀要宽广，待人宽厚仁慈。他谨遵教诲，终成一代名臣。从这个意义上说，重要的不是说话技巧，而是学会做人。言为心声，不能舍本逐末，首先是要做一个善良的人。从此，王吉就把这六个字定为家规，要求子孙谨听之、慎行之。

与人说话，还要把握哪些能说、哪些不能说。不恰当的言论或不合时宜的话，不经意间就可能刺伤别人。因为人与人的经历和阅历不同，世界观和方法论不同，看问题必然有差异。如言语不当，这种差异可能就会演变成人与人之间交往的屏障，甚至是敌对情绪。所以，说话要分场合、看对象，考虑对方的接受程度，不能只图自己痛快。

慎言的另一层意思是说话要注意对象、地点与场合。孔子说："可与言而不与之言，失人；不可与言而与之言，失言。知者不失人，亦不失言。"他老人家还说："言未及之而言谓之躁，言及之而不言谓之隐，未见颜色而言谓之瞽。"意思是说，没有轮到你说你抢着说叫急躁，该说的时候不说叫隐瞒，不看对象的脸色便贸然开口叫盲目。说话的场合是多种多样的，公众的、私密的、轻松的、严肃的，等等，不同场合对说话有不同的限定和要求。人不论在什么场合说话，都有自己当时的角色定位，这个角色定位要符合自己的身份，说出的话也要符合角色定位。至于说话的对象，更是千差万别，对什么人能说，对什么人不能说，都要掂量掂量。鬼谷子在《权篇》中关于对不同的说话对象该如何说话，有全面而深刻的论述，你不妨找来看看。

明朝立国后，马皇后宴请功臣们的夫人。席间，马皇后感叹道：从前咱们过苦日子的时候，哪会想到今天啊！徐达夫人谢氏也感叹说：大家都是穷过来的，如今我家可不如你家。朱元璋知道后，一天宴请群臣时，趁徐达不在家，派人将谢氏杀死。然后像没事人一样，端了杯酒来敬徐达，说：这杯酒是特意祝贺你可以免去灭族之祸了。徐达不明就里，回家后才知道老婆被皇上派人杀了。依朱元璋的性格，没有为此事株连徐达已是很宽容了。

慎言，并不是不说，只是不乱说。话要说得得体、说到点上，做到一语中的，一语解惑。一个懂得说话谨慎的人，往往处世沉稳，洞明世事，不会总把自己挂在嘴边，更不会去抱怨和指责别人，这体现的是一个人的学识与格局。

懂得在什么情况下开口，还要懂得在什么情况下闭嘴，是一门关乎身家性命的大学问。“逢人不说人间事，便是人间无事人。”这话听起来有明哲保身的味道，但细细想来，在适当的时候适当沉默一下，终究有益无害。清朝的宰相张廷玉是三朝元老，其为官的经验之一，就是“万言万当，不如一默”，可谓人生的经验之谈。贾平凹说：“一个和尚曾给我传授过成就大事的秘诀：心系一处，守口如瓶。”真正厉害的人，都是能管住自己嘴巴的人，不论是吃，还是说。

在公众场合与人谈话，尤其要注意：埋怨人的话不能说，看不起人的话不能说，威胁人的话不能说，狂妄自大的话不能说，恶毒的话更不能说。另外，不要夸夸其谈、不理会别人的想法与感受；不要强行打断别人的话、不给别人说话的机会；长者或领导对你说话，姿态和神情上都要恭敬。不管人家说得对不对，都要认真听，不能反驳。如有不同意见，可委婉表达或另找机会解释；别人对你说话，姿态和表情都要认真，以示尊重。即使不喜欢，也要做出认真听的样子；对一些敏感性的话题，或者有必要替自己或替别人保密的事，不要信口开河；“所言不多于所知”，对自己不了解的事情坚决不说，要抑制自我表现的冲动；在众人不开口的场合，如有人撺掇你让你先说，不要轻易上当，除非你准备得足够充分；不说得罪人的话，不要语带揶揄地嘲笑或贬低他人；不轻易否定别人的看法或观点；不故作清高、流露出不屑的神色；不故作神秘、欲言又止，以显示自己知道得很多；说话不能太随意，不随便开玩笑，对于那些没有根据的传言，不要乱说。

究竟该如何说话呢？古人有“七贵六戒”之说，“七贵”是：贵简谨、贵诚实、贵和婉、贵逊谦、贵得时、贵当理、贵有用；“六戒”是：戒染情之言、戒讥评之言、戒越位之言、戒泛泛之言、戒轻诺之言、戒巧诈之言。如能做到这些,就掌握了说话的真谛。

要准确表达自己想说的,并不是随便就能做到的。在现代社会,表达能力十分重要,运用语言、文字的能力在很大程度上决定一个人的发展潜力。无论是口头表达还是书面表达,能用恰当的语汇和方式来传递自己想要表达的意思,是一种能力的体现。所以,你要尽量丰富自己的语汇,熟悉近义词之间的差异,表意状物力求准确,这对你说话与写作都大有好处,也能提升自己的整体形象。日常生活中怎么说话还不十分要紧,但在一些重要场合,如会议发言、面试、回答领导垂询等,其重要性不言而喻,短短几分钟可能就决定了你的命运。

高超的谈话艺术,是展示自身形象和素质的重要方式,也是形成良好文风的基础。准确而优雅地使用语言和文字,对一个受过良好教育的人来说非常重要。所以要重视说话之道,加强学习。说话时吐字清楚,语速适中,礼貌得体,言之有物,条理清晰,逻辑性强,用词讲究,能准确表达自己的思想和感情,展现不同凡响的气质和风度,这是你应当努力追求的目标。

做人要有大格局

实验二小蓝色教学楼的外墙上镌刻着四行大字:“心志要苦,意趣要乐,气度要宏,言行要谨。”这里的“气度要宏”,就是要求你们心胸气量要宽宏,做人要有大格局。

人在成长的过程中,有一件事非常重要,就是要建立好生命的格局。对于人生这盘棋来说,首先要学习的不是为人处世的技巧,而是布局。所谓格局,就是一个人眼界、志向、胸怀的大小,或者说是眼光、气度、胸襟、胆识等心理要素的内在布局,这是一个人内在精神的反映和心胸气魄的体现。大格局,就是要站得高、看得远,用足够宽广的视角去审视和规划人生。就像下围棋,有的人在排阵布局上下功夫,眼界宏阔,思虑深远。有的人却在吃子、丢子上计较,目光狭隘,缺少谋略,这就是格局的不同。一个人要想在职业生涯中不断提升自己的境界,具备担当大任的条件,必须要有大格局。人生所能达到的高度,往往是认知层次的高度。做人的格局大、认知层次高,内心就会宏阔,自然就会生出大的涵养和气度。

曾国藩说:“谋大事者,首重格局。”一个人的格局大了,未来的路才宽广。做人的格局大,眼界就开阔,考虑和处理问题就会是另一种境界,遇事就能处变不惊,沉着应对。格局的大小,全看你的着眼之处。拥有大格局的人,眼界高远,不因环境不利而灰心丧气,也不因一时能力不足而自暴自弃。所以说，心量大才能有大格局，格局大才能成大气候。格局不大的人，办事拘泥，目光超不过脚尖，计较眼前的一点得失，很难有所成就。卡耐基说："零度格局的人从众，一度格局的人看到自己，二度格局的人看到世界，三度格局的人改变世界。"人生的高度，往往是心理上为自己设定的高度。格局，尽管看不见摸不着，却真正制约着一个人能走多长的路。

决定格局的最重要因素是视野，大格局就是大视野，用足够大的视角去审视人生。首先是眼界开阔，能够看得比别人更远、更高。眼界是指人们认识事物的深度和广度，一个人的眼界高低，决定了他的思维方式。心灵空间越大，人生的境界就越博大，生命也就越舒展。站得高，眼前的小境况就遮不住双眼。看得远了，自然不会为一时的得失而盲目乐观或妄自菲薄。格局小的人喜欢低头看，执拗于眼前的小事而无法自拔。如果为了一点不公正而耿耿于怀，如果整天就围绕身边那几个人、那点小事去看待世界，把自己的情绪纠缠在鸡毛蒜皮之中，那就太狭隘了，谈不上格局。处理任何问题，你都要尽量站得高、看得远，拥有开阔的视野。要做到这一点，重要的是要提高认知层次。对待学习和工作，你不妨要求自己在努力做好的同时，尽量往高处想、往大处想、往远处想，思考眼前工作的意义和下一步可能出现的情况，把握好方向性问题。只有从更高的视角来审视你的学习和工作，你才能发现问题，掌握主动，越来越优秀。

格局是一种把握人生的能力，格局大，人生的方向感就强，看问题比较长远，会思索自己所作所为的意义。用更大的格局去思考问题，就会比别人更容易实现自我发展的蜕变。提升格局，说起来很抽象，其实，你只要用理想来激励和鞭策自己，尽管每天面对的都是很具体的学习和生活事务，但你的着眼点却在远方，你知道每时每刻自己在做什么，对自己的未来又意味着什么。同样的事情，不同的思维，站在更高的角度去思考，满怀期待地眺望远方，就会有不同的认识，就会更加清醒与自觉。如果凡事都抱着不得不做的勉强态度，那就谈不上什么格局，只能是混日子罢了。正如美国心理学家马斯洛所说："如果你有意地避重就轻，去做比你尽力所能做到的更小的事情，那么我警告你，在你今后的日子里，你将是很不幸的。因为你总是要逃避那些和你的能力相联系的各种机会和可能性。"马斯洛的话可谓振聋发聩，它告诉我们：你处事的态度决定了你的命运，你的高度决定了你的人生。拉开人与人之间差距的，除了智商和情商，还有思维认知上的差距。

一个人要想往更高的境界不断提升与突破，具备担当大任的条件和能力，必须要有大格局。要能客观、公正地看待事物，不带任何情感色彩和利益考量，走出功利性的小我。心有大千气象，必会吐纳风云。在思考、判断和处理问题时，有全局观念和平衡感，通盘思考，着眼长远，提升思考问题的深度和广度。当这些观念逐渐内化成习惯的时候，你的认知能力和洞察力就会加强，格局也会逐渐放大。人如果太自私，就难有大格局，因为他看到的只是饭碗里那点小利益，把私利看得高于一切，心中只有自己。欲望是格局的大敌，格局一经欲望和贪婪的噬咬，就化为乌有了。

培养大格局，还应涵养人际关系上的大气量。气量就是对人对事的态度，是内心世界的外在表现，是一个人精神上的基本架构与胸襟气度。气度越恢弘，格局就越开阔。古人很注意气度的修养，《程子遗书》中说："识进则量进。"意思是说，见识高则眼界高，眼界高则气量大，气量大就会精神畅达，能忍受不如意的人和事。一个人的格局大小，就看他能承受多大的委屈和对待委屈的态度。气量大，会提升人的人格与品质，上天也总是赐给大气度者以非凡的成就。另外，气量还直接关系生活的质量，秉持大气为人、君子风度，就能拥有好心情。大气谋事，就能拥有美好人生。而那些心胸狭窄的人，计较过多，生活中注定少不了烦恼。

在这个世界上，只要有人的地方就有矛盾。你不招惹别人，别人也可能会招惹你，矛盾是避免不了的，关键是如何应对。古人云："心量不宽，难容于众；小事不忍，必生大患。"心量大，现实生活对你的影响就小，负面情绪就少，就不会影响你的学业和生活。既有栋梁之期，就不要在小事上与人一般见识，更不要与人争吵。气量与格局大的人，不会与层次不同的人纠缠，遇到冲突或三观上的差异，即使看到了对方的狭隘，也不去争辩。另外，也不要与不尊重规则的人纠缠，因为那些人通常不具备任何原则和底线。

我们每天的生活中充斥着各种各样的事情，其中大多数都是琐碎的小事，这些小事不值得你浪费太多的精力，要把宝贵的时间用在正经事上，因为那些正经事才真正决定你的命运。大凡有理想、有抱负的人，都有比较开阔的胸襟，他们懂得没必要在小事上纠缠不清。如果总为那些不大不小的琐事争来争去，总为自己的利害得失盘算，甚至以自己的得失作为评判事物好坏的标准，未免太狭隘了，难成大器。小事与小利，也不是说不值得重视，但采取不计较与不褊狭的态度，则更重要。一个心胸狭窄的人难有朋友，愿意帮助他的人肯定不多，自然很难获得合适的机会与平台去释放自己的能量。有人说，人生须注意三气：赢在和气，败在脾气，成在大气。此话有一定道理，大气者方能成大器，方能立于不败之地。所以，你今后做事要从大局考虑，胸怀开阔，该忍让的就忍让，能帮人一把的时候不妨成人之美，切记不要小家子气。

俗话说："小不忍则乱大谋。"这是劝诫人们要学会忍耐，不能图一时之快、逞一时之强。同事之间要善于沟通，相互配合，在相互信任与合作中求发展。有了问题要多担当，有了好处要学会谦让。俗话说“吃亏是福”，生活中难免与人发生矛盾，被人冤枉甚至也有可能。遇到这种情况，要心平气和，不争不吵，一个真诚的微笑，一句诚恳的道歉，可以化干戈为玉帛，保持人际关系的和谐，还可以免除许多烦恼。懂得忍让的人是聪明的，因为这是把决定事态走向的主动权掌握在自己手里。总之，在鸡毛蒜皮的小事上，要学会忍耐。遇到有损自己形象和健康的事时，要忍耐。当事情会造成不利于己的后果时，要忍耐。形势不好时，要忍耐。条件不成熟时，要忍耐。忍小忿而就大谋，忍小利而图大业。不因莽撞而影响大局，不因小利而妨碍长远目标。

人生在世，谁都可能遭遇误解甚至是诽谤，只要你拥有宽容与博大的胸怀，就能淡然对待。为人处事最忌讳的是心灵的脆弱，经不起蜚短流长的侵扰，乱了方寸与阵脚，中了小人的奸计。其实，遭遇一些流言也是一种磨砺，能让你看透人性，会使你变得更加坚强。

人生活在现实当中，有时候吃点亏、受点委屈，都是常有的事。同事出言不逊轻慢了你，单位办事不公伤害了你，领导举止言谈没给你面子，其实都算不了什么，都要淡然处之。对人对己都要豁达，千万不要小肚鸡肠，要努力培养自己的恢弘之气。气度折射一个人的修养，如果一点点挫折就让你爬不起来，听了一两句坏话便久久不能释怀，为一点小事就记恨别人，甚至睚眦必报，格局与气量就太小了。正如马德所说：“小肚鸡肠的人，睚眦必报的人，锱铢必较的人，都难有大格局。心眼小，仇恨大，计较多，都会是心性的泥淖，难以让人清丽出尘，步入大格局的宏大境界。”气度比才干更重要，有才干者为人所用，有气度者方能用人。

除了待人接物要有大格局外，在识人、容人和用人方面也要有大度量。很多时候，人有多少宽容，就决定了有多大格局。“金无足赤，人无完人”，看人要看大的方面，不能吹毛求疵。清代学者赵翼评价西汉开国皇帝刘邦政权是“布衣将相之局”，简单地说就是大臣中出身平民的比较多。认为“其君既起自布衣，其臣亦多亡命无赖之徒”，他进一步分析说，最显贵的要数张良了，是韩国世家子弟；其次是张苍、叔孙通，一个是御史，一个是待诏博士；再次是萧何、曹参等，原都是地方上的小官；更次是陈平、王陵、陆贾，都是没有功名的人；最后是以“屠狗为事”的樊哙、以“织薄曲吹箫给丧事者”的周勃和“常从人寄食饮，人多厌之者”的韩信。事实固然如此，可话又说回来了，正是刘邦能识人，把这些出身寒微但有本事的人都网罗到身边，并且充分发挥他们的才干，才夺取了天下。一方面说明刘邦有慧眼识人、知人善任的独到眼光，另一方面也反映出了刘邦的宽阔胸怀与非凡气度。

还要有思维模式上的大格局，凡事从大处着眼，为人做事有气度。鬼谷子说：“遇横逆之来而不怒，遭变故之起而不惊，当非常之谤而不辩。”说的就是这种气度。人的一生会遇到很多事，而且“不如意事常八九”，始料未及的挫折、莫名其妙的冤枉、唾手可得的好处，随时都可能发生。不管是好事还是坏事，都不要太当回事，切忌小家子气，不要陷在各种得失与情感的纠葛之中，而是应该做到宠辱不惊、沉着从容、坦然面对。苏轼说：“天下有大勇者，猝然临之而不惊，无故加之而不怒。”遇到突发事件和无端指责，最能考验一个人的定力。如果格局小，遇事就容易慌乱，很难做到淡定从容。如果能处变不惊，以云淡风轻的姿态去面对突如其来的人和事，则说明你有驾驭事态变化和控制情绪稳定的能力，格局就非同一般。北宋宰相吕夷简有四个儿子，他觉得这几个儿子以后都很有前途，但不知道谁最有可能当宰相。一天，他叫夫人让丫鬟端来几件瓷器，到门前故意跌倒摔碎，其他三子见状都失声大叫，或者跑去告诉母亲，唯独第三子公著凝然不动。吕夷简对夫人说："此儿必作相"。到了宋哲宗时代，吕公著果然拜相，与司马光同朝辅政。

沉稳冷静是一种可贵的品质，也是心理成熟的表现。遇事不慌乱，不一惊一乍，凡事泰然处之，性格不骄不躁，从容应对生活中的任何危机和突发情况，这就是沉稳。一个人能做到这一点，说明他的内心有大格局。明朝有个人叫王华，从小喜欢读书。一天，县令带着随从前呼后拥地到王华所在的学堂视察，其他学童都一窝蜂地跑出去看热闹，只有王华像什么事都没发生一样，依然在座位上看书。先生看到王华这个样子，就过去问他："大家都过去了，只有你不去，要是县太爷认为你傲慢而斥责你，你怎么办啊?"王华从容回答："县令也是人，有什么好看的？我正在读圣贤书，县令怕没有理由斥责我吧。"先生见王华小小年纪就有如此见识，非常高兴，便对别人说："这孩子将来一定有大出息!"后来，王华果然高中状元，成就了一番事业。

沉稳的人思维缜密，办事谨慎，能够很好地控制情绪，有超于常人的理性思维，做事果断明智。你要有意识地锻炼自己，遇事开动脑筋，用思考来决定判断，用理智来决定行动，说话和行为都不要慌乱，方能妥当处置。此外，对明知不好的事情不要好奇，如围观起哄、吵架、打架等，不要养成爱凑热闹的不良习惯，那是无聊和空虚的表现，不要让本来与己无关的事连累自己。要在纷繁的头绪和各种诱惑面前保持清醒，视线始终不要偏离自己的目标。

还要注意的是，培养思维模式的大格局，就不能淹没在琐碎的平庸中。许多人一辈子没有成功，因为他们的关注点和兴奋点都在一些次要的事情上，比如娱乐、微信、趣闻、电视剧、吃喝等。这些东西固然也是生活的一部分，但与你的美好理想没有关系。生活中还有些人，虽不是小肚鸡肠，但说起话来很琐碎，嘴上离不开对微不足道的小事的过程描述，离不开家长里短和别人的隐私。这种琐碎的小事与琐碎的心情，再优秀的天分都会被扼杀掉。无数事实证明，你的时间花在哪儿，你的价值就体现在哪儿。一个人整天忙碌却一事无成，就是对琐事关注太多。你可千万不要做这样的人，也少和这样的人打交道。还有的人对生活总是抱怨，抱怨环境、抱怨他人，似乎都是别人不好。所谓抱怨，就是对眼前事物的抵触和不接受，不愿面对现实，也不积极想办法去改变，而是通过发泄不满情绪为自己寻找借口。对这种充满负能量和消极情绪的人，一定要远离，要用保持距离来过滤那些不值得交往的人。此外，一个人如果总是对身边事物指指点点、评头品足，好像无所不知，往往是处于无所事事的闲散状态，说白了，就是闲得无聊。如果有一天你发现自己也有这种情况，那你就要警惕了。

尤应特别注意的是，一个人过往的成功或者失败的经验，容易形成行为或思维上的路径依赖，从而形成这个人的价值观。利益的共同占有与维护，又容易形成利益集团。只关注自己群体的利益，极易营造一个自成体系的封闭圈子。安于这种利益的获得，无形中成了认知提升的羁绊，因而难有更大的格局。没有大的平台，就难有好的前途。有的人在一个小单位里，有点小权力，领导着几个人，便有了“王”的感觉，志满意得，不思进取，认知便被局限在狭小的圈子和视野里。所以，要想开阔视野，提升认知水平，必须多读书，多看看外面的世界，多与人交流，特别是与那些在背景、地位、经历、职业等方面与自己有较大差异的人交流，以打破固有思维，开阔眼界，扩大认知格局。

培养大格局，遇事还要敢于担当，有所作为。责任心能折射出一个人的精神光芒，衡量出他真正的分量。对于自己的责任，勇于担当，是对自己价值的认可，是对自己和他人负责任的表现。用责任心构筑事业心，人生的道路才会充满阳光。勇于承担责任的人，会变得坚毅勇敢，不怕繁难，从而有更多的锻炼和成长机会。责任心来自自我肯定，来自对自身不断超越的渴求，这是自我完善与提高的重要前提。主动承担责任，不推诿，不逃避，勇于担当，无论对于自我成长还是成就事业，都是难能可贵的积极态度，能赢得别人的信任与尊重。责任能放大一个人做人做事的格局，纠正人的狭隘性，让人勇敢坚强，考虑问题更加客观而全面。从某种意义上说，一个人能承担多大的责任，就能取得多大的成功。责任也是高尚与伟大的代名词，林肯总统说过："人所能负的责任，我必能负；人所不能负的责任，我亦能负。"有了这样的胸怀和境界，就能所向披靡，无往而不胜，也就一定能赢得尊重与信任。

一个人是不是敢于担当，往往要看他在遇到困难时的表现。当问题出现的时候，推诿与躲避都没有用，必须勇于面对，挺身而出，并用有效手段加以解决。但在考虑问题，特别是复杂和棘手问题的时候，要尽可能周到全面，尽量照顾到方方面面的诉求和利益，不能只图一时痛快。胡林翼曾送给曾国藩一副对联："怀菩萨心肠，行霹雳手段。"曾国藩觉得很有道理，并把它作为座右铭。这句话告诉我们，做人做事要刚柔相济，考虑问题要有菩萨心肠，解决问题则要用霹雳手段。霹雳手段不是鲁莽，而是要建立在周密考虑之上，当机立断，行事果决，不优柔寡断，用相应的措施迅速而有效地解决问题。

大格局不是生来就有的，也不是想拥有就能拥有的，需要通过培养和修炼。放大人生格局，必须养成读书的习惯，汲取知识，开阔视野，特别是有意识地读一些名人传记，学习他们思考问题与处理问题的方法。要在空间上完成对格局的突破，大格局需要大平台，做大事离不开大平台，不要选错舞台。要从自己的强项上实现对格局的突破，读懂自己，认清自己的长项，扬长避短。要从人脉上实现对格局的突破，构建高层次的人脉关系，开阔眼界与视野。要增强责任感和使命感，遇事敢于担当，在解决问题的过程中经受锻炼，增长才干。总之，构建大格局的途径，是一个对自己的全方位打造过程。

专注的惊人力量

现在的人们，几乎总是处在一种焦虑、急躁的状态，做事既不专注，更难持久，常常心绪烦乱，甚至无所适从。

人活着都是为了追求成功，成功就是不断实现目标的过程，而实现目标的要诀便是专注。一个人要想打理好自己的人生，高质量地处理好工作与生活的各项事务，需要静下心来，有意识地训练和培养专注的能力，方能提高效率，确保质量，把事情做好。

阿尔图罗·托斯卡尼尼是意大利著名的指挥家，他到过很多地方，指挥过无数的乐团，获得过很多荣誉。托斯卡尼尼 80 岁的时候，一天他正在剥橘子，他的儿子好奇地问他："您觉得您一生中做过的最重要事情是什么？"他回答说："我现在正在做的事，就是我一生中最重要的事。不管是在指挥一个交响乐团，或是在剥一个橘子。"

这个故事很发人深省，自己该做而正在做的事，无论大小，都是最重要的事，都要把它做好，这是一个重要认识。托斯卡尼尼表达的意思，就是做事一定要心事相合，心里只有这件事，似乎世界上也只有这件事，尽力把事情做完美，这就是专注。

专注力是一个人持续专注于某事的状态和能力，是大脑对特定对象的指向和集中，是全情投入、全神贯注、专心致志的状态。专注，是对情绪和欲望的完全屏蔽，是注意力和能量的高度聚焦。对一件事专注投入，达到忘我的状态，不仅能体会到乐趣，获得很大的满足感，更重要的是提高效率，事半功倍。即使你过去对某件事的兴趣不高，一旦专注地投入进去，对这件事就会有新的认识，兴趣也就调动了起来。人在精神高度集中的状态下，比较容易掌握较有深度和难度的知识或技能，还能挖掘出自身的潜力。

现在的人们特别是年轻人，有太多的想法、太多的兴趣、太多的选择，很难专注地做好一件事，做一件事时老想着另外的事，能集中精力半个小时对他们来说简直是煎熬，所以，学习效率或工作成绩总不尽如人意。日本作家村上春树说："没有专注力的人生，就仿佛大睁着双眼却什么也看不见。"做一件事时的专注程度，决定事情的成败与效果。如果不能对该做的事情保持高度的专注，"一心以为有鸿鹄将至"，势必难以把事情做好。所以，从更深刻的含义上讲，专注是一种精神，也是一种境界。一个专注的人，能把时间、精力、智慧凝聚到所要做的事情上，持续稳定地捕捉全部信息而不断章取义，最大限度地发挥积极性、能动性和创造性，对该做的事情一件一件地做，每一件都精工细作，每一步都承载着专注的精神，特别是在遇到诱惑、挫折和困难的时候，能够排除干扰，勇往直前，初心不改，就一定能把事情做得完美。专注的力量是巨大的，它能引领人一步一步走向成功，秉承这种精神，你就能实现心中的梦想。

做一件具体的小事，要心事合一，心无旁骛，才能把事情做好。从大的方面讲，则是对自己的学业和将来的事业，必须有长期不懈的追求精神，一心一意，有持续的兴趣和高度的热情，孜孜以求，才有可能取得成功。曾国藩说过："凡人做一事，便须全副精神注在此一事，首尾不懈，不可见异思迁，做这样，想那样；坐这山，望那山。人而无恒，终身一事无成。"正反两方面的例子不胜枚举，"米其林"是公认的"全球轮胎科技的领导者”，他的创始人爱德华早年除了轮胎之外，还拓展了造船、酿酒、铁路运输等业务。但随着摊子越来越大，所有业务都开始亏损。后来，他经过思考，关闭或出售了除轮胎外的所有公司，全力以赴做一件事，终于成就了他的轮胎伟业。晚年时他这样教导他的子孙：“专注地做好一件事，才能真正创造成就，贪心不足只能使自己一事无成！”纪晓岚也说过：“心在一艺，其艺必工；心在一职，其职必举。”1991 年，经友人安排，比尔·盖茨与股神巴菲特第一次见面了，吃晚饭的时候，盖茨的父亲问了他们一个问题：你们觉得人的一生中最重要的是什么？盖茨和巴菲特的答案竟完全相同——“专注”。专注，使他们走向了成功、走向了财富，创造了辉煌人生。所谓专业，就是专攻某一个行业。因为专注，所以专业。因为专业，才有可能卓越。古往今来，凡成大事者，无一不是专一而行。专注于一个行业、一个领域，把自己的毕生精力投入其中，久而久之，就是无可替代的专才，就能取得辉煌的成就。

当今社会，八卦太多了，诱惑太多了。如果一个人爱好太多，兴趣太广泛，对那些看似好玩而实则无用的东西感兴趣，他的精力被恣意瓜分时，就变得平庸了。“小有所系，大必所忘也。”如果把精力和时间耗费在无谓的琐事上，只会阻碍前进的步伐，贻误事业的发展。一个人的精力和职业生涯十分有限，利用这有限的精力，在有限的时间里专注于你的学习和事业，把主要精力投入其中，无怨无悔地为之付出，矢志不渝地为之努力和坚持，成功一定在不远的地方等着你。著名作家陈忠实为了能专心创作《白鹿原》，特意从城里搬到乡下的老屋，让妻子每周给他送一次馍。他谢绝一切采访，三次拒绝了要他出任陕西省文联领导的邀请，终于写出了《白鹿原》，并获得中国长篇小说最高奖——茅盾文学奖。

这个世界上有太多无聊的人，更有太多无聊的事，如果你不懂得躲避，不仅你的时间会被切割得支离破碎，你的心情更会被搅扰得一塌糊涂。那么，你所憧憬的事业与理想，必将受到干扰和破坏。美好理想的实现，需要付出辛勤的汗水，而且这种付出不是一时的心血来潮，而是长期的坚守与心无旁骛的专注。美国前国务卿基辛格成名后，大学同学们抱怨他这些年来从不与大家来往，他说了一句发人深省的话：这正是我成功的秘诀。生活中有许多聪明人，兴趣爱好过于广泛，看起来无所不知，却不能专注地做好一件事，到头来什么也没做好。有的人一会儿做这个，一会儿又做那个，每件事都处于未完成状态，非常消耗心理能量，这既使人焦虑不安，又导致做事效率低下。还有的人耐不住寂寞，总要找点热闹把自己填满。所以，只要你专注于自己的学业，甘于寂寞，孜孜以求，不去关注别人的交头接耳，不去理会他人的蜚短流长，不在无聊琐事上浪费时间，这样不仅可以远离是非，而且一定能取得骄人的成绩。

专注于一件事，说起来简单，其实是对毅力与恒心的考验，必须以兴趣和责任心为动力。兴趣关系到生命的质量，正当的兴趣是通往成功的强大动力，对自己的学业和一辈子的事业怀有巨大的热情，不懈追求，则必有所成。人，尤其是年轻人，对待人生要有一种严肃、认真的态度，切实对自己负责，把兴趣和热情集中到学业上来，不把宝贵的时光抛掷在虚妄里，更不能游戏人生。认真做好学习以及其他方面该做的每一件事，便是对生命最大的尊重，也是对自己最大的负责，必将换来命运的厚爱。当你下决心要把事情做好的时候，你未来的果报就已经成熟在那里了。做好每一件该做的大事小事，才称得上是一个热爱生活并懂得生活的人。即使将来只是一个平凡的人，也绝不是一个平庸的人，你的人生将因你的认真与专注，变得丰富而充实。

专注，是内心的一种坚守，是一种忘我的精神。既是对长远目标始终保持兴趣的执着追求，也是做一件具体事的全神贯注和精神的高度集中。人生在世，总是要做事的，大到毕生的事业，小到每天具体的功课，不管做什么，都要认真，都要用心。专心、精心、细心、恒心，是必备的基本态度和心理素质。只有这样，凡事用心去做，不随意、不苟且、不敷衍、不浅尝辄止，认认真真对待点点滴滴的时光，仔仔细细做好每一件琐碎简单或者繁重复杂的事，当你做得尽善尽美，机会自然会不断呈现在你面前，人生也就变得充盈而精彩。明朝诗人宋濂在《送东阳马生序》中说："其业有不精，德有不成者，非天质之卑，则心不若余之专耳，岂他人之过哉？"你看，成功与失败之间只有一步之遥，那就是专注。

每个人的智商都差不多，差的是有的人把心思用错了地方。古人说得好："欲多则心散，心散则志衰，志衰则思不达。"长期从事青少年心理研究的中国人民公安大学教授李玫瑾说，太活跃好动的孩子，学习成绩普遍都不太好，原因就是他们缺乏专注力。专注源自对目标的明确和专一，目标明确才能精力集中，专心致志，时时刻刻都在设法向目标靠近。你要根据自己学习的具体情况，专注于当前必须完成的事情，做到意识与精神不分散，这一点很重要。意念一散，各种各样的念头就会袭来，心就乱了，就会被各种欲望牵着走，事情必然做不好。所以，做事要心无旁骛，只想眼前这件事，其他一概不想，既不必忧虑未来的不确定性，也不要沉浸在过去的遗憾中，集中精力把眼前的事做好，确保质量，就是最好的成长与进步。

培养专注力，就是锻炼自己的心。我们平时的心思流荡散乱，很难安静下来。要想把事情做好，就必须收摄心思，专注于当下目标，只关注这一件事，持一心、做一事，不想其他，把一件事做到极致。马克·土温说:“人的思想是了不起的,只要专注于某一项事业,就一定会做出使自己感到吃惊的成绩来。”一心不存二意,很多时候,我们想得越多,心就越容易乱,就失去内心的平静和安宁,失去冷静判断的睿智。所以,平时做任何事情,都要有意识地锻炼缜密思维和深度思考的能力,全神贯注地做好每一件该做的事。比如做作业,开动脑子思考,全力以赴,其他什么都不想。就像王阳明做过的形象比喻:“持志如心痛,一心在痛上,岂有工夫说闲话、管闲事。”能做到心事高度合一,做什么都能做得好。

老子主张大气做人,小细做事。世界上的任何事情,都是由无数小事组成的。细节决定成败,干大事必须从小事做起,把小事做好。“图难于其易,为大于其细。天下难事,必作于易;天下大事,必作于细。”初二的时候,班主任特别提醒你要“注重细节”,这一点极为中肯和正确,细节决定成败,你要特别引起重视。凡能做成大事的人,往往做小事也十分认真。专注与认真,看起来是态度,其实是素质,你要想有所作为,就必须着意培养这种素质,全面而准确地理解和掌握所学知识。

有些人一辈子一事无成,就是因为好高骛远、眼高手低,不认真对待自己手头的具体工作,不屑于做更不认真去做,总想去做大事,活得太急功近利了。殊不知只有把应该做的小事做好了,才可能有机会和能力去做大事。所以,不要去看遥远地方那些模糊的东西,不要奢谈遥不可及的事情,要紧的是把眼前已经明确的事情做好。你要知道,人生是由许许多多的小事组成的,做好这些小事,不仅使我们的人生丰富多彩,还会在一个不经意的时刻,让你走向崇高与伟大。

我们每个人都生活在当下,已经过去了的“过去”和没有到来的“未来”,都不重要。重要的是把现在的事做好。如果整天沉浸在对未来幻想之中，却不脚踏实地地做好眼前的事，那么到了明天，依然是一片空白。认真做好眼前的事，不是说不要规划未来，而是说要把未来美好蓝图的描绘，落实到每一个“现在”里，体现在具体的行动中。只有这样，才能画好人生的美好蓝图。

需要特别注意的是，马虎是学习的大敌，如果在求学阶段没有养成认真与专注的习惯，对知识的掌握大而化之，既不求准确也不求全面，将来工作时难免也会出错误。马克思说：“天才就是集中注意力！”学习知识必须专注，集中精力和注意力，排除杂念，把眼睛看的、心里想的、耳朵听的，都集中到你要读的书或做的作业上，达到忘我的境界，这是提高专注力的最佳途径。歌德说：“聪明人会把分散精神的要求置之度外，一次只专心致志地做一件事，做一件事就把它做好。”你要有意识地训练自己的专注力，养成专注的能力和维持较长时间注意力的本事，这对你非常重要。

学习与做事，你还要特别注意“一次到位”。比如学习，从一开始，就务必要把老师讲的重要内容如概念、定理、公式等搞清楚，做到真懂真明白，如有疑问，要及时问老师，千万不要寄希望于课后复习。课堂上如果没完全听懂，想课后再复习，但因为功课忙或者抓得不紧等原因，实际上往往没有下文，知识的漏洞便埋下了。日常生活中很多事情也是这样，一件事情办得不圆满，想下次再弥补，但往往没有下次。所以，一次学会，一次做好，应当成为你学习与做事的准则，不要寄希望于虚无缥缈的下次，不用“以后还有机会”来宽慰和麻痹自己。生活的逻辑就是如此，只有“现在”而没有“下次”，抓不住“现在”一切都等于零。孩子，当你有了这种认识，就有了紧迫感，学习与做事就会格外专注。学会了专注，再加上不搞懂绝不罢休的执着，以及为做好一件事而废寝忘食的精神，成功自然会很快到来。

有人说，一个人在专注的时候是最美的。当你全身心倾注于一件事情时，你就会沉浸在一种兴奋和愉悦的情绪中。全力以赴去做，一心一意，你自然就处在一种宁静致远、物我两忘的境界。不仅效率高，事半功倍，而且自己也很开心。顺便说一句，医学研究已经证明，神情专注的人更长寿，比如书画家，长寿的很多。这是因为一旦达到了上述境界，就乐而忘忧，人的免疫功能就会得到增强。

在当今这个社会里，要想取得一些成就，或许没有你想象的那么困难。很多人一直以为自己与别人拼的是天资与背景，其实不完全如此。更多的时候拼的只是一点用心，一点认真的态度，连勤奋都谈不上。因为有不少人都患上了浮躁、马虎、拖延的毛病，或者没有目标，东一榔头西一棒。你只要做事专注一点，态度认真一点，比别人多做一点，你就已经走在许多人的前头。

归根结底，专注就是事情无论大小，你都能把全部精力贯注其中的能力。往小处说，是做一件具体事时的全神贯注，把事情做得完美。往大处说，是对一生事业的执着追求，不三心二意、半途而废。无数事实证明，专注的力量是惊人的，专注是成功的秘诀！由此不难推导：你的心思在哪里，成果就在哪里。你的心思在学业上，你就名列前茅；你的心思在工作上，你就出类拔萃；你的心思放在你热爱的事业上，就能谱写出人生的绚丽篇章！

自信是成功的秘诀

有人曾向林肯总统请教他成功的经验，林肯是这样回答的："每一个人都应该有自信心，人所能负的责任，我必能负；人所不能负的责任，我亦能负。如此，你才能磨炼自己，求得更多的知识，进入更高的境界。我的成功经验就是自信。"

自信心是一个人重要的心理品质，是对自身能力与价值的积极肯定，是对自己能够达到某种目标的正确估计。拥有充分自信的人往往不屈不挠、奋发向上，比一般人更容易获得成功。梁启超说："凡任天下大事者，不可无自信力。每处一事，既见得透，自信得过，则以一往无前之勇气以赴之，以百折不回之耐力以持之。"纵观历史上那些有作为的伟大人物，以及现实中的成功人士，他们之所以成功，正是他们具有一种气吞山河的气概，一种坚不可摧的自信和超凡脱俗的刚毅。也正是凭借这种气概，他们才能够超越常人，战胜艰难险阻，克服消极、悲观和畏难的心理，开创一番事业，实现自己的理想。

自信心是一种强大的精神力量，是对自己正确评价后所产生的一种坚定的自我信任感，与一个人的成就关系甚大。人生多歧路，世事多坎坷。有的人经过一番折腾，尝到了生活的酸甜苦辣，学习和工作上经历过困难与挫折后，便丧失了自信。当初的万丈豪情变成了谨小慎微，遇事瞻前顾后、顾虑重重。当一个人不自信的时候，他便很难做好事情。而他做不好事情时，就更加不自信，更容易有挫败感。这样的人很难有独立精神，不敢面对挑战，做事犹豫不决，容易故步自封。既难以取信于人，也做不成大事。其实，人生的一些挫折和失败，并不全是能力问题，往往是信心不足，从而导致优柔寡断，以至于本来可以做好的事情也做不好。从这个意义上说，自信是一种力量，更是一种动力。人生最可怕的状态是悲观、空想和懒散，只要出现其中任何一点，就会陷入万劫不复的迷惘和绝境，必将一事无成。

自信，是直面人生的勇气和信念，是面对困难时的精神状态，是获得成功不可缺少的前提条件。人们常说，自信是成功的一半。事实上，人有了自信并全力以赴，原本不能轻易解决的问题，也能在不经意间迎刃而解，品尝到成功的喜悦。你不妨想一想，当你在学习或工作中遇到困难时，如果总是心里打鼓，担心做不好，那很可能真的做不好，绝大多数的失败都是因为缺乏自信。但如果你对自己说“我一定行”，从而开动脑筋、想方设法解决困难，那就一定能把困难踩在脚下，这就是自信与不自信的区别。建立自信，思想上就会乐观与豁达，心中就会充满希望，给人快乐和力量。所以，做人做事一定要有自信，遇到困难时不轻言放弃，即使别人不相信你能做成，你也要相信自己。如果连自己都不相信自己，别人更不敢相信你。虽然自信者也难免碰壁与遭受挫折，但是不自信者则注定不会成功。能够拯救自己的只有自己，任何时候都要相信自己。正如美国著名诗人沃尔特·惠特曼所说：“在成功的路上，你我都无法阻拦别人的轻视，甚至无法阻止别人的干涉，但只要足够自信，这些就都不算什么。”

自信不是虚张声势，也不是假装勇敢，而是对自身优势的正确认识，并懂得如何运用自己的优势。每个人都有自己的优势，只不过有的人没有认识到自己的优势，更不知道如何去发挥，因而缺乏自信。

哈佛教授雷切尔说:“很多失败者恰恰犯一个相同的错误,他们对自身具有的宝藏视而不见,反而拼命去羡慕别人,模仿别人。殊不知,成功其实就是自信地走你自己的路。”取得成功的关键,在于是否能发现自己的优势,并充分发挥和利用自己的优势。成功来源于持久而足够的自信,来自渴望成功的强烈愿望和动机。动机的内含越高,你的积极性越高,意志越坚强,情绪越高昂。你若坚信自己能够战胜困难,坚信自己的努力能够突破困境,就会把自己的才干和潜能充分发挥出来,帮助你把握每一个成功的机会,从而所向披靡,胜利步入成功的殿堂。

勇敢自信,是一个男孩子不可或缺的重要品质,否则就不是一个真正的男子汉。心目中有了真正的目标,就要有勇往直前的气概和坚不可摧的自信,有一种势不可挡的力量,再多再大的困难,都无法阻挡你前进的脚步。学习和工作上的困难,都难不倒你,别人能做到的你一定能做到,别人做不到的你也能做到。遇到困难的时候不要放大困难,不要先否定自己,那只能使自己失去成长的机会,要克服畏难情绪,勇于尝试,敢于突破自己。其实,困难并不可怕,可怕的是自己怯懦与恐惧的心理,是未经尝试就放弃的懦夫心态。所谓困难,很多时候都是自己吓唬自己,看似“山重水复疑无路”,但只要拿出一点勇气和自信,横下一条心,想方设法去克服,困难也就被你踩在了脚下,就会“柳暗花明又一村”。

要做到自信,既要了解自己所长,并发挥所长,还要认识到自己的局限,并接受局限,不做力所不能及的事,而是把力所能及的事情做好。既不要骄傲自大,也不必过分谦虚。我希望你是个自信的人,并不是要求你处处都要比别人强,都要比别人做得更好。而是说你要勇敢坚毅,敢于面对困难并战胜困难,有顽强拼搏的意志,还要有较强的自我管理能力,懂得如何安排自己的优势和强项。人在自信的状态下，自身的优势更容易激发出来，这也是为什么人要有自信以及为什么自信的人成就更大的重要原因。

自信心是一种内在的精神力量，是一个人健康心态的核心。当人焦躁时，能使你保持平静。当你遭受挫折而悲观时，能让你重新燃起斗志、变得坚强，无所畏惧地去迎接挑战。“欲成事必先自信，欲胜人必先胜己”，自信是人生的不竭动力，能使人产生并保持积极进取的成功动机。人只有自信，才能使自己变得强大，从而实现自强与自立。很多时候，困难并没有你想象的那么可怕，胜利也没有你想象的那么遥远。一件事的结局如何，在很大程度上取决于你相信什么。如果你坚信自己一定会成功，那成功就是早晚的事，这是积极心理暗示的巨大作用。年轻人容易自负与自卑反复交织，有时候遇事信心满满，有时候又缺乏自信。你不妨仔细想想，事情的本身并不能影响我们，我们只是受对事物看法的影响，主观看法对自己的情绪、信心和决心影响甚大，反过来必然影响事情的结局。所以，千万不要小看自己，《周易》中说：“天行健，君子以自强不息。”是说天的运行刚强劲健，君子处事也应像天一样，刚毅卓绝，奋发图强。何况，面对社会上无处不在的激烈竞争，要想有所作为，施展自己的抱负，必须增强自信，让自己变得强大。人都一样，每个人都没有什么必然的局限性，更不应该人为设限。每个人的内心都有一个沉睡的巨人，那就是自信心。只要唤醒它，就能够创造出奇迹。

增强自信，最重要的是主动努力。在《高效能人士的七个习惯》一书中，所列第一个好习惯就是“积极主动”。人的意识可以是主动的，也可以是被动的，做事情也有主动与被动之分。学习上的主动意识，就是自觉自愿的主动态度。主动意识有助于构建适合自己的自主模式，养成良好的学习习惯，从而学习效率更高。主动学习不是盲目投入精力和时间，而是在目的和方向明确情况下的自觉行为，针对性和目的性更强，能培养主动发展的能力，增强控制感，学习兴趣会更强烈，从而达到事半功倍。良好的成绩所传递的正面反馈，更能使人建立心理优势，进一步增强自信，从而乐于接受并主动承担学习任务。生活的道理也是这样，做事有主动意识，就能掌握主动，处处领先。主动学习是一种可贵的能力，即使将来工作以后，还会有很多新知识和新问题，需要主动学习掌握，如能在新知识的学习中不断拓展自己，就会对工作有更深度的了解和思考，自然就能获得更多的成长机会。你站得比别人高，就能看到更多的风景。只要你比别人优秀一点，你就是与众不同的。

一个人自信还是不自信，其实是一个思维方式的问题。消极思维的人，遇事只想困难与消极的一面，先盘算得失，甚至害怕失败的后果，于是畏首畏尾，不去积极想办法。即使是在做事的过程中，也会寻找各种不利因素作为放弃的理由，直至把本来可能的事情变得完全没有可能。一个人遇事总是看消极面，会养成难以克服的不良习惯，即使有绝好的机会呈现在面前，他也看不到、抓不住。消极的自我暗示能扼杀自信心，当一个消极思维的人对自己不抱很大期望时，他便给自己的能力封了顶，成了自己潜能的最大敌人，所有的平庸与低成就都是自我设限的结果。而积极思维的人，内心宁静而旷达，锐意进取、不怕困难，敢于开拓创新，遇事总是看积极与光明的一面。对困难和不利因素，总能积极想办法解决，如果不成功也会查找原因，总结经验教训，以利再战。他们目光远大，坚强刚毅，跌倒了再爬起来，不达目的决不罢休，终以坚强的自信和顽强的努力取得最后的胜利。

你看，人生就是这样，不同的心态和思维方式，会造就不同的结果和命运，因此可以说，自信的程度决定人生的高度。所以，你要培养积极的心态和思维方式，有意识地加强锻炼，把自己锻炼成一个积极思维、乐观向上的人，锻炼成一个勇敢刚毅的人，遇到困难时绝不轻易退却，而是想方设法战胜它，只有这样，才能成就非凡人生。戴高乐曾经说过："眼睛所看到的地方，就是你会到达的地方，唯有伟大的人才能成就伟大的事，他们之所以伟大，就是因为他们决心要做出伟大的事。"希望你好好读一读这段话，从中读出气概、读出自信、读出勇气和决心！

自信还与自律密切相关。自信是心理状态，自律是实际行动，成功之路是信念与行动之路，没有自律的自信只不过是一句空话。你一定要学会克制自己，要用严格的日程表来管理自己的生活，这有助于磨炼和增强自信。自信是对事情的控制能力，如果对自己的时间都控制不了，就谈不上什么自信。成功能培养自信，成功的经验一旦积累起来，你的自信就会成为一种自然状态。读初中后，在缺少家长监督的环境里，你能否管理好自己，合理分配学习、锻炼、休息时间，有效控制住自己懈怠、贪玩的念头，抵御诱惑，刻苦勤奋，保持健康体魄等，这与你现在的成绩以及将来的成就密切相关。

尽管人们常说自信是成功的一半，但毕竟不是成功的全部，还需要苦干实干，需要恒心和正确的做事方法。有了坚定的信念，还必须有百折不挠的行动，用行动去树立信心，用信念去抵制诱惑，用努力去赢得成功。自信来自你的每一次努力和每一次成功，越是困难的时候，越要增强信心，不轻易放弃，因为胜利往往存在于再坚持一下的努力之中。可以采取"小目标"的办法，确定具体目标是激发自身动机的有效手段，不断实现学习上的小目标，体验成功，就能进一步增强自信。

在你的人生路上，你如果选择了成功就没有借口，选择借口就没有成功。萧伯纳说过:“有信心的人,可以化渺小为伟大,化平庸为神奇。”成功来自持久而足够的自信,你若坚信自己的努力能够突破困境,坚信自己的毅力能够战胜苦难,你的聪明才智就能得到最大程度的发挥,就没有什么障碍能阻挡你前进的脚步。“自信人生二百年,会当水击三千里”,自信的人经过不懈努力,往往能够梦想成真。我希望你能踏着自信的台阶,一步一个脚印地勇往直前,去实现你心中的伟大梦想!

随着你一天天长大,你会发现生活并不像你想象的那么简单和美好。你会有困惑和失落的时候,甚至有时也会感到孤独与无奈。你要始终坚定心中的信念,对学习、生活和工作中遇到的问题与困难,始终以豁达的心胸与气度去面对。有了勇敢自信,就不会有什么事能难住你,即使遇到困难,你对成功的极度渴望和对自己能力的坚定自信,必将使你披荆斩棘、所向披靡。一个人无论怎么自信,无论如何幸运,难免也会有失败的时候。如果偶然的失败便心灰意冷,那只能说明还没有形成真正的自信心。一次失败说明不了什么,谁都难免有失误的时候,不能因此失去自信,反倒更应该激起斗志,认真总结,顽强拼搏,愈挫愈奋,去赢得精彩的未来!

通常情况下,自信往往伴随着乐观,使人做事更轻松,思想更豁达与开放,自己的状态更好,也更容易带来人际交往的良好氛围和效果。真正自信的人,既能欣赏自己,也能欣赏别人,为人平和而谦虚,内心宁静又旷达。如果是在一个团队里,自信不仅使自己做事更有信心,也能给别人传递成功的信息,让人感到希望,由此获得更多的信赖。

除了自信,你还要有对学习和事业的激情。当我们面对一个重要而艰巨的任务时,明明知道有不少困难,也会产生一种拼搏的冲动,是成就一番事业的激情在鼓舞着我们,这是一种可贵的精神状态,能焕发人的巨大潜能。相反，如果一个人对学习和工作没有激情，干什么都打不起精神，就不会创造任何有价值的东西。无数事实说明，将人击垮的往往不是面临的各种挑战，而是内心深处的畏缩与懈怠，这种懈怠使人的心灵变得麻木，斗志瓦解，终将导致一事无成。激情，是生命历程中的燃烧剂，会让你意气风发，保持昂扬的斗志，一路高歌，去战胜所有艰难险阻，成功抵达胜利的彼岸。愿你能始终保持阳光的心态，保持生命的激情！

罗斯福说过："过分自信和自鸣得意都是我们的死敌。"人要自信，但不能过分自信。成功多源于自信，但失败也往往与固执有关，只不过前者容易被放大，后者往往被忽略。自信不是自负，自负是对自己实际价值和能力的过高估计，是对自己的错误定位。如果一个人自信到自以为是的地步，那就不是自信，而是偏执与狂妄了。人要自信，但不能自负。明明自己能力做不到的事情，却拒绝别人的帮助与合作，死要面子，最后导致失败，那就不是自信而是自负了。罗素说："这个世界的麻烦就是傻瓜非常自信，而智者总是充满疑虑。"自信，更多时候是一种信念，而不是做事的原则，自信不能超过一定界限，对有些事情就不能盲目自信。要清楚自己能力的边界，不能过高估计自己，更不能不自量力。还有，明明不能做的事，就坚决不做。就像违法乱纪的事绝不能碰，不要自以为高明就胆敢挑战规则。

林语堂曾说："人无信心，百事难成，任何成功、成才、出类拔萃者都是以信心为基础。"自信是自立、自强的基础，更是成功的前提。没有自信，就没有奇迹。有了自信，你才能成为你希望成为的人，愿你扬起自信的风帆，乘风破浪，勇往直前！

读书更要读经典

读书，对你来说不是问题。但读什么书和怎样读书，却是个需要明确的问题。

一个人读什么书，是根据自己的兴趣爱好去选择的，这就是阅读的倾向性。阅读倾向反映的是一个人的志趣与追求，是价值取向，对一个人的成长非常重要。当今青少年的阅读倾向有许多令人担忧的地方，对此你要有清醒的认识。

随着电脑科技的发展和电子产品的推陈出新，信息传播迅速，内容包罗万象，搜索快捷方便，许多年轻人都喜欢网上阅读。但网上的信息，很少受到理性的约束与过滤，许多错误的、片面的甚至不健康的信息掺杂其间，容易误导青少年。网上也有经典的通俗读本甚至各种解读，但不少都是对经典的肤浅解释和随意篡改，只会误导年轻人对经典的理解。另外，网上的东西缺乏系统性，多半是片段式浏览。所以，网上阅读尽管便捷，但想凭借这种方式获取知识，难免事与愿违。

由于社会的浮躁和人们的急功近利，适合人们需求的快餐文化应运而生。从各种辅导书到职场攻略与人生宝典，从速成班到经典著作的简装本，应有尽有，充斥着文化市场。功利与实用，造就了快餐文化的虚假繁荣。这种快餐文化，是快节奏社会挤压变形的文化产物，追求速成，文化含量稀薄，对传统文化形成了严重冲击，这种文化所带来的不良风气甚至渗透到了严肃的学术界。快餐文化就其实质而言，是一种商业文化。为了商业目的，随意改编，制造偶像，渲染新潮、舒适、刺激、反叛和另类的生活方式，影响着青少年的价值判断和生活方式，诱导他们形成急功近利的价值观，文化领域的价值迷失与道德失范，已到了触目惊心的地步。青少年因其年龄和心理需要而成为快餐文化消费中最活跃的群体，使他们的审美情趣逐步退化，文化欣赏向低层次滑坡。尤其严重的是，在价值观上出现迷茫。

还需要注意的是，在升学、考试和就业的巨大压力下，青年学子的阅读倾向呈现明显的功利化，除了课本和应试复习资料以外，其他与考试无关的书一概不读。反映了他们追求短平快的现实效益，忽视文化的熏陶和精神上的享受，导致知识结构的残缺和精神世界的贫瘠，非常不利于自身的全面发展。

除了网上浏览和功利性阅读之外，再就是消遣性阅读。年轻人往往喜欢看一些趣味性强、故事性强的书籍，比如武侠、科幻、侦探类的书籍，或者赶时髦，对一些流行读物感兴趣，如一些靠商业运作包装的明星的著作，娱乐新闻与青春文学。随着自媒体的盛行，更令不少青少年成了“吃瓜群众”，跟着凑热闹，白白浪费许多时间。这类东西内涵不深，轻松搞笑，甚至胡编乱造。年轻人读这些东西，主要是消遣娱乐与猎奇，是为了消磨时光。就这样，功利性和消遣性阅读，取代了陶冶性情、完善人格、获取知识的素质阅读。经典，因为不能给人利益变现的回报，于是被疏远了。不可否认，社会文化的多样性，大众传媒的泛娱乐化，也冲击了人们特别是年轻人的阅读兴趣。五光十色的网络世界和新媒体的魅力，分散了年轻人的阅读注意力，他们的阅读带有很大的随意性和消遣性，专注程度也大为降低。特别是当今的微信时代，极大地消解了人们的精神定力，很多人不仅走路时看手机，读书、做事甚至与人谈话时也心不在焉，时不时要拿出手机来看一看，全神贯注的习惯被严重破坏。

学者周国平在《经典闲读》中说：“从一个人的读物大致可以判断他的精神品级。一个在阅读和沉思中与古今哲人文豪倾心交谈的人，与一个只读明星逸闻和凶杀故事的人，他们当然有着完全不同的内心世界。”平时你稍加留意就会发现，列车上和地铁里，不少人都拿着手机或各种小报津津有味地读，看似在学习，其实是消遣与猎奇，是消磨时光。所以，你一定要明白，读书是有精神品级的，不是拿起书来就叫读书学习，读那些没有品位的书，不叫读书，上网浏览信息只是消遣，对提升精神境界与完善人格没有任何帮助。

从以往人们对经典的膜拜到如今热衷于最浅表的文学，是文化的倒退，导致社会道德缺失和文化的低俗，应该说是对这几十年只重经济发展的某种批判。公共道德与健全人格的培养，不是经济发展与财富的增加所能代替的。作家张楚曾深刻的指出：“这才是真正的悲哀。当人们远离经典而不自觉时，他们的内心会越来越粗糙，并对这个多维世界保持着一份可耻的沉默，同时他们对自身的社会属性和社会正义缺乏必要的、完整的、切入肌肤的认知和反思。”

曾经先后两次担任清华大学图书馆馆长长达14年之久的潘光旦先生，面对一些学生大量借阅无聊消遣类图书的书单大光其火，痛斥这些学生不思进取、不求上进。因为所读图书的优劣高下，反映的是读者的情趣和个人追求，实际上也透视出借书人的层次和命运。秘鲁作家略萨也说过：“如果一个人不读书，或者很少读书，或者只读‘垃圾书’，他可能会说话，但是永远只能说那点事情，因为他用来表达的词汇量十分有限。不仅是词汇的限制，同时又是智力和想象力的限制，是知识和思想贫乏的表现。”《瓦尔登湖》的作者梭罗说得更透彻，他说：只读低级书，而不知经典为何物的人，也是文盲。“两种文盲之间并没有什么区别，一种是完全目不识丁的市民，另一种是已经读书识字了，可是只读儿童读物和智力极低的读物。”

如今有的成功人士，或者演艺界的名人，他们到了功成名就的时候，应该说该心满意足了，但内心却不能平静，莫名的寂寞、无聊与不安会时时袭上心头，导致心情落寞。究其原因，是年轻时读书不多，特别是受传统文化的浸润不够，心灵空虚，导致精神寂寞又苦闷。大半辈子为名利而拼搏，使他们一直处在对目标的追逐之中，目标一旦实现，反而觉得茫然，心灵无处安放。这也从另外一个侧面说明，一个人在实现自己价值的奋斗中，必须要注意对传统文化的学习和精神境界的提升，灵魂有了文化底蕴的滋养与衬托，生命才会有品质与高度。

经典是指那些具有典范性和权威性、经久不衰的著作，每一部都博大精深，每一册都深邃高远。这些经典穿越千年，依然烛照后世，总能让人常读常新。比如文学经典，这是我国文化典籍的核心部分，用现代有关专家的话说，所谓文学经典，一是其思想性与艺术性相得益彰，负载着民族的尤其是人类共通的思想价值和艺术价值；二是艺术地概括了历史面貌与时代精神，具有时代和社会的深刻印记和某些超越时空的特质；三是以独特的艺术形式涵养丰富的精神营养，具有耐久的可读性与丰盈的可阐释性。文学名著以其超越时空的震撼，影响着几千年的文明史。

强调阅读经典，是因为经典是正确的价值观和人生观的文化基础，镌刻着我们祖先在漫长的历史进程中总结出来的价值观念和思维模式。经典是一个时代最有价值的著作，是数千年人类智慧的结晶。那些历经时间汰洗的经典名著，记录着光辉灿烂的思想和深邃玄奥的智慧，是我们民族的精神史诗，其思想价值跨越时空、历久弥新，是人类迄今所能达到的最高峰。正是这些经典触及了人类更深层次的精神架构，涉及对生命意义的探究、对理想与现实的思考，才启发了多少代人对生命的感悟，它们作为中华文化之根，早已融化在民族精神的血脉之中。经典闪耀着先知先觉的思想光辉，从与高贵心灵的对话中，能从先贤的精神世界中吸取营养，提高人的认知水平与精神境界，提高文化素质与人格修养，塑造高尚人格。

阅读经典的意义在于，这是一种不可或缺的基本训练，其他的书读得多少，不会影响一个人精神与思想的总体格局和基本框架，但如果缺少了对经典的阅读，就会影响到一个人基本的思想与精神架构，会影响到这个人基本的人生态度。经典著作思想精深，文化价值厚重，蕴含人类智慧的精华，储存着中华民族认知世界和思维方式的全部密码。经典的功能与作用，特别是其对人性和精神的滋养，绝非浅层次的阅读所能代替。阅读经典著作，可以说是人生的最好引领。

在中华民族五千年的历史中，诞生了许多经典著作。从《诗经》开始，皇皇巨典，浩如烟海，谁也不可能把这些书都读完，也没有必要，只要择其要者即可。作家曹文轩说："在这样一个图书泛滥而阅读质量低下的时代，读什么书比读书更重要。"所以，慎重选择该读的国学经典，就显得十分重要。至于哪些经典应该读，哪些可以不读，近代和现代的许多专家、学者都有论述，梁启超、钱穆等许多大家还开列过必读的书目，张之洞还专门著有《书目答问》一书，这些都很容易在网上找到，你可以找来看看。

为了说明阅读经典的重要性，需要搞清楚知识与文化的关系。知识与文化，既有联系又有区别。知识只是文化的一部分，是文化的基础，文化则是知识的更高层次。知识是工具和手段，需要文化来统领。简单地说，知识是以物为本的求真，文化是以人为本的求善求美。学生在校所学的内容，基本上属于知识范畴，对于人格塑造和提升精神境界，是远远不够的。而文化反映的是一个人的品德与修养，是一种思维习惯与行为习惯，是一个人的综合内涵。有知识的人未必有文化，就像近些年报道出来的给同学投毒、撞人后又杀人的大学生，都是有知识没文化的垃圾人。著名作家梁晓声对文化作过高度概括，他说："'文化'可以用四句话表达：植根于内心的修养；无须提醒的自觉；以约束为前提的自由；为别人着想的善良。"阅读经典，能够提升人的文化修养与思想境界，学习先哲们的优秀思想，并从中得到启迪，学会做人做事的道理。如果从小阅读经典，从形象化的表述中认识真善美，建立起正确的人生观和价值观，潜移默化地陶冶性情与开发心智，滋润心灵，这对于一个人的健康成长是至关重要的。当今社会，人们缺少的不是财富，而是文化的滋养，是社会责任和人文情怀。重视知识而轻视文化修养，已经造成了严重的社会问题，对此你要有清醒的认识。

阅读经典要读原著，不读别人嚼过的东西。不可否认，一些真正的专家，他们用生动的语言，把经典的奥义深入浅出地解读给读者，用更容易为读者接受的方式表达出来，帮助读者更好地理解原著，自然会受到欢迎。需要注意的是，现在有不少经典的通俗本或"注疏"原著的书，这些注释本和今译本毕竟都与原著隔了一层，有的更是对原著的肤浅理解和随意篡改，只会误导读者。所以，应当从别人的解释中跳出来，发挥自己的理解力与想象力，去阅读和体悟原著。

阅读经典，必须要有品味经典的愿望，要摈弃一切借口，沉下心来读，用这种最扎实的办法获得成长。要自觉抵制网络游戏和微信的诱惑，并从娱乐阅读和跟风阅读中跳出来。阅读经典，需要安静的环境和安静的心境，需要沉静与沉思，放慢节奏、沉浸其中，仔细阅读，好好品味，才能深刻理解并延伸理解。如能感觉触动了心弦，好像走过一段精神之旅，那才叫真正的阅读。对于读什么书，要有通盘考虑与安排，不能拿到什么算什么。至于时间，只能靠你自己挤。在阅读范围上，则不仅要阅读古代经典，还要阅读现代经典；不仅读中国经典，还要读外国经典。

经典不同于一般书籍，大都文字比较艰深，义理比较抽象，读一两遍很难读懂，但这并不可怕。古人说得好：书读千遍，其义自见。只要反复读、用心读，理解就会越来越深入、越全面。苏轼说："经书不厌百回读，熟读深思子自知。"阅读经典名著，是积累知识、增长智慧和锤炼品质的过程，应当深入细致，持之以恒，使之成为一种精神追求和生活习惯。虽然阅读经典比较吃力，却能使人处于一种安静的状态，思维高度集中。只有在这种状态下，灵感和智慧的火花才能迸发出来，人的境界和精神才会得到滋养与提升。

读书应当坚持不懈，不能三天打鱼两天晒网。曾国藩天资禀赋一般，却由一个普通的农家子弟成长为出将入相的"中兴第一名臣"，这与他坚持不懈地读书是分不开的。他把读书当作一生的追求，发奋苦读，严格规定每日必须完成的功课，坚持写读书心得，终于成为"中国最后一位儒家大师"。阅读经典还需要从容的心情，而快速的生活节奏、过于丰富甚至泛滥的信息，养成了现代人浮光掠影的阅读习惯，看报看标题，读书读简介。这样去读书，跟没读一个样。读书要用心去读，不能作为消遣，必须静下心来，深入进去，慢慢品嚼，才能领悟经典著作深邃的道理，品味经典的节奏、韵律、谋篇布局之精妙，享受纯粹的文字之美。

除了经典之外，你还要多读一些名人传记。梁启超说过："读名人传记，最能激发人的志气。"读名人传记，可以洞悉名人的成长与奋斗之路，了解他们在人生重大时刻如何做出选择、如何观察和判断形势、如何面对困难和挫折、如何活出精彩的人生。名人传记的真实性比较强，读名人传记，学习他们的经验与智慧，可以获得许多人生启迪，能给人极大的正面激励，增强你看待事物和他人的能力，使你的心灵和精神世界更加丰富与充盈。

另外，还要多读一些历史书。龚自珍说："欲知大道，必先为史。"历史是人类文明发展的轨迹，前人所有的经验教训，都包含在历史中。在探究历史真相和经验教训的过程中，能够培养自己严密的逻辑和严谨的表述，这对一个年轻人的正确价值观和思维习惯的养成很有帮助。读历史，使人能够具有大历史观和纵横感，视野开阔，能宏观分析与理解问题，具有开阔的视野和深入思辨的能力。读历史，主要是掌握历史学看待问题的方法，培养大局观，能在更广阔的时空上看问题，目的是更好理解自己和我们生活的时代，从而认清方向和自己的责任。读历史，只了解历史事件和人物是不够的，重要的是从中得到启迪，汲取思想与智慧。要取其精华，去其糟粕，目的是学以致用。历史和哲学对人的终身成长影响极大，一个学生不学历史和哲学，难成大才。需要注意的是，那些演义和野史不是正史，历史剧和"戏说"更不是，不能与历史混为一谈。

不可否认，尽管人们在观念上承认阅读经典的重要性，但如今的社会评价体系并不利于经典的阅读，否认阅读的有效性。有些人片面地认为，能提高经济收入和生活水平的阅读，才值得提倡与付出。而阅读经典的功用性差，会造成时间和精力的浪费。不可否认，经典可能对你现在帮助不大，却能对你的终身产生影响。人要生存和发展，自然要先读一些实用的书，但这种阅读不能解决精神需求，难以提升思想境界，而且外部环境的压力一旦消失，阅读行为便容易停止。所以，阅读不可急功近利，但也不能没有功利，可以随心，也可以根据实际需求。由于升学、求职和工作的需要，自然要读一些功用性的书，但提高学养，塑造丰盈的精神世界，还是要多读经典。

腹有诗书气自华。高尚的品德，丰厚的学养，不俗的谈吐，是构成人格魅力的重要基础。广泛汲取经典名著中传统文化的精华，陶冶情操，滋养心灵，塑造健全又健康的人格，提高人文素养，是提高一个人整体素质的重要途径和保障。

现在的一些年轻人，宁肯花很多时间网聊、打游戏、淘宝……就是不肯认真读书，他们不知道，将来等需要的时候，想抽时间读书是多么不容易。张宏杰在《嘉庆除掉大老虎和珅后没有预料到的事》中说："人类的悲哀就在于：他不是一种能永远自我更新的动物。一个人的基本构成，永远是青少年时期的教育和经验，只有蓬勃的青春期是一个吸收、消化和成长的黄金期。过了这个时期，即使学习的欲望再强烈，外界刺激再鲜明，他的接受能力也已经大打折扣。"

趁着年轻，多读一些经典名著吧！

后　记

《课子随笔节抄》中说："语云，有好子孙方是福，无多田产不为贫。好与不好，只争个教与不教。世上哪个生来就是贤人？都是教训成的。哪个生来就是恶人？都是不教育坏的。也有大姓人家子孙，辱门败户；也有贫贱人家的子孙，立身扬名，可见全在教训。"

你从小就在稳定的环境中快乐地成长，还体会不到生活的艰辛，对人生的意义也缺乏认识。希望你一生顺利并能有所建树的长辈，以自己的经验与感悟，试图为你解说人生的方程式，解读那些隐藏在生活中的道理和深层次原因，目的是让你少走弯路，避免一些成长中容易犯下的错误，以便你更好地把握人生。其中的良苦用心与殷切期望，相信你能体会到。

许多人成年以后，总是感叹老得太快却明白得太迟，这是一个人走弯路甚至不成功的根本原因。人生是一个有限的过程，如果不去思索生命的意义，没有清醒的人生思考，更没有主观的自强不息，生命当然不会绽放出光辉。对人生道理明白得早与晚，直接关系到人生成功与否以及生命质量的优劣。虽然每个人都有一次生命，但只有成功的人生才能赋予生命以意义，并具有永恒的价值。

人的成长途径有两种，一是亲身经历，这是直接经验，但人生有限，不可能什么都经历，正确的认知不可能也没必要都建立在亲身经历的基础上；二是借鉴他人，这是间接经验，亲身经历使人认识深刻，借鉴他人可以广泛吸纳经验教训，少走弯路。人难免会犯一些成长的错误，但许多错误本没有必要去亲自体验，从别人的经验和教训中汲取营养才是智慧，这正是许多成功人士的人生经验。对青少年来说，早一点读懂生活与人生，不仅许多错误和遗憾都能避免，而且能更快更好地走上成功之路。

青少年时期是人生的重要时期，是人生走向辉煌的起点。但这个时期因为包含了许多不确定性，又成为最关键的时期，一不小心就容易迷失方向。如何走好这段绮丽而又艰险的青春之路，是你必须认真思考和严肃对待的问题。我用了几年时间为你写的这本书，就是要告诉你，怎样才能不辜负青春的宝贵年华，怎样才能成为一个优秀的人，怎样才能拥有一个幸福而成功的人生。生活的法则告诉我们，一个人有多优秀，世界就回报他多少自由与尊重。人来到世间，都想获得社会地位的优越与生活的美好，但最重要的是树立远大的理想，选择积极的人生态度，并为实现自己的理想而不懈奋斗，无论遇到什么样的困难，都绝不磨灭拼搏的意志，绝不停止前进的脚步。只有这样，才能书写好青春的精彩篇章，描绘出人生的壮丽画卷，待到暮年回首往事的时候，你才会感到欣慰与释然。

书中谈了许多问题，概括起来，无非就是确立什么样的志向、做一个什么样的人，以及如何要求自己。虽然我不敢保证书中所谈都是正确的，但总体上应该没有问题。关键是你要听得进去，更要付诸行动。书中所谈内容与要求，完全做到并不容易，但无疑是你该努力的方向，只要认真去做就是了。富兰克林说："我从未见过一个早起、勤奋、谨慎、诚实的人抱怨命运的不公。良好的品格、优秀的习惯、坚强的意志，是不会被假设所谓的命运击败的。"别人的忠告和经验，是别人对人生的思考与感悟，对你来说只是一盏灯，虽能照亮前进的路，但真正走路的人是你，如何走好人生之路，终究要靠你自己。其实，通往胜利终点的途径是由许多细小的、容易管理的步骤组成的，做起来并不难，重要的是付诸行动，更重要的是坚持下去，只有持续的力量，才能让平凡变为非凡。在这方面你可以读一读关于曾国藩的书，学一学他的“勤”与“恒”。曾国藩天资平平，但就是凭借“勤”与“恒”，他在历史画卷上添上了浓墨重彩的一笔，成就了他名垂青史的伟大与辉煌。

随着年龄和阅历的增长，你会越来越懂得生活的艰辛与不易，越来越明白人生只有拼搏才有意义，自然也就越来越懂得奋斗与坚强。改变自己，才能赢得未来。当你学会了珍惜时间，学会了刻苦与勤奋，学会了反思，学会不断完善自己，你就真的会拥有一个光辉灿烂的人生。

一个人成熟的标志，意味着承担责任与履行使命，意味着对自己负责、对家庭和社会负责。你要清醒地认识到自己肩上的责任，勇于担当，对自己切实负责，自律、自省、自立、自强，以饱满的斗志和昂扬的姿态，在人生的征途上阔步前进。

巴尔扎克说：“拼着一切代价，奔你的前程。”人，只有在拼搏中，才能体验到生命的涌动和灵魂的升华，才能充分体现你的价值。奋斗的岁月波澜壮阔，拼搏的生命绚丽多彩。拼搏，才能让青春无悔！

图书在版编目(CIP)数据

春蕾终将绽放:写在人生旅途上/张志凯著.—
上海:上海人民出版社,2020
ISBN 978-7-208-16824-4

Ⅰ.①春… Ⅱ.①张… Ⅲ.①随笔-作品集-中国-
当代 Ⅳ.①I267.1

中国版本图书馆 CIP 数据核字(2020)第 223282 号

责任编辑 曹怡波
封面设计 夏 芳

春蕾终将绽放
——写在人生旅途上
张志凯 著

出　　版 上海人民出版社
(200001 上海福建中路 193 号)
发　　行 上海人民出版社发行中心
印　　刷 常熟市新骅印刷有限公司
开　　本 635×965 1/16
印　　张 19
插　　页 6
字　　数 217,000
版　　次 2021 年 2 月第 1 版
印　　次 2021 年 2 月第 1 次印刷
ISBN 978-7-208-16824-4/B·1520
定　　价 88.00 元